아르바이트로 서게 된 극단 무대에서 가련한 무용수로 대변신! 화려한 춤사위를 피로하며 관객들의 주목을 한 몸에 받게 되는데…….

"그래서——
뭐하는 거야?"

유아
Yua
종기사학과에 소속된 2학년생.
무기력한 인상의 무인자.
미소년에게 홀려
무대에 출연하게 되었다.

"일단은 도와주려고
한 건데……
아하하하……."

이안
Ian
잉그리스가 아르바이트를
시작한 극단에 소속된 소년.
북쪽의 나라 알카드 출신으로,
라티와도 면식이 있다.

여웅왕,

극한의 무를 위해 전생하다

그리고 세계 최강의 견습기사가 되다♀

Author
하야켄

Illustrator
Nagu

4

Eiyu-oh,
Bu wo Kiwameru
tame Tensei su.
Soshite,
Sekai Saikyou
no Minarai Kisi '

S NOVEL+

커버 그림, 본문 일러스트 | Nagu

Eiyu-oh,
Bu wo Kiwameru tame
Tensei su.
Soshite, Sekai Saikyou no
Minarai Kisi "우".

CONTENTS

하이랄 메나스인 리플의 몸에 일어난 이변은 잉그리스 일행의 활약으로 무사히 해결되었다.

리플은 모두에게 깊은 감사를 표한 뒤, 베네픽과의 국경 전선으로 되돌아갔다.

그러나 리플을 구해준 대가로 기사 아카데미의 건물이 무너지고 말았다.

건물 안에 설치되어 있던 식당도 마찬가지였다. 무료 식사권을 봉인당한 잉그리스와 라피니아에게는 위급한 상황이 아닐 수 없었다.

그래서 한시라도 빨리 식당이 재개되기를 바라며 주린 배를 끌어안고 토목 공사를 돕는 나날을 보내고 있었다.

복구를 하루라도 앞당기기 위해서 힘을 내고는 싶지만 움직이면 움직일수록 배가 고팠다.

꼬르륵!

"와앗……?! 누구 배에서 난 소리인가요? 여자아이가 남들 앞에서 그런 소리를 내면 못써요."

공구를 끌어안고 앞에서 걸어가던 리제롯테가 화들짝 놀라며 뒤를 돌아보았다.

"" …… ""

잉그리스는 라피니아를, 라피니아는 잉그리스를 손가락으로 가리켰다.

"누명이야! 크리스가 낸 소리야!"

"아니, 라니한테서 났어……!"

"남 탓으로 돌리지 마. 양쪽에서 동시에 들렸거든?"

두 사람 사이에서 걷고 있던 레오네가 진실을 폭로했다.

""쳇…….""

"……두 사람 모두 배가 고픈 나머지 비뚤어지기 시작했네."

레오네가 쓴웃음을 지었다.

"왜 그렇게 배가 고플까요? 저희도 비슷한 만큼 먹고 있는데……."

건물의 복구 작업을 도와주고 있기에 일단 도시락은 나오고 있었다.

""한참 부족해!""

"이, 이참에 다이어트를 한다고 생각하는 게 어때……? 예를 들어서 이쪽 살이 빠지면 어깨가 결릴 일도 없고……."

레오네가 자신의 가슴골을 가리키며 말했다. 그곳에는 린이 느긋한 자세로 파묻혀 있었다.

오늘은 레오네의 가슴이 마음에 든 모양이었다.

"으음……. 뭐, 설득력이 없지는 않은걸."

잉그리스는 레오네의 말도 약간은 납득이 갔다. 하지만…….

"설득력은 무슨! 나한테는 빠질 살도 없단 말이야……!"

"지, 진정해. 난 라피니아의 날씬한 몸매도 부러운걸."

"그럼 얼른 바꿔줘. 난 크리스와 레오네처럼 커다란 편이 더 좋으니까! 이대로 계속 굶주리면 비축해 놓은 게 없어서 제일 먼저 비쩍 말라 죽을걸……!"

"아하하……. 하긴, 라피니아는 아무리 먹어도 안 찌는 체질이지."

"……들었지, 크리스? 나는 생존이 위태로운 상황이니까 도시락을 좀 나눠줘야겠어."

"뭐……?! 아무리 라니의 부탁이라도 그건 좀…….”

"쩨쩨하게 굴지 마. 여기에 이만큼이나 영양분을 쌓아놓고 있으면서!"

"히익?! 그만둬, 라니……! 지금 커다란 목재를 옮기고 있잖아……!"

"어라? 왠지 전보다 더 커진 것 같은데? 먹지도 않는데 왜 커지는 거야! 이런 못된 가슴 같으니!"

"아잇…… 그, 그만 하래도……! 알았어, 알았어. 조만간 다시 볼트 호수로 물고기를 잡으러 가자. 라니한테 많이 양보해 줄게."

"으음. 하지만 저번에도 그랬다가 어부 아저씨들한테 혼났잖아? 우리들의 생계를 위협하지 말라고."

"밤중에 몰래 가면 들키지 않을 거야. 아마도…….”

"그, 그거 일종의 밀렵이잖아."

"배를 채우려고 그렇게까지 하는 건가요…….”

레오네와 리제롯테는 쓴웃음을 지었다.

바로 그때.

11

"잉그리스 양! 라피니아 양!"

밀리에라 교장이 두 사람의 이름을 부르며 종종걸음으로 달려왔다.

"교장 선생님?"

"무슨 일인가요?"

"왕성에서 호출이 왔어요! 칼리아스 국왕 폐하께서 두 분을 만나고 싶으시다는 모양이에요……!"

"국왕 폐하께서 직접 저희를……?!"

"왕성으로 말인가요……?!"

"네. 죄송하지만 곧바로 왕성으로 이동해 주세요."

"오오오오……! 잘됐다, 크리스!"

"그러게! 하늘이 도왔어, 라니……!"

잉그리스와 라피니아는 밀리에라 교장의 소식을 듣자마자 눈을 반짝반짝 빛냈다.

왕성. 호출. 저번 사건에 대한 답례. 식사 대접!

그랬다. 두 사람은 식사를 대접받을 수 있을지도 모른다는 기대감에 펄쩍 뛰어올랐다.

"와아! 기대된다♪ 빨리 가자!"

"응, 서두르자! 곧바로 출발하는 게 좋겠어."

"그럼 제가 마차를 준비해 둘게요. 두 분은 몸단장하고 계세요."

"네. 교장 선생님."

"아뇨, 마차를 타면 늦어요! 기껏 만든 요리가 식어버릴 거야!

크리스, 그걸 타고 가자!"

"그거?"

"응, 그거! 하늘을 날아서 가는 게 마차보다 훨씬 빠르잖아!"

"아아, 그거 말이구나. 으음…… 나는 좀…….."

"교장 선생님! 저희의 스타 프린세스호를 타고 가도 괜찮겠죠?"

여기서 '그것'이란 두 사람의 개인용 플라이 기어를 가리키는 말이었다.

며칠 전, 잉그리스와 라피니아는 왕성의 상공에서 전투를 치르던 도중 하이랜드 측의 플라이 기어를 나포했다.

나포한 플라이 기어를 그대로 타고서 프리즈마가 소환된 기사 아카데미까지 날아온 것이었다.

사건이 일단락된 뒤, 잉그리스와 라피니아는 해당 플라이 기어를 개인적으로 소유해도 된다는 허락을 받았다.

하이랜드제 플라이 기어는 지상에서 만든 기체보다 우수한 성능을 지니고 있었다. 거기까지는 좋았지만…….

"아아, 그 플라이 기어 말이군요. 문제없지 않을까요? 겉모습도 귀여워서 마음에 들던걸요."

"고맙습니다. 그럼 바로 가져올게요! 기다리고 있어, 크리스!"

"으, 응……."

그리고 잠시 후.

잉그리스 일행의 머리 위에 라피니아가 조종하는 플라이 기어가 모습을 드러냈다.

온통 선명한 핑크색으로 도색된 플라이 기어였다.

심지어 선체의 정면에는 별처럼 초롱초롱한 두 눈이 대문짝만하게 그려져 있었다. 소녀 감성으로 충만한 눈이었다.

이외에도 기체 곳곳에 반짝거리는 장식들이 그려져 있었다.

라피니아가 "이제 우리 거니까 귀엽게 만들어서 타고 다녀야지!"라면서 본인의 취향을 적극적으로 반영시킨 결과였다.

기사학과의 동급생인 프람도 옆에서 거들었다.

"자, 출발하자, 크리스! 얼른 타!"

"으, 응……."

플라이 기어의 성능 자체는 무척 뛰어났다. 잉그리스가 직접 나서서 점검까지 마쳤다.

하지만 너무나도 소녀틱한 겉모습을 하고 있어서 탑승하기가 꺼려졌다.

정신적으로 남성인 잉그리스는 가능하면 차분한 색을 바르고 싶었다. 디자인도 예쁘장한 것보다는 멋들어진 쪽이 좋았다.

하다못해 전부 새까맣게 칠했더라도 만족했을 것이다.

하지만 라피니아가 정한 이상 잉그리스로서는 거스를 수가 없었다.

손녀딸이나 다름없는 라피니아가 장난감의 색깔을 핑크색으로 하겠다고 결정한 것이다.

그 결정에 거스를 수 있는 할아버지가 세상에 어디 있을까.

"좋았어! 맛있는 식사가 있는 곳으로, 출바아알!"

"……다녀오겠습니다."

그리하여 라피니아가 조종하는 스타 프린세스호는 붉은색으로 물든 하늘을 가로질러 날아갔다.

◆ ◇ ◆

기사 아카데미에서 왕성까지 일직선으로 날아가면 통행자가 많은 대로 위를 지나가게 된다.

필연적으로 스타 프린세스호는 대로를 오가는 사람들의 눈에 띨 수밖에 없었다.

"앗! 기사님이다! 여기 좀 봐주세요!"

"여기예요, 여기!"

어른들은 일일이 소란을 피우거나 하지 않았지만, 아이들은 신나서 손을 흔들었다.

엄밀히 말해서 잉그리스와 라피니아는 기사가 아니라 아카데미의 학생일 뿐이었다. 하지만 아이들의 눈에 플라이 기어를 타고 날아가는 사람은 다 기사였다.

"응, 응. 다들 반가워♪"

사교성이 좋은 라피니아는 플라이 기어의 속도를 줄이고 멈춰서서 아이들에게 손을 흔들어 주었다.

식사를 대접받으러 가는 길인 만큼 라피니아도 굉장히 기분이 좋아 보였다.

동경하는 기사가 가던 길을 멈추고 인사해 주자 아이들은 더욱 기뻐하며 손을 흔들었다.

　"아하핫. 아이들은 참 귀엽다니까. 그렇지, 크리스?"

　"맞아. 라니가 어렸을 때가 생각나네. 라니도 귀여웠지."

　"응? 그때는 크리스도 꼬맹이였잖아. 뭐, 어찌 됐든⋯⋯ 나도 빨리 아이를 갖고 싶다."

　"안 돼. 라니한테는 한참 일러."

　"하지만 크리스도 아이들은 좋아하잖아? 애한테도 엄마가 젊은 편이 더 좋지 않겠어?"

　"나, 나는 됐어⋯⋯! 애를 가질 생각은 추호도 없어⋯⋯!"

　상상하는 것만으로도 무서웠다.

　아니, 상상조차 하고 싶지 않았다. 등줄기가 오싹했다.

　"싸울 수 없을 테니까?"

　"마, 맞아. 싸울 수 없을 테니까⋯⋯!"

　사실은 그것보다 근본적인, 생리적인 문제에 가까웠지만, 일단은 그렇다고 해두었다.

　"그런데 기사님이 타고 있는 저거, 자세히 보니까 엄청 촌스럽지 않아?"

　"우와⋯⋯. 확실히 촌스럽네. 대체 뭐래? 저 색도 그렇고, 반짝반짝한 장식도 그렇고."

　불현듯 아이들이 스타 프린세스호를 향해 신랄한 감상을 내뱉었다.

"뭐어어어?!"

라피니아는 예상치 못한 혹평에 경악했다.

반면에 잉그리스는 라피니아의 관심을 돌려준 것으로도 모자라 라피니아에게 지적까지 해 준 남자아이들에게 박수를 보내고 싶은 심정이었다. 정말 고마웠다.

"추, 충격이야. 나와 프람의 자신작이⋯⋯."

"화려함이 조금 지나쳤던 게 아닐까? 색을 원래대로 되돌리는 편이⋯⋯."

잉그리스가 라피니아를 설득하려던 그때.

"그렇지 않아! 내가 보기에는 엄청 귀여운걸!"

아이들 무리에 섞여 있던 한 여자아이가 콧김을 뿜으며 스타 프린세스호를 옹호했다.

"여, 역시 그렇지⋯⋯?! 들었지, 남자애들! 이건 여성 전용이야! 여자아이의 로망이 담겨있단 말씀! 남자애들이 여자의 로망을 이해할 수 있을 리가 없지!"

라피니아가 자신감을 회복하고 말았다.

"그렇지, 크리스? 내 말이 맞지?!"

"그, 글쎄. 남자애들의 말에도 일리는 있다고 생각하는데⋯⋯. 이럴 때는 다양한 사람들의 의견을 수용해서 절충안을 채용하는 편이 좋지 않을까?"

"기각! 얘, 넌 이름이 뭐니?"

라피니아가 자신을 옹호해 준 여자아이에게 물었다.

"아, 아리나예요……!"

"아리나라고 하는구나. 칭찬해 줘서 고마워! 나중에 언니가 이 예쁜 플라이 기어에 태워줄게."

"저, 정말로?!"

"응! 오늘은 용건이 있어서 어렵지만, 나중에 또 보게 되면 꼭 불러줘!"

"알았어! 약속이야!"

"그래, 약속! 그럼 또 보자~!"

라피니아는 싱글벙글 웃으며 다시금 스타 프린세스호를 출발시켰다.

"음음. 참 귀엽고 착한 아이였어."

"…………."

이것으로 한 가지는 확실해졌다. 저 아이를 스타 프린세스호에 태워주기 전까지 라피니아가 기체를 다른 색으로 바꿀 일은 없을 것이다.

최대한 빨리 약속을 지키기 위해서라도 저 아이의 얼굴은 확실하게 기억해 둘 필요가 있었다.

"왜 그래, 크리스? 경솔한 행동이었다고 말하고 싶은 거야?"

"아니, 그런 건 아니야. 나중에 찾을 수 있도록 얼굴을 기억해 두려고."

오히려 라피니아가 주민들과 친근하게 지내는 모습은 흡족할 따름이었다.

기사로서도, 후작 영애로서도 백성들과 자연스럽게 교류하는 것은 바람직한 일이다.

이로 인해 신뢰 관계가 구축되고, 언젠가 라피니아에게도 큰 도움이 되리라.

이것도 라피니아의 재능 중 하나……라는 생각이 드는 것은 잉그리스가 라피니아를 편애하고 있다는 증거일까.

"오. 도움이 되겠다. 크리스는 사람 얼굴을 잘 기억하는 편이니까."

"응. 인생의 경험을 통해 얻은 능력이지."

왕이었던 전생의 경험을 통해 사람의 얼굴을 기억하는 능력은 자연스럽게 단련되어 있었다. 그만큼 중요한 능력이기 때문이기도 했다.

왕이란 나라에서 제일 높은 인간이다. 따라서 잉그리스 왕이 사소한 일을 일일이 기억해 두었다가 나중에 다시 언급하면 다들 기뻐해 주었다.

그 약간의 기쁨이 쌓이고 쌓여 충성심 향상으로 이어지는 것이다.

자고로 왕이라면 한 번 만난 인간의 얼굴은 전부 기억해 둬야만 했다.

적어도 전생의 잉그리스는 그렇게 생각했고, 가능한 한 실천하려 노력했다.

"강한 상대의 얼굴을 기억해 뒀다가 나중에 싸움을 걸기 위해서인가……?"

"틀렸어. 대련을 요청하기 위해서야."

일단은 그렇게 얼버무려 두기로 했다.

"그게 그거잖아!"

"아니야. 억지로 싸우는 게 아니라 부탁하는 거지."

그렇게 티격태격하는 사이 스타 프린세스호가 왕성 부근에 도착했다.

"멈춰라! 이 앞은 왕성의 상공이다. 보시다시피 경계 구역이지. 너희는 기사 아카데미의 학생이로군? 왕성에는 무슨 일로 왔지?"

플라이 기어에 타고 있던 기사가 잉그리스와 라피니아를 불러 세웠다. 이곳의 경비를 맡은 모양이었다.

"기사 아카데미에 재학 중인 라피니아 빌포드와 잉그리스 유크스입니다! 칼리아스 국왕 폐하의 부름을 듣고 찾아왔습니다!"

라피니아가 기사의 질문에 대답했다.

"오오, 자네들이 바로! 이야기는 들었다! 자, 정원에 플라이 기어를 착륙시키도록. 유도해 주마."

"알겠습니다."

이윽고 스타 프린세스호는 기사들의 유도를 받아 중앙 정원에 착륙했다.

"오오, 두 사람 모두! 잘 찾아와 주셨습니다!"

근위기사단장인 레더스가 엄청난 기세로 달려와 깍듯하게 인사를 건넸다.

어쩐지 저번과는 태도가 달랐다.

기사단장쯤 되면 귀하신 몸까지는 아닐지 몰라도 제법 직급이 높은 인물이다.

저번에도 남동생 실바에게는 권위도 뭣도 없는 과보호에 가까운 태도였지만, 잉그리스에게는 나름대로 위엄을 가지고 대했었다.

그런데 지금은 이상하리만치 저자세였다.

"레더스 씨……?"

"아, 안녕하세요……."

잉그리스와 라피니아는 살짝 당황하며 서로의 얼굴을 마주 보았다.

심지어 마중을 나온 레더스만 이런 것이 아니었다.

"""어서 오십시오! 기다리고 있었습니다!"""

레더스의 부하인 근위기사들 또한 일제히 우글우글 몰려나오더니 잉그리스와 라피니아에게 깍듯이 인사했다.

"뭐, 뭐지……?! 뭔가 이상하지 않아……?"

"그, 그러게…….."

단순히 마중을 나왔다기에는 인원수가 지나치게 많았다.

잉그리스와 라피니아가 완전히 둘러쌀 정도였다.

"자자, 이쪽으로. 국왕 폐하께서 기다리고 계십니다."

레더스가 직접 앞장서서 두 사람을 안내하기 시작했다.

왕을 도와준 공적이 있기는 했지만, 그게 이렇게까지 대접을 받을 만한 일일까……?

대체 뭐가 어떻게 돌아가는 것일까. 잉그리스와 라피니아는 그렇게 생각하며 레더스의 뒤를 쫓았다.

다른 기사들도 세 사람을 둥글게 에워싸고 함께 이동했다.

마치 호위를 받는 것처럼 느껴질 지경이었다.

"……어, 어째 대접이 거창한걸. 안 그래, 크리스?"

"응, 라니 말대로……. 그래도 일단은 얌전히 따라가는 게 좋겠어……."

"어? 무슨 뜻이야……?"

"함정으로 유도해서 한꺼번에 습격해 올 생각일지도 모르잖아……."

잉그리스와 라피니아가 작은 목소리로 속닥거렸다.

기사 아카데미의 일개 학생에게 이만큼 엄중한 호위를 붙이는 것은 아무래도 이상했다.

거의 일국의 공주나 최고위 중신을 모시는 듯한 태도였다.

"뭐……?! 우리가 나쁜 짓을 저지른 것도 아니……라고 단언할 수는 없으려나……? 저번만 해도 완전히 깽판을 쳐놨으니까. 주로 크리스가……."

"내 탓이라고……?"

"생각해 봐. 하이랜드의 사자한테 싸움을 걸지 않나, 걷어차서 날려버리지를 않나……. 게다가 국왕 폐하의 떨어진 팔을 주워다가 상처에 막 문질러댔잖아. 짚이는 곳이라면 차고 넘치는걸."

"아……."

"무엇보다 결국 그 이벨이란 애를 죽게 했잖아? 딱히 크리스가 죽인 건 아니지만……."

"나한테도 책임이 있는…… 걸까?"

"그럴지도……? 하이랜더를 날려버렸을 때 치명상을 입혔다고 판단한 게 아닐까."

최종적으로 하이랜드의 사자이자 아크로드인 이벨을 처단한 것은 잉그리스가 아닌 혈철쇄 여단의 수령인 흑가면이다.

하지만 그 전에 잉그리스가 이벨에게 커다란 타격을 가했다.

이벨이 전장에서 죽게 만든 원인을 제공했다고 해도 틀린 말은 아닐 것이다.

"하, 하긴. 굳이 책임을 묻는다면 없지는 않을지도……."

이벨은 하이랜드의 양대 파벌 중 하나인 교주련 측의 인물이 었다.

교주련 측은 처음부터 이 나라와 화해할 생각이 없다고 말했다. 하지만 이야기가 달라졌을 수도 있다.

예를 들어 이벨이 죽어서 방침이 바뀌었고, 화해하는 대신 이벨을 죽게 만든 자를 내놓으라는 식으로 이야기가 흘러갔다면…….

행방이 묘연한 흑가면을 붙잡아 데려가느니 모든 책임을 잉그리스에게 떠넘겨 갖다 바치는 편이 쉽고 빠르다.

특히나 칼리아스 국왕은 하이랜드의 어떠한 횡포도 납작 엎드려 감수할 위인이었다. 불가능한 이야기는 아닐지도 몰랐다.

"하지만 그건 그것대로 기대되는걸……? 후후후."

잉그리스가 보기에 칼리아스 국왕은 결코 무능한 인물이 아니었다.

그러니 고작 이 정도 머릿수로 잉그리스를 붙잡으려 들지는 않을 터였다.

즉, 무언가 비장의 수를 준비해 놓았을 가능성이 컸다.

그리고 그게 사실이라면 꼭 한번 보고 싶었다.

대신에 음식 대접은 영영 물 건너가는 셈이지만…….

"무, 무슨 생각을 하는 거야……! 그랬다가는 반역자가 되어 버리잖아……!"

"그럴지도 모르지. 그래도 걱정 마. 라니는 관계없다고 말해줄 테니까."

"말이 되는 소리를 해……! 우리는 가족이잖아! 친자매나 다름없는 사이인걸. 실제로 장래에 진짜 가족이 될 예정이기도 하고……."

"아니, 나는 그럴 생각 없는데……."

잉그리스와 라피니아가 가족이 된다는 말인즉, 라파엘과…….

아무리 그래도 그것만큼은 극구 사양이었다.

"어쨌든, 우리는 지금까지 계속 함께 다녔잖아? 크리스 혼자만 가버리는 건 싫어."

살짝 불안해졌는지 라피니아가 잉그리스의 옷을 꾹 움켜쥐었다.

그런 라피니아의 모습이 귀여웠던 잉그리스는 싱긋 눈웃음을 지었다.

"응, 알았어. 걱정하지 마."

그렇게 소리를 낮춰 상담을 마쳤을 무렵.

불현듯 잉그리스의 코끝에 엄청나게 향긋한 냄새가 풍겨왔다.

저번에 메이드로 침입했던 경험을 통해 왕성의 내부 구조는 어느 정도 파악하고 있었다.

이곳은 주방 근처였다.

다시 말해서, 식사가 준비되어 있다는 뜻이었다.

"앗……! 우와! 굉장히 맛있는 냄새가 나!"

라피니아가 무심코 큰 소리로 외쳤다.

"예, 저희가 연회 준비를 해두었습니다! 일단은 먼저 국왕 폐하의 이야기를 들어 주십시오. 그다음에 성대한 연회를 만끽하시면 됩니다."

"그런데 무엇을 기념하는 연회인가요?"

잉그리스가 물었다.

칼리아스 국왕이 목표로 하던 교주 연합 측과의 화해는 얼마 전의 사건으로 결국 파탄이 나고 말았다. 게다가 혈철쇄 여단과의 교전으로 인해 막대한 피해까지 나왔다.

잉그리스에게는 좋은 싸움이자 수업이었기에 만족했지만, 나라의 관점에서 보면 기념할 만한 점이라고는 하나도 없었다.

며칠 전의 고생을 위로하기 위해 회식을 마련한 것이라면 그래도 납득할 수는 있을 것이다. 하지만 성대한 연회라는 표현에는 아무래도 위화감이 느껴졌다.

대체 무슨 의도로 이런 일을 벌인 것일까?

"아직 말씀드릴 수는 없지만, 곧 알게 되실 겁니다. 기대해 주십시오."

"있잖아, 크리스. 애초에 전부 쓸데없는 걱정이었던 게 아닐까?"

"어쩌면 그럴지도."

레더스는 무척이나 기쁜 표정을 짓고 있었다. 딱히 거짓말을 하는 눈치도 아니었다.

게다가 함정에 빠트릴 작정이라면 일부러 연회용 요리까지 마련해 둘 필요는 없을 것이다.

하지만 어째서 연회를 준비했는지는 여전히 이해되지 않았다.

물론, 지금 중요한 것은 식사를 대접받을 가능성이 점차 늘어나고 있다는 사실이었다.

솔직히 기쁨을 감추기가 힘들었다.

"다, 다행이다……! 정말로 배불리 먹을 수 있겠어!"

"동감이야, 라니."

"자, 이곳이 알현실입니다. 들어갑시다."

""네!""

잉그리스와 라피니아는 기대감으로 가슴을 두근거리며 칼리아스 국왕이 기다리는 알현실에 발을 들였다.

알현실에는 이미 상당한 수의 인원이 모여 있었고, 안으로 들어서자 그들의 시선이 잉그리스와 라피니아에게 일제히 쏟아졌다.

"오오, 드디어 오셨군……!"

"여전히 아름다우십니다……!"

"호오, 저 소녀가 소문의……. 확실히 훌륭하군. 흠, 하지만……."

등등. 자리에 모인 사람들의 감탄 섞인 목소리가 들려왔다.

레더스의 부하인 근위기사들이 대부분이었지만, 그 외의 인물들도 있었다. 다들 고급스러운 옷을 차려입고 있었는데, 칼리아스 국왕과 가까운 귀족들로 보였다.

"축하드립니다!"

불현듯 누군가가 소리쳤다.

""축하드립니다!""

""평생 따르겠습니다!""

이윽고 환성과 함께 박수갈채가 터져 나왔다.

""……?""

잉그리스와 라피니아는 어안이 벙벙해져 머리를 갸웃했다.

도대체 뭘 축하드린다는 말일까.

"기다리게, 다들. 성급하게 굴지 말게나. 당사자들은 아직 아무것도 모르는 상태일세."

레더스가 쓴웃음을 지으며 주변의 사람들에게 말했다.

"자, 어서 국왕 폐하의 어전으로 가시죠."

레더스는 정중한 몸짓으로 두 사람에게 길을 열어준 뒤, 살짝 물러나 대기했다.

마치 부하나 신하가 자신보다 직급이 높은 자를 대하는 듯한 태도였다.

정중하다 못해 부담스러울 정도였다.

"아, 알겠습니다."

잉그리스와 라피니아는 살짝 당황하면서 옥좌에 앉아있는 칼리아스 국왕의 앞으로 걸어갔다.

잉그리스가 한쪽 무릎을 꿇고 예를 표했다.

"잉그리스 유크스, 라피니아 빌포드. 부름을 받아 찾아뵈었습니다."

"그래, 잘 와주었네. 흐음, 과연. 저번에는 성의 메이드였고, 오늘은 기사 아카데미의 학생인가……. 오늘은 오늘대로 아름답구나."

"……감사합니다."

하지만 잉그리스에게는 영양가 없는 말이었다.

칭찬보다 음식이 더 간절했다.

꼬르륵거리는 배를 억누르는 것도 슬슬 한계였다.

아무리 잉그리스라도 이런 상황에서 꼬르륵 소리를 내는 것만큼은 부끄러웠다. 최대한 빨리 배를 채워야 했다.

"그날의 자리에서 만난 자들도 많겠지만 첫 대면인 자들도 있을 테지. 이 두 사람이야말로 며칠 전의 사건에서 짐을 구해주었던 자들이다! 그때는 정말 큰 도움을 받았다. 이렇게 감사를 표하마."

칼리아스 국왕이 잉그리스와 라피니아를 향해 고개를 숙였다.

처음 만났을 당시의 인상대로 권위나 평판 따위는 안중에도 없는 왕이었다.

그렇기에 이토록 간단히 아카데미의 1학년 학생에 불과한 소녀들에게 머리를 숙일 수 있는 것이다.

돌이켜 보면 웨인 왕자에게서도 비슷한 경향이 엿보였다.

비록 정치적으로는 대립하고 있지만, 인간성은 비슷한 편인 모양이었다.

짝짝짝짝!

다시금 박수갈채가 터져 나왔다.

"대단한 활약이었습니다!"

"부족한 저희를 대신해 국왕 폐하를 구해주셔서 감사합니다!"

"그 광경은 평생 잊을 수 없을 겁니다!"

칭찬에 칭찬이 이어졌다.

"후훗. 이렇게 칭찬을 받으니 기분이 좋긴 좋네~."

라피니아가 잉그리스에게 속삭였다.

잉그리스도 라피니아가 기뻐하는 모습은 보기 좋았다. 좋았지만…….

"난 됐으니까 빨리 밥이나 먹고 싶어……. 이대로 가다가는 배에서 꼬르륵 소리가 나버릴 거야……!"

"으……. 나, 나도. 국왕 폐하 앞에서 꼴사나운 모습을 보이기는 싫어……!"

지금은 백 마디 칭찬보다 한 조각의 고기가 절실했다.

얼른, 얼른 먹을 것을!

"특히, 잉그리스여."

"예."

"자네는 하이랜드의 아크로드를 단신으로 제압하고, 혈철쇄 여단마저 격퇴해 냈다. 가녀린 소녀라는 사실이 믿기지 않을 만큼 무시무시한 전투였네. 그야말로 귀신같은 솜씨더군⋯⋯!"

"영광입니다⋯⋯."

잉그리스는 짤막하게 감사를 표했다.

솔직히 칼리아스 국왕이 하는 말은 반쯤 흘려듣다시피 하고 있었다.

배에서 꼬르륵 소리가 나지 않도록 온 정신을 집중하느라 어쩔 수가 없었다.

그리고 잉그리스는 애타게 기다리고 있었다. "자, 연회를 시작하지. 요리를 가지고 오거라!"라는 한마디를.

"그래. 그리고 이벨이나 국왕인 이 몸을 눈앞에 두고도 털끝만치도 동요하지 않는 냉정함."

딱히 그렇지도 않았다.

지금만 해도 배가 꼬르륵 소리를 낼까 봐 살짝 긴장하고 있었다.

한편으로는 화려한 궁중 요리를 먹을 수 있다는 생각에 두근거리기도 했다.

즉, 국왕이 말한 냉정함과는 거리가 멀었다. 적어도 지금은.

"어린 나이에도 불구하고 탁월한 전략적 안목과 언변을 갖추었으며, 두뇌 또한 비범하다고 레더스에게 들었다."

"⋯⋯예."

"하여, 짐은 자네의 공적에 최대한의 성의를 담아 보답하기로 했다."

드디어!

이제 연회를 개최할 일만 남았다. 만찬이 코앞이다. 기쁘다. 절로 웃음이 나올 것만 같았다.

"잉그리스 유크스여. 이 국왕 칼리아스가 선언하니, 오늘부로 그대를 근위기사단의 단장으로 임명하겠다……!"

"……?!"

"네에에에에엣?!"

잉그리스는 눈을 휘둥그레 뜨는 선에서 그쳤지만, 경악한 라피니아는 그만 큰 소리를 내고 말았다.

""축하드립니다!""

다들 칼리아스 국왕이 이렇게 선언할 예정임을 알고 있었던 것이리라.

그래서 마음이 앞선 나머지 잉그리스와 라피니아가 알현실에 발을 들이자마자 축하를 건넨 것이다.

짝짝짝짝짝!

박수갈채와 성원의 목소리가 알현실 가득 울려 퍼졌다.

"저는 그것보다 연회 음식을……."

꼬르르륵!

마침내 참지 못하고 배에서 소리가 울려 퍼졌다.

불행인지 다행인지 성대한 박수 소리와 성원에 묻혀 지워지고 말았지만.

"크, 크리스가 근위기사단의 단장이라니…… 마, 말도 안 돼."

예상을 한참 벗어난 국왕의 선언에 라피니아는 눈을 동그랗게 뜨고 중얼거렸다.

라피니아의 말을 들었는지 칼리아스 국왕은 씨익 웃었다.

"놀라도 이상하지 않은 일이지. 워낙 이례적인 인선이니 말이야. 하지만 나는 나의 눈을 믿고 있다. 잉그리스는 성기사나 하이랄 메나스에 필적하는 인재다. 그런 인재를 기용하지 못할 이유가 어디에 있겠나? 자고로 왕이라면 사람을 올바르게 평가하고 그에 걸맞은 대우를 할 필요가 있는 법."

솔직히 말해서 기사단장 노릇도 하려면 얼마든지 할 수 있다.

전생에서는 이 나라보다도 훨씬 커다란 대국을 이끌었던 몸이니까. 일개 기사단을 통솔하는 것쯤 간단한 일이다.

그런 점에서 봤을 때, 칼리아스 국왕의 안목은 훌륭했다.

하지만 정확한 판단이라고 하기는 어려웠다.

능력 면에서는 더할 나위 없겠지만, 인간성 측면을 꿰뚫어 보지 못했다.

오히려 그건 라피니아의 안목이 정확했다. 확실히 말도 안 되는 소리였다.

"제, 제일 큰 문제는 크리스가 크리스라는 점인데요……. 그, 그리고 레더스 씨! 기사단장직을 내려놓게 되는 건데, 그래도 괜찮은 건가요……?!"

라피니아는 마치 도움을 바라는 듯한 눈빛으로 레더스를 바라보았다.

잉그리스가 근위기사단장으로 취임하면, 현 기사단장인 레더스는 직위를 잃는 꼴이다.

무슨 생각인지는 몰라도 마음이 편치만은 않을 터였다.

"전혀 상관없다! 오히려 내가 나서서 부탁하고 싶은 심정이군! 나는 부단장 자리로 내려와 새롭게 취임한 기사단장을 성심성의껏 보좌할 생각이다!"

하지만 레더스는 망설이는 기색도 없이 단칼에 대답했다.

"네에에에?! 어, 어째서 그렇게까지……?!"

"잉그리스 군…… 아니, 잉그리스 단장이 하이랜더인 이벨을 걷어차서 성 밖으로 날려버린 순간…… 이루 말할 수 없는 통쾌함을 느꼈기 때문이라네. 너희들도 그렇지 않았나?!"

레더스가 부하 기사들에게 물었다.

""예! 말씀하신 대로입니다!""

""속이 뻥 뚫리는 기분이었습니다!""

이벨이 칼리아스 국왕을 대하는 태도는 실로 끔찍했다. 경의라고는 티끌만큼도 보이지 않고 일국의 왕의 존엄을 짓밟기만 했다.

그런데 자초지종을 옆에서 지켜만 보던 레더스와 기사들의 울분을 잉그리스가 글자 그대로 날려버렸다.

"우리는 하이랜드에게 머리를 숙일 수밖에 없는 처지였다. 아무리 억울한 짓을 당해도 참는 것만이 살아남는 길이었지. 하이랜드로부터 하사받은 마인무구가 없다면 마석수로부터 자신의 몸을 지키는 것조차 불가능하니까……. 성기사와 하이랄 메나스도 결국에는 하이랜드로부터 유래된 존재들. 하이랜드에 종속되어 있다는 사실에는 변함이 없어. 하지만 잉그리스 단장은 마인도 마인무구도 사용하지 않고 최고위 하이랜더를 물리쳤다. 지금까지의 상식과 갑갑함을 파괴해 준 셈이지! 두 눈에 새겨진 그때의 힘차고 아름다운 모습이 머릿속을 떠나지 않아……! 잉그리스 단장……! 부디 저희를 이끌어 주십시오!"

""부탁드립니다!""

""잉그리스 단장!""

레더스를 비롯한 근위기사들은 완전히 들떠 있었다.

희망으로 가득 찬 초롱초롱한 시선이 일제히 잉그리스에게 쏟아졌다.

"들은 대로다, 잉그리스여. 염려할 것은 전혀 없다. 근위기사단장은 자네에게 완전히 감복해 버린 모양이더군. 자네야말로 하이랄 메나스를 넘어서는 이 나라의 진정한 수호신이라고 말이지……. 이 자들을 잘 부탁하겠네."

칼리아스 국왕이 잉그리스의 어깨에 손을 척 얹으며 말했다.

그런데 잉그리스가 뭐라고 대답하기 직전.

"하, 하오나 국왕 폐하……! 저, 저는 납득할 수 없습니다!"

달아오른 분위기에 찬물을 끼얹듯 누군가가 외쳤다. 갑옷을 걸친 기사가 아닌, 문관 차림의 살짝 살이 찐 남성이었다.

"저, 저 소녀는 무인자가 아닙니까……! 그런 자를 근위기사단 장이라는 최상위 요직에 앉히다니요! 전례도 없을뿐더러 기사단의 위신도 땅에 떨어질 것입니다……! 여태껏 이 나라의 기사들이 쌓아왔던 전통을 파괴해서는 안 됩니다!"

"어리석은 것……! 지금 그런 사소한 일에 얽매일 때가 아니지 않은가! 잉그리스는 너무나도 뛰어난 실력을 갖춘 나머지 마인에 기댈 필요가 없을 뿐이다. 이 소녀는 세상의 상식에 구애받지 않는 새로운 존재……. 새로운 것을 인정하지 않고 변화를 거부하기만 하다 보면 이 지상에서 살아남기란 불가능한 것이거늘……!"

"국왕 폐하의 말씀대로다……! 우리 근위기사단이 인정했다! 대체 뭐가 문제란 거지!"

"……지당하신 말씀입니다!"

불현듯 잉그리스가 외쳤다. 묵묵히 사태를 지켜보고 있다가 처음으로 입을 연 것이다.

"저도 이분의 의견에 찬성합니다……!"

잉그리스는 그렇게 덧붙인 다음 문관으로 보이는 남성의 곁에 섰다.

"""엑……?!"""

라피니아를 제외한 전원이 얼빠진 소리를 냈다.

잉그리스는 자리에 있는 모든 사람에게 마인이 없는 오른손을 보여주었다.

"보시다시피 저는 무인자입니다. 무인자는 종기사 이상의 계급을 오를 수 없는 것이 이 나라의 규칙……! 그것을 모두에게 모범을 보여야 할 국왕 폐하와 근위기사단장 레더스 씨께서 여봐란듯이 깨트리겠다는 건가요……?!"

"윽……?!"

"하, 하지만 잉그리스여……!"

레더스와 칼리아스 국왕은 어떻게든 잉그리스를 설득하려는 눈치였다.

하지만 잉그리스는 절대로 물러날 생각이 없었다. 아무래도 맞서 싸워야 할 때가 온 모양이다.

이번 인사에 대한 잉그리스의 생각은 확고했다. 절대로 싫었다. 극구 반대였다.

기사단장에 취임해 버리면 전생의 자신과 똑같은 길을 걷게 될 것이다.

나라와 사람들을 위해 헌신하는 삶을 살게 되리라.

하지만 이제 그런 삶은 사양이었다. 전생에서 살 만큼 살았다. 의욕이 있는 다른 사람한테 맡기면 될 일이다.

잉그리스는 최전선에서 싸우면서 실력을 갈고닦고 싶을 뿐이었다.

따라서 무조건 거절할 생각이었다. 다만, 거절한답시고 칼리아스 국왕의 심기를 건드리는 것은 바람직하지 않았다.

잉그리스는 기사 아카데미의 학생이라는 입장과 환경이 마음에 들었다. 게다가 잉그리스만 국외로 추방당했다가는 라피니아와 생이별을 하게 될 것이다.

그러니 최대한 원만하게 거절해야 한다.

잉그리스는 주변 사람들을 향해 단호한 어조로 말했다.

"규칙이란 지키기 위해서 존재하는 것입니다! 그러므로 저는 기사단장직에 취임하지 않겠습니다……! 저 한 사람 때문에 맥맥이 이어져 내려온 기사단의 전통이 일그러지는 것은 바라지 않습니다!"

"허, 허나 잉그리스여……! 낡은 관습은 바로잡고, 좋은 것을 취하는 것이야말로 미래를 개척해 나가는 자세가 아니겠나……!"

"국왕 폐하께서 말씀하신 대로입니다! 무작정 전통을 고집할 게 아니라, 진정으로 이 나라와 백성들을 위한 길을 택해야 합니다! 당신에게는 그럴 만한 가치가 있습니다!"

예상대로 칼리아스 국왕과 레더스가 물고 늘어져 왔다.

두 사람의 말투에서 진심이 느껴졌다. 정말로 나라를 위해 잉그리스를 기사단장직에 앉히고 싶은 모양이었다.

상식에 얽매이지 않고 좋은 것을 좋다고 평가하는 유연한 사고방식도 엿보였다.

실로 훌륭한 사고방식이 아닐 수 없었지만, 잉그리스에게는 민폐일 따름이었다.

세상 사람들을 위해서 자신을 끌어들이지 않았으면 좋겠다.

"하지만 그것이 정말로 올바른 선택일까요? 진정으로 나라와 백성들을 위한 것일까요? 실제로 이분께서도 반대하시지 않으셨습니까."

"그자의 발언은 작은 것이다, 잉그리스여. 큰 뜻 앞의 작은 목소리야."

"그렇고말고! 자신의 지위를 위협받을지도 모른다는 두려움에서 나온 반발에 불과합니다!"

"자신의 안위를 걱정하는 것은 인간으로서 당연한 태도입니다. 저는 그런 태도가 나쁘다고 생각하지 않습니다. 그리고 제가 기사단장에 취임하면 이분 외에도 비슷한 반응을 보이는 사람이 반드시 나올 겁니다."

"그야 그렇지만……!"

"허나……!"

"또한, 무인자인 제가 기사단장이 된다면 지금까지 종기사였던 분들이 희망을 품게 될지도 모릅니다. 정식 기사가 될지도 모른다고 말이죠. 하지만 실제로 그렇게 되기란 힘들 테지요?"

"그들이 자네와 같은 힘을 얻는다면 불가능한 일은 아닐 터."

"마인무구를 다루지 못하는 것이 힘이 부족하다는 결과로 이어졌기에 이러한 제도가 생겨났을 뿐이잖습니까."

"맞아요. 하지만 저라는 무인자가 근위기사단장이 되었음에도 아무것도 바뀌지 않는다면 그들도 분명 불만을 느낄 겁니다. 즉, 기존에 자신의 직위를 유지하던 분들을 의심암귀에 빠지게 만들고, 종기사분들에게는 헛된 희망을 품게 만드는 결과로 이어질 테지요. 하나의 예외에 불과한 제가 불필요한 대립을 낳을 우려가 있다는 말입니다. 잘 생각해 주세요. 국가란 저 한 사람이 지켜낼 수 있는 것이 아닙니다. 수많은 사람이 뜻을 함께하고, 손을 맞잡음으로써 비로소 지켜낼 수 있는 것입니다. 설령 하이랜더의 힘을 빌렸을지언정, 이 나라는 자국을 지켜내 왔던 실적과 전통이 있습니다. 그것을 깨트리면서까지 저를 기사단장에 취임시킬 가치가 과연 있을까요? 얻는 것이 있을지도 모르지만 잃는 것 또한 커다랄 것입니다. 저는 저로 인해 이 나라가 혼란에 빠지는 모습을 보고 싶지 않습니다……!"

"으, 으음……. 인간의 사사로운 마음이 분열을 낳는다는 것인가……."

"종합적으로 판단하면 나라에 좋지 않은 결정이라는 말씀이시군요."

"예. 그러니 애석하지만, 기사단장에 취임하라는 명을 받을 수는 없습니다. 정말로 애석할 따름입니다……."

그렇게 말하는 잉그리스의 뺨에 한줄기의 눈물이 흘러내렸다.

절반은 연기였지만, 절반은 진심이었다. 애석하다는 말도 거짓말이 아니었다.

물론, 기사단장에 취임하지 못했다거나 출세하지 못해서 아쉽다는 뜻은 절대로 아니었다.

만약 이 제안을 받아들였다면 푸짐한 만찬을 만끽할 수 있었을 것이다.

하지만 칼리아스 국왕의 성의를 걷어차 놓고 뻔뻔하게 연회를 즐길 수 있을 리가 없었다.

이대로 얌전히 퇴장해야만 하는 것이다. 너무나도 슬퍼서 눈물이 절로 흘러내렸다.

"크리스……."

옆에 있던 라피니아 역시도 울먹이고 있었다.

대화의 흐름을 통해서 눈치챈 것이다. 만찬을 포기할 수밖에 없다는 사실을.

"잉그리스여……."

"죄송합니다. 괴로운 결정을 하시게 만들었군요……."

칼리아스 국왕과 레더스가 미안하다는 듯이 중얼거렸다. 그들에게 잉그리스의 눈물은 한참 다른 의미로 받아들여진 모양이었다.

약관 15세에 절세의 미녀로 평가받는 잉그리스의 눈물은 그들의 마음을 흔들어 놓기에 충분했다.

덕분에 이대로 체념해 줄 것 같았다.

하지만 잉그리스는 억울한 마음을 지울 수가 없었다.

만찬은 입에도 대지 못하고, 흥미도 없는 출세를 정중하게 거절하느라 괜한 고생만 했다.

이럴 바에는 차라리 토목 공사를 도우면서 도시락이나 까먹는 편이 나았다.

심지어는 그 도시락마저 놓쳐버리고 말았다.

아니, 아직 끝나지 않았다. 칼을 뽑으면 무라도 베어야 하는 법.

적어도 이것만큼은……!

속으로 그렇게 다짐하면서 잉그리스는 칼리아스 국왕 앞에 다시 한번 무릎을 꿇었다.

"국왕 폐하. 기사단장직을 맡기는 어렵습니다만, 저의 힘만은 나라를 위해 바치고 싶습니다."

"흐음……. 구체적으로 말해 보게나."

"이전과 같은 위험한 사태가 발생했을 때, 저를 불러 주신다면 언제든지 달려가겠습니다. 필요하시다면 마음껏 불러 주세요. 그리하신다면 제가 기사단장이 되었을 때와 같은 쓸데없는 알력은 발생하지 않을 것입니다. 어찌 보면 가장 효율적으로 저를 사용할 수 있는 방법이 아닌가 싶습니다."

"하지만 그래서는 자네가……."

"괜찮습니다. 저는 지위나 명예에 관심이 없습니다. 저는 제 마음이 채워질 수만 있다면 그것으로 족합니다."

물론, 잉그리스에게 있어 마음이 채워진다는 것은 자신의 성장을 실감하는 것을 의미했다. 강적과 마음껏 싸우고, 실전 경험을 쌓는 것만이 잉그리스의 보람이었다.

하지만 다른 사람들은 잉그리스의 말을 각자의 방식으로 해석해 받아들였다.

"이 어찌 훌륭한 소녀란 말인가. 자네의 마음가짐에 감복하고 말았네."

칼리아스 국왕은 잉그리스에게 이 나라의 사람들을 지키고자 하는 대의가 있다고 해석한 모양이었다.

잉그리스의 말을 어떻게 받아들일지는 개인의 자유다.

즉, 딱히 거짓말은 하지 않았다.

"그렇군요……. 아쉽습니다. 저는 당신을 단장으로서 섬길 생각이었습니다만……. 저 밤하늘의 달처럼 우아한 모습과 지고의 꽃과도 같은 향기를 겸비한 당신을 곁에서 보좌할 수 있다면 매일이 천국처럼 느껴질……."

"…………."

"크, 크흠……! 어, 어쨌든! 기사단장이 될 생각은 없지만, 또 언젠가 함께 싸울 수 있다는 말씀입니까?"

"네. 그때는 잘 부탁드립니다. 제 힘이 필요하시거든 반드시 불러주세요."

강적이 나타났을 때 자신을 불러준다면 오히려 바라던 바였다. 귀찮은 책임을 묻지 않는다면 더욱더 그랬다.

대의를 위한 선택이 아니라 실전 경험을 위한 선택이라는 인식의 차이는 존재했지만.

그래도 양측 모두에게 이익이니 나쁠 게 없었다.

이것으로 아무런 소득도 없이 돌아가지는 않게 되었다.

"그러면 저희는 이만 실례하겠습니다."

잉그리스는 머리를 깊이 숙여 보인 뒤, 알현실을 뒤로했다.

영웅왕,

극한의무를 위해 전생하다

그리고 세계 최강의 견습 기사가 되다♀

라피니아가 알현실을 나오기 무섭게 커다란 한숨을 내쉬었다.

"하아. 결국 헛걸음만 하고 말았네……. 그래도 크리스는 얻은 게 있으니 다행이지만. 방금 대화 말인데, 귀찮은 건 다 생략하고 싸움만 하게 해달라 부탁한 거였지? 잘도 크리스한테 유리한 쪽으로 구워삶았네."

"그건 피차 마찬가지 아닐까? 저쪽도 쓸데없는 비용 없이 날 부릴 수 있게 되었잖아. 나는 라니의 종기사니까 애초부터 기사단장을 할 여유 같은 건 없었어."

"내 핑계 대지 마……! 자기가 귀찮았을 뿐이면서……!"

라피니아가 잉그리스의 뺨을 쭉 잡아당겼다.

"아파, 아파아……! 당기지 마……!"

"……그런데 정말로 괜찮겠어? 근위기사단의 단장은 엄청난 출세잖아. 성기사인 라파 오라버니에 필적하는 자리야. 세레나 이모님과 류크 단장님도 분명 굉장히 기뻐하실걸. 우리 아버지와 어머니도, 유미르에 사는 사람들도 그럴 거고. 정말 그렇게 간단히 거절해 버려도 괜찮은 거야? 혹시 나를 걱정해서 그런 거라면……."

쭈욱!

이번에는 웬일로 잉그리스가 라피니아의 뺨을 잡아당겼다.

"됐어. 나는 지금 이대로가 좋아. 하지만 아버지와 어머니가 이야기를 들으면 실망할지도 모르겠네. 그러니까 비밀로 해 주기다?"

그렇게 말한 뒤 뺨에서 손을 떼어낸 잉그리스는 라피니아를 살며시 끌어안았다.

"……응. 알았어. 하아, 나는 정말로 헛걸음만 한 셈이네."

꼬르륵!

꼬르르륵!

두 사람의 배가 동시에 처절한 소리를 냈다.

"……돌아갈까."

"그러자……."

그렇게 두 사람은 스타 프린세스호가 세워져 있는 정원을 향해 걸어갔다. 하지만 바로 그때였다.

"호~호호우! 이거 잉그리스 양과 라피니아 양이 아니십니까! 실로 오랜만이군요!"

괴상한 차림새의 깡마른 중년 남성이 시끄러운 목소리로 외쳤다.

"……!"

"다, 당신은!"

예전에 고향 유미르에서 신세를 졌던 인물이었다.

"그간 안녕하셨는지! 여러분의 와이즈멀 백작입니다!"

와이즈멀 백작은 경쾌한 스텝을 밟으며 잉그리스와 라피니아에게로 다가왔다.

솔직히 말해서 기괴하기 짝이 없는 동작이었지만 이미 익숙했기에 딱히 놀라지는 않았다.

"거의 2년 만이군요. 여러분의 고향인 유미르에서 펼친 공연은 아직도 제 가슴속에 선명히 남아있답니다!"

와이즈멀 백작이 기쁜 듯이 웃으며 말했다.

이 와이즈멀 백작은 극단을 이끌고 각지를 순회하며 연극과 노래를 위주로 한 무대 공연을 선보이고 있는 인물이었다.

옛날에는 귀족 집안이었으나 할아버지 대에 영지를 잃게 되면서 극단을 이끌고 돌아다니기 시작했다고 한다. 현재의 그는 3대째였다.

따라서 백작이라는 호칭은 어디까지나 별명이었다.

와이즈멀 극단은 벌써 몇십 년간 이러한 활동을 계속해 왔다는 모양이다.

덕분에 전국적으로도 이름이 제법 알려져 있었고, 예술백 와이즈멀 본인도 유명인사였다.

이렇게 왕성에 와 있다는 말인즉, 이번에는 왕도에서 공연을 펼칠 예정인 걸까.

예전에 와이즈멀 극단이 유미르를 방문했을 당시, 잉그리스와 라피니아는 극단의 무대에 올라 노래와 춤을 선보이게 되었다.

잉그리스와 라피니아가 아직 열세 살일 무렵의 이야기였다.

잉그리스는 무대에 오른 경험 덕분에 사람들의 시선에 조금 더 당당해지게 되었다. 화려하게 치장한 자신의 모습을 드러내는 데 익숙해진 것이다.

라피니아는 그런 잉그리스를 보고 여자로서 한 꺼풀 벗었다고 평가했을 정도다. 물론 전혀 기쁘지는 않았다.

"두 분 모두 못 본 사이에 더욱 아름다워지셨군요! 이런? 왜들 그러십니까? 그렇게 울먹이는 얼굴로."

"우…… 우와아아아앙! 와이즈멀 백작님!"

"저희 좀 살려주세요!"

두 사람이 와이즈멀 백작에게 애걸복걸하는 데는 이유가 있었다.

예전에 유미르에서 그와 만났을 때, 마침 유미르는 흉작으로 식량난에 처한 상태였다.

잉그리스와 라피니아도 영민에게 모범을 보여야 한다는 이유로 소식을 해야만 했다. 즉, 지금과 마찬가지로 굶주려 있었다.

와이즈멀 극단은 식자재를 넉넉하게 보유한 채로 행동하고 있었고, 공연에 출연하는 대가로 잉그리스와 라피니아에게 음식을 제공해 준 것이었다.

솔직히 말해서 배를 채우려고 공연에 출연했다고 말해도 과언이 아니었다.

그렇기에 잉그리스와 라피니아의 머릿속에는 이런 인식이 박혀 있었다.

와이즈멀 백작 = 배부른 식사.

꼬르르륵!

꼬르륵!

"어이쿠야. 두 분은 항상 굶주린 모습으로 제 앞에 나타나시는군요? 극단의 음식이라도 괜찮다면 드시러 오시겠습니까?"

""네……! 부탁드릴게요!""

"호호우……! 식사는 얼마든지 드리겠습니다. 단, 와이즈멀 극단은 현재 왕도 칼리아스에서 공연을 열기로 되어 있습니다만……."

""뭐든지 할게요! 밥을 먹을 수만 있다면!""

"홋호호우! 감사합니다! 그렇지 않아도 두 사람에게 딱 맞는 공연이 준비되어 있습니다! 이곳에서 만난 것도 모종의 인연! 하늘이 저를 도우셨군요!"

"네! 분명 그럴 거예요!"

"저희도 하늘이 도왔다고 생각합니다!"

어찌 됐든, 드디어 배가 부르도록 먹을 수 있을 것 같았다.

왕성의 만찬은 놓치고 말았지만, 결과적으로는 오길 잘한 셈이었다.

와이즈멀 백작과의 재회를 신에게 감사드리고 싶은 심정이었다.

신들의 기적이 느껴지지 않는 세상이기는 했지만…….

와이즈멀 백작은 현재 왕도의 대극장에 자리를 잡고 공연 준비에 한창이었다. 대극장의 사용 허가를 내려준 것은 칼리아스 국왕이라는 모양이었다.

와이즈멀 극단은 혈철쇄 여단의 왕도 습격이 벌어진 직후에 왕도를 방문했기 때문에 별다른 피해를 받지는 않았다고 한다.

한편, 잉그리스와 라피니아는 극단의 단원들과 함께 저녁 식사를 하게 되었다.

"하읍, 마히허! 허마호 다해히야…… 와히즈허 백학과 다히 마하헤 돼허. (아아, 맛있어! 정말로 다행이야…… 와이즈멀 백작과 다시 만나게 돼서.)"

"호함이야, 라히……. 후겄다 사하난 기부히하. (동감이야, 라니……. 죽었다 살아난 기분이야.)"

감동에 젖어 커다란 접시에 가득 쌓인 닭튀김으로 손을 뻗는 잉그리스와 라피니아.

우물우물! 쩝쩝! 우걱우걱!

접시의 내용물이 노도와도 같은 기세로 사라져 갔다.

""한 그릇 더 주세요!""

두 사람은 완전히 비어버린 접시를 들어 음식의 추가를 부탁했다. 얼굴에는 함박웃음이 걸려 있었다.

"벼, 변함없이……."

"엄청난 식성이구나……."

"아니, 2년 전보다 먹는 속도가 빨라진 것처럼 보이는데……?"

단원 중에는 잉그리스와 라피니아를 기억하고 있는 자들도 많았다. 2년 전 유미르에서 함께 공연했던 자들이다.

하지만 그런 그들도 놀라움을 금치 못하는 눈치였다. 식사를 하던 손까지 멈추고 멍하니 두 사람의 먹는 모습을 쳐다보고 있었다.

"자자, 계속해서 요리를 가져다주시게나!"

"얏호! 고맙습니다, 백작님♪"

"정말로 감사합니다!"

"고마워하실 필요 없습니다! 푹 자고, 잘 먹고, 마음껏 웃는 것이야말로 두 분이 가진 미모의 비결일 테지요! 두 분 모두 2년간 무척 아름답게 성장해 주셨습니다! 그 아름다움으로 제 무대를 빛낼 수 있다면야 이 정도는 싸게 먹히는 셈이지요!"

너무나도 좋은 사람이었다.

전에도 그랬지만 와이즈멀 백작은 배포가 큰 편이었다. 잉그리스와 라피니아가 아무리 많은 음식을 먹어도 싱글벙글 웃어 주었다.

차림새는 괴상하고, 행동거지는 수상했으며, 목소리는 시끄러웠지만, 잉그리스와 라피니아에게는 천사나 다름없는 인물이었다.

"그러고 보니, 이번에 저희는 무슨 역할을 맡으면 되나요······? 또 춤과 노래인가요?"

요리가 추가되길 기다리는 동안 라피니아가 와이즈멀 백작에게 물었다.

"아니요, 이번 공연은 연극을 메인으로 할 예정입니다! 그것도 신작이지요! 기껏 이렇게 넓은 대극장을 빌렸으니 이 공간을 최대한 살려서 움직임이 많은 활극을 선보여 볼까 합니다!"

"흐음······. 재밌을 것 같네요!"

"무대 위에서 적들을 물리친다, 뭐 그런 내용인가요?"

"바로 맞췄습니다! 그뿐만 아니라 넓은 공간을 활용해서 플라이 기어를 날리는 등 화려한 연출을 시도해 볼 작정입니다! 분명 남녀노소 전부 즐길 수 있는 무대가 될 테지요!"

"괜찮은걸⋯⋯! 화려한 건 저도 좋아해요!"

"전투라면 맡겨주세요."

"암요, 암요! 두 분의 실력은 저도 익히 알고 있습니다. 그래서 우선은 단원들에게 전투신을 위한 연기 지도를 부탁드릴 생각입니다. 그리고 플라이 기어의 조종법도 말이죠!"

"과연⋯⋯. 우리의 특기 분야네."

"응. 그런 거라면 할만하겠어."

"그리고 두 분은 현재 기사 아카데미에 소속되어 있다고 들었습니다. 혹시 가능하시다면 플라이 기어를 대여할 수 있을지 여쭤봐 주실 수 있겠습니까? 저도 몇 대 소유하고는 있습니다만, 수가 모자란지라⋯⋯."

"알겠습니다. 교장 선생님께 말씀드려 볼게요."

"만약 거절당해도 스타 프린세스호를 빌려드리면 되니까 문제없어요! 어차피 우리 거니까!"

"어억⋯⋯?! 그걸 쓰려고? 마을 아이들한테 평가가 별로 안 좋았잖아⋯⋯."

"호평했던 애도 있었잖아! 왜 나쁜 의견만 말하는 거람. 좋은 의견만 설명해 드리면 되는 걸 가지고."

"호호우! 그 팬시한 플라이 기어 말씀이군요! 훌륭합니다! 저도 첫눈에 보고 마음을 빼앗겼지요! 꼭 부탁드립니다!"

와이즈멀 백작은 스타 프린세스호가 무척 마음에 든 모양이었다.

"으, 으음……."

이 사람은 엉뚱한 성격 탓인지 무엇이든 받아들이는 경향이 있었다. 정말로 괜찮을까?

아니, 오히려 예술에는 그 무엇이든 받아들이는 아량이 필요한 것일지도 몰랐다.

어쨌든 잉그리스로서는 좀처럼 이해하기 힘든 분야였다.

"그럼 우리는 이번에 스태프인 거네! 무대에 오르고 싶은 마음도 없지는 않았는데."

"나는 스태프로도 만족이야."

"무슨 말씀이십니까! 당연히 무대에도 오를 예정입니다! 이렇게 아름다운 잉그리스 양과 라피니아 양을 무대에 세우지 않을 수는 없지요!"

"에헤헤. 아름답대. 의욕이 솟는걸!"

"……괜히 저희가 극단 분들의 역할을 빼앗는 게 아닌가 싶네요."

"홋호우! 걱정하지 마십시오! 원래부터 저희는 방문한 지역에서 역할에 맞는 분들을 발견하면 무대에 오르도록 권하고 있습니다. 그리하면 해당 지역에 사시는 분들도 더욱 친근하게 공연을 감상하실 수 있을 테니까요! 저희 와이즈멀 극단의 방침인 셈이죠! 관객분들의 만족이 무엇보다 우선이잖습니까! 뭐, 제 눈에 차는 분이 그렇게 많지는 않지만 말이죠! 그러니 마음 놓으시길!"

"그렇군요."

"자, 이것이 이번 연극의 대본입니다! 히로인 역의 마리아벨을 담당해 주시길 바랍니다!"

"히로인 역……?! 우와, 엄청 중요한 배역이네."

"그러게……."

잉그리스와 라피니아는 와이즈멀 백작에게 건네받은 대본을 내려다보았다.

대충 훑어보니, 마리아벨이라는 소녀를 둘러싼 두 남성의 다툼을 다룬 내용이었다.

아무래도 과격한 전투가 무대에서 연출되는 듯했다.

중간에는 플라이 기어를 이용한 전투도 포함되어 있었다.

상당히 화려한 무대가 될 것 같았다.

그리고 최종적으로는 한쪽의 남성이 경쟁에서 승리해 마리아벨과 맺어지는 모양이었다. 여기까지는 좋았지만…….

"오오옷?! 이, 이거 마지막에 키스신이 있어……!"

"에에에에엑?! 어, 어디……! 우와, 진짜네! 저, 백작님…… 이건 어떻게 좀 안 될까요?"

"안 됩니다! 반드시 들어가야 할 예술적 표현입니다! 타협할 수는 없습니다!"

"윽……?!"

"외관상 크리스가 마리아벨을 하는 편이 좋을 것 같은데…….

정 싫으면 내가 대신 맡을까? 백작님, 그래도 될까요?"

"물론 괜찮습니다! 라피니아 양에게는 라피니아 양만의 매력이 있으니까요!"

"뭐?! 아, 안 돼요! 라니한테는 아직 일러! 후작님한테도 라니를 잘 감시해 달라고 부탁받았고……!"

"그럼 크리스가 하는 거지?"

"윽……?!"

그것도 싫었다.

갑자기 상황이 안 좋게 돌아가기 시작했다. 라피니아에게 키스신을 시키기는 절대로 싫었고, 그렇다고 직접 하자니 소름이 돋았다.

하지만 키스신을 없앨 수도 없는 노릇이었다. 그렇다면 공연에 나가는 것 자체를 취소하는 방법밖에…….

"뭐, 도저히 어렵다고 말씀하신다면…… 아쉽지만, 식사를 더 드리기는 어려울 것 같군요."

"으으으윽……?!"

그것도 싫었다!

더 이상 쫄쫄 굶주리고 싶지는 않았다……!

"조, 조금만 생각할 시간을 주세요……!"

"예예, 그렇게 하시죠! 2, 3일 안에만 결정해 주시면 됩니다!"

"고, 고맙습니다……!"

생각할 시간을 벌기는 했지만…… 상황이 정말로 난감해지고 말았다.

◆ ◇ ◆

다음 날 아침. 잉그리스와 라피니아는 와이즈멀 백작을 밀리에라 교장에게 안내했다.

다만, 건물이 파괴되면서 교장실도 사라져 버린 상태였기에, 교장실 대신 공사 현장의 지휘소로 직접 데려가 주었다.

"네?! 와이즈멀 극단의 공연을 위해서 기사 아카데미의 플라이기어를 빌리고 싶다고요?"

"그렇습니다! 며칠 전 왕도에서 거대한 싸움이 벌어졌다고 들었습니다. 그로 인해 불안해진 왕도 주민분들의 기분을 북돋아 드리기 위해서라도 꼭 부탁드립니다!"

와이즈멀 백작이 평소처럼 시끄러운 목소리와 기묘한 몸짓을 동원해 부탁했다. 밀리에라 교장은 과연 뭐라고 대답할까?

밀리에라 교장은 말이 잘 통하는 인물이지만, 의외로 무척 성실한 인물이기도 했다.

그런 일에는 협력할 수 없다고 단칼에 거절할지도 몰랐다.

"와아아아~! 괜찮네요! 사실 저, 연극을 엄청 좋아하거든요! 와이즈멀 극단의 공연도 여러 번 본 적이 있어요! 팬이에요!"

……오히려 대단히 환영하는 눈치였다.

"홋호우! 정말 감사드립니다! 그렇게 말씀해 주시니 저도 보답을 받는 기분입니다!"

"그래서 말인데요. 혹시 협력해 드리면 티켓을 좀 받을 수 있을까요?"

"물론입니다! 기사 아카데미분들께는 따로 특등석을 마련해 두겠습니다! 직성이 풀리실 때까지 몇 번이고 관람해 주십시오!"

"꺄악~! 특등석이래, 특등석♪ 그러면 전면적으로 협력해 드리겠어요!"

"교장 선생님! 잠시만 기다려 주십시오!"

불현듯 한 학생이 소리쳤다. 아카데미의 학생 중에서 유일하게 특급 마인을 소유하고 있는 3학년의 실바였다.

밀리에라 교장과 와이즈멀 백작의 대화가 근처에서 작업을 지시하고 있던 실바에게도 들린 모양이었다.

"네? 왜 그러세요, 실바 군?"

"왜 그러세요?'가 아닙니다! 뇌물에 홀라당 넘어가지 마십시오! 애초에 지금 아카데미는 파괴된 건물을 재건하느라 바쁜 상황입니다. 느긋하게 공연이나 관람할 때가 아니지 않습니까!"

밀리에라 교장 이상으로 성실한 실바는 역시나 반대인 모양이었다.

"아니요, 오히려 이런 때라서 필요하다고 봐요! 어차피 건물이 초토화가 되어서 수업도 제대로 진행하지 못하는 형국이잖아요. 그러니 이 틈에 즐길 건 즐겨놓는 편이 좋아요! 상황이 이렇게 돼서 우울함에 빠진 학생들이 있을지도 몰라요. 그 학생들도 분명

기운을 차릴 거예요! 그렇죠?"

"맞아요! 저희도 와이즈멀 백작님 덕분에 기운을 차렸어요!"

라피니아가 씩씩하게 웃으며 손을 들었다.

"안 그래, 크리스?"

"뭐, 그렇지."

"두 사람은 음식을 얻어먹어서 그런 거잖아……."

"어제와는 완전히 다른 사람처럼 팔팔하네요."

레오네와 리제롯테가 쓴웃음을 지었다.

"하, 하지만 기사 아카데미는 공적인 기관입니다. 국왕 폐하의 허가를 받던가, 나라와 사람들을 위한 일이라는 것이 사명하지 않은 이상……."

"호우호우호우!"

그때, 와이즈멀 백작이 기묘한 동작으로 실바에게 슬금슬금 다가갔다.

"걱정하실 필요 없습니다! 저희 와이즈멀 극단은 세상과 사람들을 위해 활동하고 있으니까요! 프리즘 플로가 내리는 이 지상은 언제나 마석수의 위협에 노출되어 있지요. 공포와 직면해 살아가는 사람들의 피폐해진 마음을 공연으로 위로해 드리는 것…… 그것이 저희의 역할입니다!"

"후, 훌륭한 취지이기는 합니다만……."

"저희의 활동을 몸소 겪어 보신다면 이해하실 수 있을 테지요! 어떠십니까? 혹시 무대에 서볼 생각은 없으십니까? 보아하니 특급 마인의 소유자에, 외모도 수려하시군요. 마침 이번 작품은 격렬한 전투가 볼거리이니, 적임자입니다!"

"아, 아뇨. 저는……."

"와아, 대단해요! 실바 군을 배우로 삼아주시는 건가요?! 그거 좋네요!"

"교, 교장 선생님! 저는 이런 쓸데없는 짓에 어울릴 생각 생각이……!"

"쓸데없는 짓이라뇨. 예술이란 인간성을 풍부하게 한답니다! 분명 실바 군도 좋은 영향을 받으실 수 있을 거예요!"

"……화를 덜 내게 되는 건가. 바람직하군."

옆에서 통나무를 옮기던 유아가 나지막이 중얼거렸다.

지나가던 길에 우연히 이야기를 들은 모양이었다.

유아는 가냘픈 체구가 무색할 정도로 많은 통나무를 어깨에 짊어지고 있었다.

여전히 대단한 괴력이었다. 며칠 전 프리즈마에게 흡수될 뻔했지만, 후유증은 딱히 찾아볼 수 없었다.

역시 대련하기에 부족함이 없는 상대였다. 서둘러 가슴이 커지는 방법을 발견할 필요가 있었다.

유아는 가슴이 커지는 방법을 가르쳐 주면 잉그리스와 대련해 주겠다고 약속했다. 물론 효과가 있는 방법이어야 했다.

"내 인간성이 문제가 아니라 네 태도가 문제다!"

"……그런가?"

유아가 무표정한 얼굴로 고개를 갸웃했다. 그런데 그 순간, 짊어지고 있던 거대한 통나무가 미끄러지며 실바의 정강이를 때렸다.

"아. 죄송."

"악……! 이런 점이다, 이런 점이라고!"

"진정해요, 실바 군! 손님도 앞에 계시니까 참으세요……! 그건 그렇고, 모처럼 제안해 주셨으니 이참에 한 번 도전해 보는 것도 괜찮아 보이네요."

"옳으신 말씀! 너무 어렵게 생각하실 필요 없습니다! 여기에 있는 잉그리스 양도 무대에 오르기로 했으니까요!"

"예?!"

"와! 잉그리스 양도 출연하는 건가요? 확실히 무대에 서면 돋보일 외모기는 하죠……. 안목이 훌륭하세요, 와이즈멀 씨."

"홋호우! 실은 예전에도 함께 공연한 적이 있었지요! 다시 한번 무대에 서주셨으면 하던 참이었습니다!"

"그렇군요! 잉그리스 양도 열심히 하세요!"

"아, 아뇨 저는 아직……."

아직 정말로 출연할지 정하지 않은 상태였다.

굉장히 커다란 문제가 존재했다. 너무나도 큰 문제가.

"마지막에는 키스신도 있어! 그렇지, 크리스?"

"라, 라니……! 그걸 말하면……."

"""""뭐어어어어엇?!"""""

라피니아의 폭로에 자리에 있던 모두가 화들짝 놀라 소리쳤다.

"이, 잉그리스가 키스신을……? 잘도 그런 역할을 수락했네……."

"그러게요……. 사람들 앞에서 키스신이라니……."

"아무리 연기라지만 대담한걸……. 살짝 상상해 버리고 말았어."

"저까지 괜히 긴장되네요……. 저한테는 솔직히 무리예요……."

"여, 열심히 해. 잉그리스……."

"후학을 위해서라도 좋은 공연 부탁드릴게요."

레오네와 리제롯테가 얼굴을 살짝 붉히며 말했다.

표정에 묘한 흥분과 기대감이 묻어나 있었다.

두 사람 모두 엄연한 소녀이다 보니 이러한 주제에 관심이 없지는 않은 모양이었다.

"아니, 난 아직 정하지 않았……."

"그 상대 후보가 바로 당신이란 말씀이지요!"

와이즈멀 백작이 실바의 어깨를 두드렸다.

""""오오오오~!""""

다른 이들이 환성을 터트렸다.

"뭣?! 그, 그렇다면 더더욱 못 합니다……! 당치도 않아요……! 거절하겠습니다!"

"흐음……. 실바 선배라면 크리스와도 낯익은 사이니 오히려 쉬운 줄 알았는데."

""그 이전의 문제야!""

잉그리스와 실바가 한목소리로 외쳤다.

"아! 역시 첫키스는 라파 오라버니와 하고 싶은 거야? 하지만 오라버니는 지금 원정 중이잖아. 그리고 이건 진짜가 아니라 어디까지나 연기인걸. 게다가 라파 오라버니가 나중에 이 이야기를 듣는다면 초조해져서 크리스한테 적극적으로 들이댈지도 몰라! 우리가 진짜 가족이 될 날도 머지않은 셈이지♪ 어라? 갑자기 왜 그래, 크리스? 고개를 푹 숙이고는."

"아으…….."

조금 전부터 계속되는 라피니아와 레오네, 리제롯테의 한마디, 한마디를 들을 때마다 오한이 서렸다.

수많은 관중 앞에서 남자와 키스 한다니. 상상하면 할수록 무서웠다. 너무 끔찍했다.

상대가 누구인가를 따지기 전에 그 행위 자체가 생리적으로 불가능했다.

"이렇게 부탁드립니다!"

한편 와이즈멀 백작은 실바를 열심히 설득하고 있었다.

"죄송하지만 협력해 드릴 수 없습니다! 절대로 안 됩니다!"

"흐음. 실바 군이 그렇게까지 말한다면야……. 그러면 잉그리스 양하고 키스신을 연기하고 싶은 사람, 손!"

밀리에라 교장이 신나서 주변 학생들을 부추겼다.

""""저요! 저요! 저요! 저요!""""

수많은 손이 일제히 치솟았다.

동시에 남학생들의 시선이 잉그리스에게로 집중되었다.

"와아! 크리스, 인기 만점이네~♪"

"히이이이이익?!"

제발 그렇게 핏발 선 눈으로 쳐다보지 않았으면 좋겠다. 진심으로 사양이었다.

등골이 서늘해지는 것만 같았다.

"와. 역시 잉그리스는 대단하네요……. 앗! 라티는 손들면 안돼요! 혹시 들었어요?"

기사학과의 동급생인 프람과, 잉그리스와 같은 종기사학과의 라티도 그 자리에 있었다.

두 사람은 북쪽 나라 출신의 유학생으로, 소꿉친구 관계였기에 언제나 사이가 좋았다.

프람은 라티를 미심쩍다는 듯이 쳐다보고 있었다.

"안 들어. 나는 공연 같은 거에 흥미 없으니까."

"알았어요. 달리 할 말은 없나요?"

프람은 그렇게 말하며 라티에게 귀를 들이댔다.

"무얼?"

"나한테는 너밖에 없단 말이다! 라고 덧붙여야죠!"

"하겠냐!"

그런데 그때였다.

"실바가 사퇴하겠다면…… 내가 대신 출연하지!"

커다란 소리와 함께 모습을 드러낸 것은 실바의 형인 근위기사 단장 레더스였다.

"레더스 씨……?!"

"하핫! 잉그리스 님, 어젯밤에는 잘 주무셨는지요."

레더스가 잉그리스에게 정중히 인사를 했다.

"형이 왜 여기에 있는 거야? 설마 또 내가 걱정돼서 그래……?! 난 됐으니까 임무로 돌아가."

실바가 살짝 당황한 얼굴로 말했다.

"아니, 오해다. 이 형은 임무를 수행하기 위해 온 거야. 실바, 네가 아니라 잉그리스 님께 용건이 있거든."

"잉그리스를……? 대체 무슨 일로?"

"어제 잉그리스 님은 나라가 위기에 처하면 반드시 달려가겠다고 국왕 폐하와 약속을 나누었거든. 따라서 유사시에 대비해 연락망을 만들어 두기로 했다. 잉그리스 님, 가끔 이렇게 저나 다른 근위기사가 찾아뵐 예정이니 잘 부탁드립니다."

"아, 네……."

살짝 귀찮기는 했지만, 무슨 일이 발생하면 정말로 부를 작정인 모양이었다. 잉그리스로서는 환영이었다.

나라를 위기에 빠트릴 만한 사태의 중심지에는 분명히 좋은 싸움이 기다리고 있을 터였다.

"하지만 너무 자주 찾아와도 곤란하니 적당한 선에서 부탁드릴게요."

"물론입니다! 절대로 실례가 되지 않도록 하겠습니다!"

"다 좋은데, 엿보는 건 금지예요!"

라피니아가 말했다.

"엿보다뇨, 당치도 않은 말씀을! 게다가 잉그리스 님의 실력이라면 저희의 기적 따윈 손쉽게 간파하실 테니 애초에 불가능하지 않을까 싶습니다."

"딱히 그렇지도 않아요. 크리스는 거울 앞에만 서면 자기 모습에 푹 빠져서 빈틈투성이거든요."

"라니! 쓸데없는 소리 마……!"

"호오……! 거울 앞에 서 계신 잉그리스 님은 무방비라……. 흠흠. 그렇군요……."

"형. 돌아가는 상황을 잘 모르겠어. 어째서 잉그리스한테 그런 조치를……."

"실은 며칠 전 사건에서 국왕 폐하와 내가 잉그리스 님께 큰 도움을 받았거든. 국왕 폐하께서도 그 활약이 마음에 드셨는지 잉그리스 님을 근위기사단장에 임명하기로 하셨지."

"""""뭐어어어어어?! 근위기사단장?!"""""

비명에 가까운 외침이 사방에서 터져 나왔다.

"이, 잉그리스가 근위기사단장……?! 어, 엄청난 출세잖아."

"저, 전대미문이에요. 다만……."

"실력을 생각하면…… 납득은 되는군."

"하지만 잉그리스 님은 다양한 부작용을 고려해 폐하의 제안을 거절하셨다."

"""""거절했다고?!"""""

다시 모두가 놀라서 소리쳤다.

"대신에 유사시에는 힘을 빌려주겠다는 약속을 받았지. 그래서 연락망을 구축하기 위해 내가 찾아온 거다."

"무, 무슨…… 정말 이걸로 만족하는 거냐, 잉그리스! 아니, 나로서는 형이 기사단장에서 내려오지 않아서 고맙기는 하다만……."

"홋! 어리구나, 실바여! 잉그리스 님은 모든 면에 있어서 나보다 뛰어난 분이다! 차원이 다른 전투 능력과 냉철한 두뇌, 그리고 아름다운 외모! 솔직히 말하면 나는 지금도 잉그리스 님을 상관으로 섬기고 싶다! 마음이 바뀌신다면 언제든지 단장직을 넘겨드리겠습니다!"

"아, 아뇨. 전 됐어요."

"그렇다면 역시 가끔 이렇게 찾아뵙도록 하지요! 이건 이것대로 나쁘지 않군요. 당신의 모습을 보고, 목소리를 듣는 것만으로도 일과의 피로가 날아가는 듯한 기분입니다!"

"그, 그런가요……."

"제 동생 실바 이외의 누군가에게 이렇게 열중해 본 것은 실로 오랜만입니다! 마치 지나간 청춘이 되살아난 것만 같습니다……!"

"어떤 의미로는 고마워, 잉그리스."

"무슨 뜻인가요? 실바 선배."

"형은 나를 과보호하는 경향이 있거든. 네게 주의가 쏠리면 나도 조금은 자유로워지겠지."

"…………."

확실히 객관적으로 봤을 때 잉그리스는 발군의 외모를 지니고 있었다. 절세의 미녀라 해도 과언이 아니었다.

전투 능력도 근위기사들을 크게 웃돌고 있을 것이다. 적어도 잉그리스가 봐왔던 기사들과 비교한다면 그랬다.

따라서 이렇게 열성적인 추종자가 나타나는 것도 이해하지 못할 일은 아니었다.

하지만 그것은 어디까지나 이성적으로 판단했을 때 이야기고, 실제로 겪어 보니 많이 착잡했다.

"그, 그나저나 기사단장직을 거절하다니. 솔직히 좀 아깝다는 생각도 드네요. 굉장히 명예로운 자리인데……."

"그, 그래도 잉그리스라면…… 잉그리스라면 그럴 수 있겠다 싶기도 해……."

"잠깐, 잠깐만요! 잉그리스 양, 저 좀 봐요! 정말로 괜찮겠어요?!"

밀리에라 교장이 손짓으로 잉그리스를 불렀다.

"네."

가까이 다가가자, 밀리에라 교장은 잉그리스에게만 들리도록 작게 속삭였다.

"대체 어째서인가요? 가르쳐 주세요……! 어째서 그렇게 멋진 제안을 거절하신 건가요……?!"

"이야기하자면 길어지는데요……."

"아. 짧게 해도 괜찮아요. 본심을 담아서 확 털어놔 버리세요. 괜찮아요. 화내지 않을 테니까요……."

"글쎄요. 굳이 한마디로 표현하자면……."

"표현하자면?"

"귀찮아서 싫어요."

"아하하하……. 그, 그랬군요. 그러면 어쩔 수 없네요……."

밀리에라 교장이 메마른 웃음을 지어 보였다.

"며, 명색이 기사를 육성하기 위해 설립된 기사 아카데미의 학생이 귀찮아서 기사단장직을 거부하겠다니……. 이, 잉그리스 양은 대체 뭘 위해서 이곳에 입학하신 걸까요. 이쯤 되면 철학적인 문제네요……."

"라니의 성장을 지켜보면서 자신을 단련하기 위해서예요. 전투 경험도 쌓을 수 있고요. 저한테는 꽤 좋은 환경이라고 생각해요."

"그, 글쎄요? 제가 보기에는 오히려 라피니아 양이 잉그리스 양을 챙기는 것처럼 보이던데……. 워낙 씩씩한 학생이잖아요. 목표도 뚜렷하고."

"라니를 칭찬해 주셔서 감사합니다."

"하아……. 요점은 그게 아니잖아요. 일부러 무시한 거죠?"

"네. 저는 마음을 바꿀 생각이 없거든요."

"그렇군요……."

한편, 잉그리스와 밀리에라 교장이 대화를 나누고 있는 사이 레더스가 와이즈멀 백작과 교섭을 진행하고 있었다.

"그렇게 됐으니, 와이즈멀 공! 실바가 맡지 않는다면 나를 배역으로 채용해 주시오! 후후후, 잉그리스 님과…… 으흐흐흐……."

"절대로 안 돼요!"

잉그리스가 외쳤다.

징그러웠다. 싫었다.

애초에 누가 상대라도 싫었지만 레더스는 더더욱 사양이었다.

"으극……?! 그러나 잉그리스 님께서 그리 말씀하신다면 따르 겠습니다! 단, 이렇게 된 이상 키스신 같은 파렴치한 전개를 인정 할 수는 없지! 와이즈멀 공, 각본을 수정하시오!"

"오오……!"

레더스가 손바닥 뒤집듯 태도를 바꿔 말했다. 거의 비겁해 보 일 정도였지만, 잉그리스에게는 유리한 전개였다.

키스신만 사라진다면 아무런 거리낌 없이 배역을 맡을 수 있 었다. 식사도 배부르게 먹을 수 있을 것이다.

"그럴 수는 없습니다! 꼭 필요한 예술적 표현입니다!"

본인의 예술관과 직결된 문제인지 와이즈멀 백작도 완고했다.

"배역 선정에 관해서는 히로인의 의견을 참고하겠습니다. 하 지만! 각본을 변경할 수는 없습니다!"

"으음…… ."

어떻게 하면 좋을까. 뭔가 원만하게 해결할 방법은 없을까?

잉그리스가 고민하고 있자니, 옆에서 대화를 지켜보고 있던 유 아가 중얼거렸다.

"부럽다…… ."

"네? 뭐가 부럽다는 건가요, 유아 선배?"

"자기가 원하는 꽃미남하고 키스할 수 있다는 거잖아? 좋겠다."

유아에게는 히로인 역할이 그렇게 비친 모양이었다.

인기를 얻기 위해서 가슴이 커지는 방법을 알고 싶다고 말하던 인물이다. 유아다운 생각이었다.

"그럼 유아 선배가 저 대신…… 앗! 아니지……! 그래, 그거야!"

잉그리스는 머릿속에 번개가 내려친 듯한 기분을 느꼈다.

묘안이다. 이건 묘안이다.

엄청난 아이디어가 떠올랐다!

"맞아. 히로인을 대신해 달라고 할 게 아니라…… 둘이서 함께 하면……!"

"?"

"와이즈멀 백작님! 배역에 대해서 한 가지 제안을 하고 싶은 데요!"

잉그리스가 흥분한 목소리로 말했다.

"홋호우! 히로인 역의 잉그리스 양이 하시는 말씀이라면 물론 새겨듣겠습니다! 더욱 좋은 예술 작품을 만들기 위해서라도!"

"네! 저는 히로인 역에서 하차하겠습니다!"

"뭐어?! 무, 무슨 생각이야, 크리스?! 우리 밥은 어쩌고……!"

라피니아가 화들짝 놀라서 물었다.

물론, 라피니아가 이런 걱정을 하는 것도 무리는 아니었다.

"알고 있어, 라니. 와이즈멀 백작님, 대신에 실바 선배에게 맡기려 했던 역할을 저한테 주세요!"

"호홋?! 그, 그러면 히로인 역은 어떻게 되는 것입니까?"

"그건 다른 남자분께 부탁드릴 생각입니다!"

"남자……?!"

"네. 히로인 역인 마리아벨은 남자 배우가 맡습니다. 반대로 마리아벨을 두고 경쟁하는 주연 인물을 여성으로 설정하는 거죠!"

"다시 말해서 배역의 성별을 역전시키자, 이런 말씀이시군요?"

"네. 그렇게 하면 적어도 각본을 변경할 필요는 없을 거예요! 와이즈멀 백작님은 이렇게 말씀하셨죠? 이번 공연은 두 사람이 화려한 전투를 펼치는 활극이 될 거라고. 그렇다면 더더욱 그 부분에 주력해야 한다고 생각합니다. 실례를 무릅쓰고 말씀드리자면 전투와 플라이 기어의 조종이라면 극단의 배우에게 맡기는 것보다 제가 직접 연기하는 편이 나을 거예요! 반드시 관객분들을 만족시킬 만한 박진감 넘치는 공연을 펼쳐 보이겠습니다!"

"흐음. 일리가 있는 말입니다. 잉그리스 님께서 싸우는 모습은 정말로 멋지고 아름답죠. 관중들도 보는 맛이 있을 겁니다."

레더스가 잉그리스의 말에 고개를 끄덕였다.

"확실히 적들과 싸울 때의 잉그리스 양은 굉장하지요. 돌이켜 보면 제가 잉그리스 양을 발굴한 마석수를 물리치는 모습을 목격한 것이 계기였군요!"

"앞으로는 여성도 강해져야만 하는 시대입니다. 언제까지고 남성에게 기대고, 보살핌을 받고만 있다가는 시대에 뒤처질 테지요! 원하는 것이 있다면 자신의 손으로 거머쥐어야 해요! 그 힘과 의지를 관객분들에게 보여드리고자 합니다!"

"호호우……! 호우호우!"

"저와 라이벌 역할 중에서 누가 이길지는 굳이 정하지 않도록 하겠습니다! 이긴 쪽이 최종적으로 키스신을 연기하는 것이죠……! 일부러 각본을 생략함으로써 더욱 박력이 넘치는 진검승부를 연출할 수 있을 거예요!"

"오오, 전례가 없는 발상이군요……! 신선해요, 아주 신선합니다! 이거 흥분되는데요!"

"거기까지 가면 공연이 아니라 단순한 무술 시합 아냐……?"

"잉그리스가 무대 위에서 진검승부를 했다가는 극장이 무너질 텐데……."

"극장이 무너지는 걸로 끝나면 다행이게요. 눈먼 공격에 사망자가 나올지도 몰라요."

"쉿! 다들 조용해! 이건 새로운 연출 기법일 뿐이야! 예술이야!"

"좋군요! 실로 새로운 시도입니다! 도전 없이는 성장도 없는 법! 그러면 잉그리스 양과 경쟁하실 라이벌 역은 라피니아 양이 맡게 되는 걸까요?"

"내, 내가……? 이왕 할 거면 귀여운 히로인 역할이 좋은데……."

"안 돼요! 라니는 안 됩니다!"

라피니아를 라이벌 역할에 배정했다가는 결국 잉그리스와 라피니아 둘 중 하나가 키스신을 연기하게 되고 만다. 그랬다가는 본말전도다.

잉그리스와 라피니아 모두가 키스신을 피하면서, 공연에 나가 최종적으로는 배부르게 먹는 것이 목적임을 잊어서는 곤란했다.

물론 지극히 개인적인 목적이 또 하나 포함되어 있기는 했지만.

"그러면 어느 분께서?"

"네. 제 라이벌 역은 유아 선배에게 부탁드릴 생각입니다!"

잉그리스가 유아를 손가락으로 척 가리키며 말했다.

"……응? 나?"

유아가 놀라서 물었다. 그러자 잉그리스는 후다닥 다가가서 속삭였다.

"유아 선배. 이건 선배가 원하는 남자하고 키스할 수 있는 찬스예요……! 히로인 역할에 누구를 앉힐지 저희가 정할 수 있다잖아요."

"오오……. 마음대로 고를 수 있다는 뜻? 꽃미남 중에서 아무나? 내가 골라도 돼?"

"네! 대신에 연출을 위해서 저하고 진심으로 싸워야겠지만요. 키스하고 싶다면 저를 쓰러트려 주세요."

"……거래 성립. 할게. 오랜만에 의욕이 생겼어. 후후후……."

유아가 씨익 웃으며 대답했다.

언제나 무표정한 유아가 웃음까지 띠는 것을 보니 의욕이 상당한 모양이었다.

"해냈다……! 고맙습니다!"

잉그리스로서는 유아와 마음껏 대련할 수 있는 절호의 기회를 얻은 셈이었다.

성이 찰 때까지 무대 위에서 싸운 다음, 기회를 봐서 승리와 키스신을 양보하면 끝이다.

이것이 바로 키스신을 피하고, 공연에 출연해 식사를 얻고, 유아와 전력으로 대련할 수 있는 일석삼조의 방법이었다.

잉그리스 본인이 생각하기에도 엄청난 묘안이었다.

"정해진 것 같아요. 와이즈멀 백작님, 배역 변경을 부탁드릴게요!"

"좋습니다! 그렇게 하지요! 이거 더욱 흥미진진해졌군요!"

한편, 들떠있는 와이즈멀 백작과 잉그리스를 바라보면서 라피니아가 나지막이 중얼거렸다.

"크리스도 참 얌체 같다니까⋯⋯. 결국 자기한테 유리한 대로 흘러가게 뒤틀었네."

"아하하⋯⋯. 뭐, 얌전하고 귀여운 히로인보다는 무대에서 날뛰는 히로인 쪽이 잉그리스답기는 하지만⋯⋯."

"여전히 머리 하나는 잘 돌아가네요. 방향성이 이상해서 그렇지."

"머리가 좋고 나쁘고는 상관없어. 크리스가 크리스라는 게 모든 문제의 시작이야."

"라피니아가 말하니까 설득력이 대단하네."

"어찌 됐든, 이렇게 된 이상 저희도 도와드리는 편이 좋겠네요."

"응. 플라이 기어 조종법을 가르쳐 주자는 뜻이지?"

"아뇨. 레오네가 말한 대로 극장이 무너져 버릴지도 모르니, 마인무구로 벽을 치거나 해서 안전을 확보해야죠."

"그, 그렇겠네."

그렇게 라피니아와 두 소녀가 귓속말을 나누고 있을 때였다. 와이즈멀 백작이 크게 외쳤다.

"그러면 저도 유아 양의 실력을 한번 보고 싶군요! 잉그리스 양의 추천이니 틀림없을 테지만, 만약을 위해서 부탁드립니다!"

"그거 좋네요! 당연히 직접 보고 확인하셔야죠!"

"음……. 알겠습니다."

유아도 딱히 싫어하는 눈치는 아니었다.

갑자기 유아와 싸우고 싶다는 소망을 이룰 기회가 찾아온 것이다!

상황이 이렇게 되자 잉그리스도 즐거워지기 시작했다.

잉그리스와 유아가 적당히 거리를 벌리고 대치했다.

"두 분 모두 너무 과하지 않도록 주의해 주세요……! 학교를 재건하는 중이니까 또 부수거나 하면 안 돼요!"

"네, 교장 선생님. 후후후……."

잉그리스는 빙그레 미소를 지으며 밀리에라 교장에게 대꾸했다.

기다리고 기다리던 유아와의 대련이 눈앞으로 다가왔다.

두근거림을 주체할 수가 없었다. 얼굴에서는 자꾸만 웃음이 피어올랐다.

걱정거리였던 키스신을 피할 방법도 찾아냈겠다, 이제는 실컷 먹고, 싸움을 즐기는 것밖에 남아있지 않았다.

"자, 유아 선배! 와이즈멀 백작님에게 저희의 실력을 보여드리죠.

안심하고 주연을 맡기실 수 있도록……!"

"응. 왕가슴 후배."

"…………."

웬만하면 그 별명으로 부르지 않았으면 좋겠다.

모처럼 달아오르기 시작했건만 맥이 탁 풀리고 말았다.

유아는 사람의 이름을 제대로 기억하는 법이 없었다. 이래서야 대사나 잘 외울 수 있을까? 살짝 불안해지기 시작했다.

뭐, 기억력에 다소 문제가 있을지는 몰라도, 유아라면 충분히 박진감 넘치는 전투를 선보일 수 있을 것이다.

유아의 실력은 확실했다. 오히려 잉그리스도 그 전모를 파악하지 못했을 정도다.

며칠 전의 사건에서는 미성숙한 프리즈마에게 붙잡히고 말았지만, 딱히 유아가 힘에서 밀렸다고 보기는 어려웠다. 상대의 특수한 능력에 당했을 뿐이다. 상성이 나빴던 셈이다.

따라서 유아가 미성숙한 프리즈마보다 쉬운 상대라고 단정 짓기는 아직 일렀다.

"참, 왕가슴 후배가 아니지. 뭐였더라……. 잉그, 잉그리……."

"네. 잉그리스예요, 유아 선배. 기억해 주신 건가요?"

"응. 위험할 때 구해준 은인의 이름 정도는 알아야 할 것 같아서."

"오오. 고맙습니다."

의외로 잉그리스에게 고마움을 느끼고 있는 모양이었다. 잉그리스는 살짝 기뻐졌다.

"그럼 잘 부탁해. 잉그…… 잉그리슘 후배."

"……! 잠깐만요, 유아 선배……! 이름하고 별명이 섞였잖아요!"

"응……? 어라, 이게 아닌가. 와, 왕…… 왕슘가리스? 응, 이거였어."

"차, 창피하니까 그만……! 차라리 그냥 부르던 대로 불러주세요……!"

왕가슴 후배라고 불리는 것도 부끄러웠지만 어중간하게 이름을 섞어 부르니 훨씬 더 부끄러웠다. 잉그리스의 얼굴이 확 붉어졌다.

"아하핫! 괜찮은 별명이네! 열심히 해, 잉그리슘!"

"라니! 놀리지 마……!"

"야호! 크리스가 화났다♪"

"그, 그쯤 해둬, 라피니아. 잉그리스도 좋아서 왕가슴으로 태어난 건 아니잖아."

"그러고 보니 레오네도 '그쪽' 사람이었구나. 앗, 실수. 레오네가 아니라 출렁거리네였지."

"그, 그 정도만 하래도……! 왜 나까지 이상한 별명으로 부르는건데!"

레오네도 얼굴을 붉히며 항의했다.

"어, 어쨌든, 유아 선배. 이름은 아무래도 좋으니 슬슬 시작하죠."

"그래. 알았어."

하지만 유아는 그렇게 대답하고도 별다른 움직임 없이 무뚝뚝

하게 자리에 서 있었다.

전투에 돌입했음에도 굳이 자세를 취하지 않는 점이 유아다웠다.

지금까지도 그랬다. 산책하는 것처럼 움직이지만, 속도는 눈으로 좇기가 힘들 정도이고, 툭 건드리는 공격에도 적을 분쇄하고도 남을 완력이 깃들어 있다.

겉모습과 실제로 벌어지는 현상이 완전히 반대되는 것이 유아의 가장 큰 특징이었다.

이렇게 대치하고 있음에도 아무런 박력도 느껴지지 않았다.

에리스와 리플, 시스티아 같은 하이랄 메나스와 싸울 때는 독특한 위압감이 느껴졌다. 하지만 유아는 달랐다. 명백히 이질적인 존재였다.

잉그리스의 감각으로는 일반인이 가만히 서 있는 것처럼 느껴질 뿐이었다.

흥미로웠다.

정체불명. 미지수.

그러한 인물과 겨루는 과정에서 새로운 발상과 기술이 탄생할지도 모르는 것이다.

"……내가 먼저 공격해도 돼?"

유아가 고개를 갸웃하며 물었다.

"네! 부탁드릴게요……!"

잉그리스는 자세를 잡으며 유아가 공격해 오기를 기다렸다.

늘 사용 중인 중력장은 그대로 유지해 두기로 했다.

중력장은 쓰면 쓸수록 단련에 도움이 되었다. 이유가 없는 한 해제할 필요는 없었다.

인생이란 지나고 보면 그야말로 찰나에 불과한 것.

한 번 천수를 누려봤던 잉그리스는 그 사실을 잘 알고 있었다.

1분 1초도 낭비하고 싶지 않았다. 쉼 없이 자신을 단련해 나가야 했다.

그렇게 해야만 비로소 더욱 높은 경지에 도달할 수 있는 것이다.

"그럼……."

불현듯 유아의 목소리가 흐려졌다.

"이얍."

그리고 이번에는 크고 뚜렷하게 들려왔다. 잉그리스의 귓가에서.

어느새 유아가 잉그리스의 지척으로 파고들어 와 있었다.

"……?!"

보이지 않았다. 발소리는 물론이고 공기의 움직임도 느껴지지 않았다. 전혀 인식하지 못했다.

유아는 아무런 전조도 없이 잉그리스의 곁으로 다가와 있었다.

살짝 건드리는 듯한 장타가 잉그리스의 옆구리를 노리고 뻗어 왔다.

"하아앗!"

잉그리스는 손바닥이 닿기 전에 팔뚝을 들이대 방어 자세를 취했다.

이윽고 그 위에 유아의 손바닥이 닿았다.

쿠우우웅!

손바닥을 통해서 전해져 오는 엄청난 충격!

"크윽……!"

잉그리스의 몸이 충격에 떠밀려 날아가 버렸다.

하지만 날아가는 와중에도 잉그리스는 눈을 반짝반짝 빛내고 있었다.

"오오. 굉장해……!"

접근할 때까지 제대로 반응조차 할 수 없었다. 심지어 이 위력.

실로 훌륭한 파고들기였다.

무엇보다도 유아는 자신의 기척을 완전히 숨기고 있었다.

별다른 생각이 없는 것처럼 보여도 실은 엄청난 고도의 기술을 익힌 걸지도 몰랐다.

역시 잉그리스의 기대대로였다. 대결할 보람이 있는 상대다.

그런 생각을 하는 사이, 뒤로 멀찍이 날아간 잉그리스는 공사 도중인 건물에 처박혔다.

쿠우우우웅! 우직, 우지직!

"꺄아아아아악! 학교가아아아아?!"

밀리에라 교장의 비명이 울려 퍼졌다.

"오오오오오……! 무시무시한 힘이군요……! 굉장합니다!"

유아의 힘을 목격한 와이즈멀 백작은 눈을 동그랗게 떴다.

"크, 크리스를 저렇게 날리다니⋯⋯!"

"대, 대단해⋯⋯! 전에 봤을 때보다도 더 강해⋯⋯!"

"유아 선배의 성격을 보자면 평소에는 힘을 가능한 억누르는 것 같아요. 하지만 이번에는 제법 진심인가 보군요⋯⋯!"

"엣헴."

주변 사람들이 하는 말을 들었는지 유아는 자랑스럽게 가슴을 펴고 있었다.

"아아아아아! 학교가⋯⋯! 어렵게 새로 지었는데⋯⋯!"

반면, 밀리에라 교장은 머리를 부여잡고 있었다.

"교장 선생님! 크리스를 먼저 걱정해 주세요⋯⋯!"

"난 괜찮아, 라니!"

콰앙!

파괴된 건물의 뼈대가 더욱 커다랗게 흔들렸다.

잉그리스가 힘차게 튀어나왔다.

"굉장해요, 유아 선배! 전혀 반응을 못 했어요! 공격을 받아낸 팔도 저릿하고요⋯⋯!"

눈을 반짝이며 떠드는 잉그리스의 모습에 유아는 고개를 갸웃했다.

"멀쩡하네⋯⋯? 안경 선배는 한 방에 거품을 물고 기절했는데."

"쓰, 쓸데없는 말 하지 마라!"

실바가 화난 목소리로 외쳤다.

"이렇게 보여도 맷집에는 자신이 있거든요."

"그렇구나. 그럼 한 대 추가로 갈게."

다시금 움직이기 시작하는 유아. 그런 그녀를 바라보며 실바가 중얼거렸다.

"……잉그리스는 억지라도 공격에 나서야 해. 수비에 몰리면 위험해."

"네? 무슨 뜻인가요, 실바 선배?"

옆에 있던 라피니아가 설명을 요청했다.

"실제로 대치해 보면 알겠지만…… 유아의 공격은 보기보다 굉장히 읽기 어려워. 기척도 흔적도 없이 접근해 와서는 무시무시하게 강력한 일격을 꽂아 넣지. 막을 수 있다면 그나마 상대할 방법이 있지만, 사실 막는 것조차 여의치 않아. 방금 잉그리스는 경이로운 반사 신경으로 유아의 일격을 막아 냈어. 뭐, 새삼 놀랄 것도 없겠지. 하지만 과연 몇 번이나 막아 낼 수 있을지……."

"상대방이 공격하기 전에 먼저 공세로 나서는 편이 낫다 이거군요?"

"그래. 그 말대로다."

실바가 라피니아의 말에 고개를 끄덕였다.

"잉그리스! 가만히 있지 마라! 유아의 공격은 읽기가 힘들어! 공격이야말로 최고의 방어다!"

"네, 실바 선배! 충고 고맙습니다!"

잉그리스가 우렁차게 대답했다. 하지만 어째 대답이 끝나고도 움직일 기미가 없었다.

1초, 2초, 3초. 묵묵히 시간이 흘러갔다.

"……?"

살짝 대비하고 있던 유아가 의아하다는 듯 고개를 갸웃했다.

"뭐 하는 거냐……! 어째서 공격하지 않는 거지?!"

"그야 크리스니까요. 방어하면 위험하다는 말을 들었으니 당연히 방어하려 들 테죠."

"하긴……. 잉그리스라면 그럴 만도 하지."

"못 말릴 사람이에요."

라피니아와 레오네, 리제롯테가 쓴웃음을 지었다.

"맞아요. 라니가 말한 대로예요. 선배 덕분에 저도 싸울 방법을 정했어요."

잉그리스는 실바가 있는 쪽을 쳐다보며 빙그레 웃었다.

잉그리스의 싸움이란 상대방의 강함을 정면에서 받아내 이기는 것.

자신의 성장 가능성을 최대한 끌어내기 위한 방식이었다.

공격이 최고의 방어라는 말은 결국 적의 허를 찌르겠다는 뜻이다. 따라서 잉그리스는 먼저 공격하지 않을 생각이었다. 절대로.

유아의 공격을 정면에서 막아 내기로 마음먹은 것이다.

"오오옷! 역시 잉그리스 님입니다! 가련한 겉모습과 달리 대담하고 호쾌한 태도! 지켜보는 것만으로도 가슴이 떨리는군요!"

"…………."

무슨 생각을 하든 본인 자유지만 입 밖으로 내지는 않았으면 좋겠다. 뒤숭숭해서 집중되질 않았다.

"실바 선배. 레더스 씨를 좀……."

"알겠다. 방해해서 미안하군……. 형, 조용히 있어."

"읍……! 으긥……!"

실바가 한숨을 내쉬며 레더스의 입을 틀어막았다.

이제 집중해서 전투에 임할 수 있을 것 같았다.

"……다시 간다? 괜찮아?"

"네! 부탁드립니다……!"

유아가 다시금 공격 자세를 취했다.

잉그리스도 곧장 반격 태세에 돌입했다.

동시에 자신에게 걸려 있던 중력장을 해제한 뒤, 대신 얼음의 검을 생성했다.

평소에는 한손검 크기를 애용하는 편이었지만, 이번에는 사람 키만 한 대검을 만들어 냈다.

이 또한 마나의 제어가 능숙해지고 있다는 증거였다.

검의 크기를 변화시키는 것이 가능해진 것이다. 꾸준한 훈련의 성과였다.

마음 같아서는 중력장을 유지한 채로 검을 생성하고 싶었지만, 아직 거기까지는 무리였다.

"아무리 큰 무기라도 맞지 않으면 의미가 없어."

유아가 작게 중얼거린 뒤 움직임을 개시했다.

"맞아요. 애초에 이건 휘두르려고 만든 게 아니거든요……!"

잉그리스는 갓 만들어 낸 얼음의 대검을 머리 위로 가볍게 내 던졌다.

그러고는 아름다운 곡선을 그리는 하이킥으로 대검을 후려쳤다.

와장창!

우아한 겉모습과 달리 잉그리스의 발차기에 실린 위력은 엄청 났다. 얼음의 대검은 산산조각이 나서 사방으로 흩어졌다.

작은 얼음 파편들이 싸라기눈처럼 반짝거리며 주변 일대를 수 놓았다.

굳이 커다란 대검을 만들어 낸 것은 허공에 흩뿌릴 얼음 입자 의 양을 늘리기 위해서였다.

그리고 이 얼음 입자들은 유아의 공격을 간파하기 위한 일종의 연막이었다.

극단적으로 반응하기 힘든 유아의 움직임이라도 전이가 아닌 이상 움직이면 얼음 입자들에 변화가 생길 것이다.

또한, 마법으로 만들어 낸 이 얼음 입자들은 마나를 띠고 있었 다. 유아의 움직임이 마법에서 비롯된 것이라면 마나의 흐름에 흔적을 남길 터였다.

다시 말해, 물리적으로든 마법적으로든 유아의 움직임을 포착 해 내기 위한 장치였다.

아마도 에테르 셸을 발동시킨다면 아무런 피해도 받지 않고 유 아의 공격을 받아칠 수 있을 것이다. 하지만 그래서는 의미가 없 었다.

눈앞의 싸움이 조금이라도 자신의 성장으로 이어지도록 해야만 했다. 그러기 위해서는 자신을 늘 고민과 연구가 필요한 상황에 두는 것이 중요했다.

"……! 거기군요!"

왼쪽 후방! 물리적인 변화는 없었지만, 마나의 미묘한 흔들림이 느껴졌다.

잉그리스는 아직 아무것도 보이지 않는 방향으로 앞차기를 내질렀다.

그리고 다음 순간, 마치 합의라도 한 듯 앞쪽에 유아의 모습이 나타났다.

잡았다!

"꾸엑."

콰과아아아아앙!

이번에는 유아가 멀찍이 날아가 공사 중인 학교 건물에 머리를 처박았다.

"꺄아아아악! 또 학교가아아앗?!"

다시금 밀리에라 교장의 비명이 울려 퍼졌다.

"유아의 공격을 읽고 반격하다니……?! 나도 못 했던 일을……."

잉그리스가 유아를 걷어차 버리자 실바는 눈을 부릅떴다.

실바가 이런 반응을 보이는 것도 무리는 아니었다.

아무래도 유아의 움직임은 전이 마법의 일종인 모양이었다.

얼음 입자 자체는 꿈쩍도 하지 않았지만, 입자에 깃든 마나에

일렁임이 엿보였다.

물리적으로 돌진해 왔다면 입자가 바람에 떠밀려 흩어졌을 터였다.

이 시대를 살아가는 지상의 인간들은 마나를 느끼는 감각을 잃어버렸다.

마인무구를 통해서 간접적으로 잃어버린 힘을 이용할 수는 있지만, 마인무구가 없으면 아무것도 할 수 없었다.

마나의 흐름을 읽지 못하는 실바가 대처하지 못하는 것은 당연했다.

하지만 이런 점들을 차치하더라도 유아의 기술은 훌륭했다.

정작 잉그리스도 미세한 흐름밖에 느끼지 못했다.

오히려 일반적인 상태에서는 감지할 수가 없었기에 얼음의 검을 부수는 방법을 동원해야 했다.

원래 전이 마법은 막대한 마나의 흐름을 일으킨다.

하지만 유아는 그 징후가 극단적으로 적었다. 자연적인 마나의 흐름에 묻히다시피 할 정도로.

그 결과, 무서우리만치 회피하기 힘든 근접 기술이 완성되었다.

"얼마 전의 사건으로 내 실력이 잉그리스한테 미치지 못한다는 것은 알고 있었지만, 설마 이만큼이나 차이가 났을 줄이야…….
나 자신이 한심하게 느껴지는군."

실바가 고개를 떨구며 중얼거렸다.

어째 조금 미안한 마음이 들었다. 딱히 실바를 주눅 들게 할 생각은 없었건만.

펙!

라피니아가 실바의 등을 때렸다.

"윽?! 왜, 왜 그래⋯⋯?!"

"남은 남이고 나는 나잖아요! 소중한 것을 지킬 힘이 있다면 그걸로 충분한 거 아닌가요?"

"⋯⋯⋯⋯⋯!"

"물론, 그렇다고 그걸로 만족하란 이야기는 아니에요. 그러니까 바닥만 보지 말고 고개를 드세요! 부족한 게 있으면 똑바로 보고 배워야죠! 뭐, 가끔은 너무 빨라서 아무것도 안 보일 때도 있지만요."

"⋯⋯그래. 네 말대로다. 고마워."

실바의 시선이 다시금 앞을 향했다.

"넌 똑 부러지는 구석이 있구나. 심지가 곧달까?"

"크리스와 함께 다니면서 익숙해졌을 뿐이에요. 소꿉친구니까요."

라피니아는 그렇게 말하며 빙그레 웃었다.

한편, 잉그리스는 두 사람의 대화를 곁눈질로 쳐다보며 살며시 미소 짓고 있었다.

정직하고 착한 아이다. 실바의 말대로 라피니아는 곧은 심지를 갖추었다.

천진난만함이 지나쳐서 버르장머리가 좀 없다는 점이 옥에 티지만.

종합적으로 봤을 때, 라피니아와 늘 붙어 다녔던 잉그리스의 교육 방침은 잘못되지 않았다고 할 수 있으리라. 잉그리스는 어깨가 으쓱해졌다.

그건 그렇고, 공사 중인 건물에 처박힌 유아는 어떻게 되었을까?

잉그리스는 그쪽으로 주의를 돌렸다.

"유아 선배……! 괜찮으신……."

"응. 멀쩡해."

불현듯 등 뒤에서 유아의 목소리가 들려왔다.

"……?!"

콰아아아앙!

유아가 잉그리스의 등을 향해서 어깨로 몸통 박치기를 해왔다.

감지가 늦어지고 말았다. 시간이 지나면서 얼음의 검으로 만든 연막이 전부 가라앉았기 때문이다.

다시금 뒤로 날아가게 된 잉그리스. 그대로 공사 중인 건물에 충돌할 뻔했지만…….

"두 번은 안 되지!"

잉그리스는 몸을 힘껏 비틀어 자세를 가다듬은 뒤, 건물의 골조를 발판 삼아 뛰어올랐다.

"맞아. 교장 선생님이 화낼 테니까."

재차 유아의 목소리가 들려왔다. 이번에는 머리 위였다. 잉그리스를 다리로 찍어 내리려 하고 있었다.

"윽……?!"

잉그리스는 황급히 두 팔을 교차시켜 방어했고, 그 위로 강렬한 충격이 전해져 왔다.

콰과아아앙!

잉그리스의 몸이 수직으로 땅바닥에 추락했다.

어떻게든 견뎌내어 착지하긴 했지만, 하체에 엄청난 충격이 전해져 왔다. 두 다리가 저릿했다.

유아의 발차기가 그만큼 강력했다는 뜻이다.

"연속으로 갈게. 그러면 반격할 수 없을 테니까."

유아의 말대로였다. 얼음의 검을 부술 여유를 주지 않는다면 잉그리스가 마나의 기척을 읽기란 불가능했다.

설령 얼음의 검을 부숴도 효과는 잠깐에 불과했다. 유아는 얼음 입자가 전부 바닥에 떨어질 때까지 거리를 벌리고 있으면 그만이었다.

즉, 한 번밖에 사용할 수 없는 미봉책이었다.

"……이대로는 잉그리스가 밀리겠군."

실바가 그렇게 외치는 것도 납득이 갔다.

하지만 성급한 판단이었다.

"……이건 어떨까요!"

잉그리스가 두 눈을 질끈 감았다.

직후, 유아가 잉그리스를 노리고 주먹을 내질렀다. 하지만 잉그리스는 손바닥을 들이대 유아의 주먹을 정면으로 받아냈다.

파아아아앙!

주먹과 손바닥이 부딪치며 나는 커다란 소리가 그 파괴력을 암시했다.

"누, 눈을 감고 막아 냈어……?!"

유아가 놀라는 모습이 기척으로 전해져 왔다.

"저, 저게 말이 돼?!"

실바도 마찬가지인 모양이었다.

"이러는 편이 오히려 막아 내기 쉽거든요!"

유아가 물리적인 방법이 아닌, 마법적인 방법으로 움직이고 있다는 건 이미 알아냈다.

그렇다면 움직임이 아니라 마나의 흐름을 읽는 데 주력해야 한다.

그래서 잉그리스는 눈을 감은 것이다.

마나란 눈으로 보는 것이 아니다. 느끼는 것이다.

시각을 통해 얻는 정보는 쓸모없다.

잉그리스는 마나를 더욱 민감하게 느끼기 위해 자진해서 시각을 차단했고, 덕분에 유아의 공격에 대처할 수 있었다.

먼저 얼음의 검을 부숴서 정체를 간파하지 않더라면 지금과 같은 결과로 이어지기는 어려웠을 것이다.

그건 그것대로 필요한 과정이었다는 뜻이다.

"하아아압!"

"이야아아압!"

콰광! 콰과과광! 쿠우우우웅!

잉그리스와 유아의 주먹질과 발차기가 오가며 굉음이 울려 퍼졌다.

한바탕 팽팽하게 치고받은 뒤, 잠시 거리를 벌린 유아는 "후우" 하고 한숨을 내쉬었다.

"이대로는 끝이 없겠어. 더 강하게 가볼까."

유아가 중얼거리는가 싶더니, 유아의 기척에 변화가 생겼다.

잉그리스는 잠시 눈을 뜨고 상황을 살폈다. 놀랍게도 유아의 눈동자가 희미하게 무지갯빛으로 물들어 있었다.

"오오오……!"

유아는 아직 밑천을 드러내지 않은 게 분명했다.

실로 훌륭하다. 더욱더 진심을 발휘했으면 했다.

바로 그때, 뒤쪽에서 굉음이 들려왔다.

와지끈! 우르르르르!

""아.""

공사 중이던 학교 건물이 충격에 견디지 못하고 마침내 붕괴했다.

방금 잉그리스가 발판 삼아 뛰어올랐던 것이 결정타가 된 모양이었다.

"아아아아앗?! 안 돼애애애앳! 그렇게 제가 뭐랬어요! 이제 대련은 끝이에요! 충분히 확인하셨죠, 와이즈멀 백작님?!"

"예, 예에……! 두 분 모두 훌륭한 실력이었습니다! 솔직히 말씀드리자면 내내 압도되고 말았습니다! 이 정도라면 관객분들도 분명 크게 만족하실 테지요! 그럼 잉그리스 양, 유아 양. 두 분께 주역을 맡기도록 하겠습니다. 잘 부탁드립니다!"

"나이스. 이걸로 마음에 드는 꽃미남과…… 음흐흐."

유아는 히죽거리고 있었다.

"조금 더 싸워보고 싶었지만…… 오늘은 이쯤 할까."

잉그리스도 수긍했다.

살짝 아쉽기는 했지만, 유아를 무대에 세울 수 있었으니 딱히 불만은 없었다.

키스신을 피하고, 식사를 약속받고, 유아의 진심을 끌어내는 데 성공했다.

본격적인 싸움은 무대 위의 즐거움으로 남겨두는 것도 나쁘지는 않았다.

"그 전에! 두 사람은 무너진 건물부터 원래대로 돌려놓으세요! 복구하기 전까지는 공연이고 뭐고 없어요! 아셨나요?!"

밀리에라 교장이 두 눈을 치켜뜨고 버럭버럭 화를 냈다.

솔직히 살짝 무서웠다.

""알겠습니다…….""

두 사람은 얌전히 고개를 끄덕일 수밖에 없었다.

영웅왕,
극한의 무를 위해 전생하다
그리고 세계 최강의 견습 기사가 되다♀

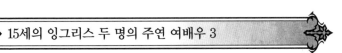

며칠 뒤. 왕립 대극장.

기사 아카데미는 와이즈멀 극단에 전면적인 협조를 약속했고, 드디어 무대에서 사용할 플라이 기어와 기타 자재들이 반입되기 시작했다.

극장 여기저기에서 사람들이 분주하게 돌아다니고 있었다.

한편 잉그리스가 제안한 배역 변경으로 인해서 각본의 수정이 불가피했는데, 이는 와이즈멀 백작이 직접 굉장한 속도로 해결했다.

그리고 오늘은 의상을 미리 맞춰보기로 했다.

"오오오옷! 역시 크리스! 정말이지 뭘 입어도 어울린다니까~ ♪"

무대 의상으로 갈아입은 잉그리스를 바라보면서 라피니아가 눈을 반짝였다.

이번에 잉그리스가 맡을 배역의 이름은 마리아벨로, 유명한 무희라는 설정이었다.

배역의 이름은 히로인이었을 때와 동일했지만, 신분은 귀족 영애에서 무희로 바뀌었다.

잉그리스가 관객들 앞에서 춤을 추는 장면을 넣고 싶다는 와이즈멀 백작의 의도가 반영된 결과였다.

2년 전, 와이즈멀 극단이 유미르에서 했던 공연을 재현해 보고 싶은 모양이었다.

"고마워. 배가 허전하긴 하지만……."

이번에 잉그리스가 입은 무희 의상은 배꼽이 살짝 노출된 디자인을 하고 있었다.

이런 옷을 입어본 경험은 별로 없었기에 약간의 위화감과 부끄러움이 느껴졌다.

나풀거리는 재질이나, 반짝이는 장식들은 귀여워서 마음에 들었지만.

"괜찮아. 보여준다고 닳는 것도 아니고. 배꼽도 예쁜데 뭐. 여기 거울 봐봐."

"오……. 이건 이거대로 나쁘지 않은걸."

평소보다 좀 더 어른스럽고 요염해 보였다.

그렇지 않아도 절세의 미녀인 잉그리스가 이런 차림을 하니 매력이 배가되었다. 잉그리스 본인이 보기에도 대단했다.

목욕을 마치고 거울에 비친 자신의 알몸을 본 적은 있지만, 이 의상을 입으니 알몸일 때보다 오히려 더 고혹적이었다.

"자, 한 바퀴 돌아봐. 빙글빙글~. 자, 돌았으면 미소~."

"우후훗♪"

싱긋.

"음음. 어떤 옷을 입혀도 어울리는 최고의 인형이야."

"나는 살아있거든?"

"음음. 그 부분밖에 부정하지 않는 건방진 크리스한테는 벌을 좀 줘야겠는걸♪"

라피니아가 겉으로 드러난 배꼽을 손가락으로 쿡쿡 찔렀다.

"히익?! 그만해, 라니……!"

잉그리스도 복수할 생각으로 라피니아의 배꼽 쪽을 쳐다보았지만, 곧 포기해야 했다.

"후훗. 찌를 테면 찔러 보시지? 나는 배꼽이 안 드러나 있네요."

라피니아도 아카데미의 교복 대신 무희용 무대 의상을 입고 있었다. 하지만 잉그리스의 의상보다는 수수한 편이었고, 노출도 적었다.

"치사해."

"걱정 마. 이번에는 정말로 잉그리스의 들러리 역할에 전념할 테니까."

어째서 배역이 없는 라피니아까지 무희 의상을 입었는가 하면, 마리아벨이 춤을 추는 장면에서 백댄서를 맡아야 하기 때문이었다.

와이즈멀 백작의 설명에 따르면 백댄서가 있어야 공연도 화려해지고, 마리아벨도 더욱 돋보일 것이라고 한다.

"들러리라니. 라니도 엄청 귀여운걸. 가능하다면 관객석에 앉아서 느긋하게 감상했을 텐데."

귀여운 손녀딸이 화려하게 차려입고 춤을 추는 무대.

마음 같아서는 박수 치면서 천천히 관람하고 싶었지만, 잉그리스 본인도 무대에 서야 하므로 그럴 수도 없었다.

"무슨 소리를 하는 거야. 크리스는 주역이잖아. 우리 앞에서 춤을 춰야지."

"그래도 너무 뒤에 있지는 마. 옆에 서는 걸로도 충분해."

옆에 서준다면 곁눈질로 춤을 추는 라피니아의 모습을 볼 수 있을 것이다.

"알았어, 알았어. 어쨌든 머리 모양이나 정하자! 얼른 앉아 봐."

"응. 잘 부탁해."

"어디 보자. 와, 별별 장신구가 다 있네! 절로 눈이 가는걸."

라피니아가 눈을 반짝이며 말했다.

엄연히 커다란 규모의 극단이므로 장신구가 잔뜩 준비되어 있었다.

마음대로 사용해도 좋다는 허락도 받았다.

잉그리스를 꾸미는 것이 취미인 라피니아에게는 보물산이나 다름없었다.

"뭐로 해볼까. 관객들한테 잘 보이도록 커다란 리본은 어떨까? 살짝 옆으로 묶어서 흔들림을 강조하는 식으로."

"라니한테 맡길게."

"응, 나만 믿어♪"

이윽고 라피니아는 잉그리스의 머리카락을 열심히 만지작거리기 시작했다.

잠시 후.

"좋아, 거의 다 됐다! 제법 괜찮지?"

"응. 괜찮네. 귀엽다."

"잉그리스, 라피니아. 준비는 잘돼 가?"

"저희는 다 입었어요. 살짝 애를 먹기는 했지만요."

레오네와 리제롯테가 모습을 드러냈다.

두 사람 모두 라피니아와 마찬가지로 잉그리스의 백댄서 역할을 맡게 되었다. 무희 의상을 입고 있는 것도 그 때문이었다.

"둘 다 어울린다. 엄청 귀여워."

"고마워. 잉그리스 앞에서는 빛이 바래지만……."

"정말이지 한 폭의 그림 같네요, 잉그리스는. 같은 여자인데도 반해 버릴 것 같아요."

"후훗. 고마워."

"그런데 애를 먹다니? 옷을 입는데 애먹을 게 있어?"

"레오네 때문이에요. 여기가 꽉 껴서……."

리제롯테가 손가락으로 레오네의 가슴을 가리키며 말했다.

레오네는 잉그리스 이상으로 가슴이 컸기 때문에 간혹 옷을 입느라 고생을 했다.

"……그래서 느슨하게 하거나, 끈을 풀거나 하면서 조정을 좀 했어."

그런데도 여전히 레오네의 옷은 꽉 껴서 답답해 보였다.

"후우. 가슴이 작으면 편했을 텐데."

"……사치스러운 고민도 다 있네."

라피니아가 레오네의 가슴을 원망스럽게 쳐다보았다.

"린! 부러우니까 마구 주물러 버려!"

심통이 난 라피니아가 머리 위에 앉아있던 린에게 공격 명령을 내렸다.

"오, 오지 마……! 린!"

몸을 움츠리는 레오네.

하지만 린이 레오네의 옷 속으로 파고들기 직전.

슬그머니 뻗어온 손이 린을 날렵하게 붙잡았다.

"내가 대신 주물러 줄게. 음. 크다."

계속해서 무표정한 얼굴로 레오네의 가슴을 덥석 움켜쥔 것은 다름 아닌 유아였다. 가슴 보호대가 딸린 기사 같은 무대 의상을 입고 있었다.

대본이 변경되기 전에는 잉그리스가 연기하는 마리아벨을 둘러싸고 두 명의 주역이 싸우는 전개로 갈 계획이었다. 하지만 변경된 대본에서는 마리아벨과, 유아가 연기하는 여기사 유틸리스가 소국의 왕자 마리크를 둘러싸고 싸우기로 되어 있었다.

그렇게 최종장에 돌입하면 결말이 정해지지 않은 진검승부를 펼친 뒤, 승리한 쪽이 키스신을 연기하게 될 예정이었다.

"꺄악?! 유아 선배……?!"

화들짝 놀라서 뒤로 물러나는 레오네.

"좋은 걸 가지고 있네. 좀 나눠줬으면."

"그, 그건 좀……."

"동감이에요. 저도 유아 선배의 마음이 이해돼요."

라피니아가 유아에게 깊은 공감을 표했다.

"우리는 가지지 못한 자들이니까요!"

"그런 것 같군."

가슴이 빈약한 자들끼리 뜨거운 악수를 나누었다.

"왕가슴 후배하고 같이 있으면 내가 한참 볼품없어 보이는 느낌……."

"이, 이름으로 불러 주세요!"

"……잉그리슴이던가?"

"잉그리스예요! 어쨌든, 전혀 볼품없지 않으니 걱정 마세요."

"거짓말쟁이."

"맞아, 맞아! 크리스와 레오네는 못 가진 자의 마음을 전혀 몰라!"

"…….""

틀린 말은 아니었다. 어쩌다 보니 이렇게 훌륭하게 성장해 있었으므로, 성장하지 못한 자의 마음을 이해하지 못하는 것이 사실이었다. 잉그리스와 레오네는 입을 다물 수밖에 없었다.

"아. 유아 선배, 그러면 볼품없어 보이지 않도록 살짝 보강해 볼까요?"

"응?"

유아가 의아한 표정을 지었다. 무슨 말인지 이해가 안 가는 눈치였다.

"가슴에다 뭔가를 덧대서 커 보이게 하는 거죠. 적어도 무대에 서 있는 동안에는 저랑 비슷해 보일 거예요. 아마도."

"호오……?"

유아도 관심이 동한 모양이었다.

"한번 해보실래요?"

"응. 이러면 될까?"

유아가 그렇게 말하며 붙잡고 있던 린을 윗도리 속에 집어넣었다. 그런데 그때.

"삐익! 삐삐이이익!"

"린이……?!"

"말했어……?!"

린이 소리를 내는 모습은 처음으로 보았다.

그만큼 린은 필사적으로 날뛰고 있었다. 그리고 결국에는 유아의 손아귀에서 달아나 버렸다.

"쳇. 도망갔다."

유아는 미처 눈치채지 못한 듯했지만, 린은 라피니아에게 달라붙어 오들오들 떨고 있었다.

그렇게나 유아가 무서웠던 것일까?

기본적으로 린은 남성을 멀리하고 여자아이를 좋아하는 편이었다. 그래서 더더욱 보기 드문 광경이었다.

"린, 갑자기 왜 그래? 크리스, 잠깐 린을 좀 돌봐줄래?"

"알았어, 라니."

"자, 그럼 유아 선배는 여기에 앉아 주세요."

"영차."

"그런데 유아 선배는 지금까지 뭘 하고 계셨나요?"

잉그리스 일행이 의상을 맞춰보는 동안, 유아는 와이즈멀 백작과 연습을 하기로 되어 있었다.

"아. 왕가슴 후배를 부르러 왔어. 지금부터 고르려고."

"고르다니 뭘요?"

"우승 상품인 꽃미남."

다시 말해, 마리아벨과 유틸리스가 싸우는 계기가 된 왕자 마리크 역을 선별하러 가겠다는 모양이었다.

그리하여 유아가 '우승 상품'이라고 말한 왕자 마리크 역의 선별이 시작되었다.

잉그리스로서는 딱히 누가 맡더라도 상관없었다.

유아가 좋아하는 사람을 고른다면 그것으로 족했다. 하지만 와이즈멀 백작도 잉그리스가 함께 골라 주기를 희망했거니와, 무엇보다 라피니아를 비롯한 다른 일행들이 굉장히 흥미진진해서는 보러 가고 싶어 했다. 그래서 잉그리스는 얌전히 따라가기로 했다.

지금까지 열 명 남짓한 후보가 소개되었고, 저마다 노래나 춤과 같은 특기를 선보였다.

대부분은 와이즈멀 극단에 소속된 배우들이었다.

그 외에도 실바에게 그랬듯이 와이즈멀 백작이 스카우트해 온 사람들도 있는 모양이었다. 하지만 누가 누구인지 구별되지는 않았다.

"……방금 그 사람으로 끝인가요?"

유아가 종이에 뭔가를 적으면서 와이즈멀 백직에게 물었다.

10번, X.

잉그리스가 유아의 종이를 흘끔 엿보았다. 직전의 남자는 마음에 들지 않았던 모양이다.

O라고 적힌 사람들도 존재했다. 2번, 6번, 8번이 이에 해당했다.

잉그리스는 그들의 특징을 다시 한번 떠올려 보았다.

다들 비교적 선이 가늘고 앳되어 보이는 후보들이었다. 아무래도 유아는 중성적인, 혹은 귀여운 느낌의 소년이 취향인 모양이었다.

그렇다면 확실히 실바는 후보에서 탈락할 수밖에 없었다.

실바도 미형이기는 하지만, 날카로운 분위기 때문에 나이보다 어른스러워 보였다.

"아직 한 분이 더 계십니다. 자, 마지막 분 들어오세요!"

와이즈멀 백작이 후보를 불러들였다.

"잘 부탁드리오! 잉그리스 님과 함께 연기를 하고 싶습니다!"

……레더스였다.

와이즈멀 백작에게 부탁해 기어들어 온 것인가.

"특기는 검술과 전투 지휘! 또한 이 우렁찬 목소리로 부르는 군가가 일품입니다! 그럼 들어주십시오!"

스읍, 하고 크게 숨을 들이쉬는 레더스.

"필요 없어. 불합격."

"……네. 저도 찬성이에요."

"뭣……?! 어째서입니까!"

"하나도 안 귀여우니까."

"그렇다고 하시네요."

유아가 곧바로 탈락시켜 줘서 무척 다행이었다.

확실히 레더스는 남동생 실바보다도 유아의 취향에서 벗어나 있었다.

남성적인 분위기가 강한 대장부에 가까웠다.

최근 며칠간의 행동을 떠올리면 대장부도 뭣도 아닌 듯한 기분도 들지만.

"으, 으으……! 어쩔 수 없군요. 먼발치에서 응원하겠습니다!"

레더스가 머리를 푹 떨구며 퇴장했다.

"이걸로 끝입니다. 어떻습니까, 두 분? 함께 연기하고 싶은 배우가 있으십니까?"

"으음. 살짝 고민되네. 넌?"

"유아 선배한테 맡길게요. 2번, 6번, 8번이 마음에 드신 거죠?"

"하지만 느낌이 팍 오지는 않았어."

결정적인 무언가가 부족했다는 뜻일까.

뒤쪽에서는 라피니아 일행이 대화를 나누고 있었다.

"있잖아, 레오네는 누가 마음에 들었어?"

"어? 나, 나……? 글쎄. 1번이나 5번 쪽이……."

"아하, 과연. 레오네의 취향은 대충 그런 느낌이구나."

레오네가 지목한 후보들은 성실하고, 냉정하고, 엄격한 분위기를 띠는 이들이었다.

굳이 말하자면 실바나 웨인 왕자에 가까운 타입.

즉, 레온과 정반대의 인물상이었다.

레오네가 처해왔던 환경을 고려하면 그럴 만도 하다는 생각이 들었다.

"라피니아는 어떤데?"

"나는 3번하고 7번, 10번이려나."

"아하. 알기 쉽네. 라파엘 님을 닮은 사람들이구나."

"어쩌면 세오도어 특사님 같은 사람일지도 모르죠."

"후훗."

저 웃음은 대체 무슨 뜻이지?! 내버려 둘 수 없다!

"안 돼, 라니! 옛날에 했던 말을 떠올려 봐. 어른이 되면 라파 오라버니랑 결혼할 거라고 말했잖아? 그 마음 변치 말아야지."

아직은 라피니아가 어릴 적의 모습 그대로 남아있기를 바랐다.

벌레가 꼬이는 것은 사양이었다. 라피니아에게 연애는 한참 이르다.

"어휴, 대체 언제 적 이야기를 하는 거야! 내가 이상한 애가 되잖아!"

"아하하. 그런데 리제롯테는 누가 좋았어?"

"저는 4번분하고 8번분이……."

""""뭐?!""""

모두가 화들짝 놀라서 외쳤다. 리제롯테의 취향이 상당히 의외였기 때문이다.

"그 우락부락한 사람들이 좋다고?"

"혈기가 넘치는 분들이었지, 아마……?"

"네. 저는 체구가 크고 근육질인 남성한테 끌리는 편이라……."

"그러면 혹시 레더스 씨도……?"

"나쁘지 않죠. 멋진 분 아닌가요?"

""""…………""""

인간의 취향이란 참으로 다양했다.

"흐음……."

잉그리스 일행의 대화를 듣고 있던 유아가 펜으로 뭔가를 적었다.

뽀족이 후배. 남자 보는 눈이 최악임.

"……."

굳이 여기다가 적을 필요가 있었을까?

"어, 어쨌든 유아 선배. 결국 누구로 할지 정하셨나요?"

"아직. 다들 비슷비슷해서."

"유아 양, 그러면 내일 그 세 명하고 다시 한번 오디션을 볼까요?"

"……네. 그렇게 해줘요."

와이즈멀 백작의 제안에 유아가 고개를 끄덕였다.

"알겠습니다! 그럼 오늘은 마저 연습을……."

바로 그때.

"여기요! 부탁받은 대로 플라이 기어를 가지고 왔어요! 어디에다 두면 되죠?!"

종기사학과의 동급생 라티가 플라이 기어를 몰고 찾아왔다.

"호호우! 정말 고생하셨습니다! 오디션도 일단락이 났으니 지금 바로 플라이 기어를 이용한 전투신을 시험해 보고 싶습니다만, 어떠신지요?"

"저는 괜찮아요. 싸움이라면 언제나 대환영이에요."

"전력으로 싸우는 건 마지막에만 하고 싶은데. 피곤해."

"괜찮습니다! 플라이 기어를 사용한 전투신은 대본에 맞춰서 연기하면 되니 걱정하실 필요 없습니다. 결말이 정해지지 않은 싸움은 마지막에 무대 중앙에서 따로 치러질 예정이거든요."

잉그리스로서는 살짝 아쉬웠지만 준비 운동이라고 생각하면 딱히 나쁠 게 없었다.

"그럼 할게요."

유아는 자리에서 일어나 천장 근처에 체공 중인 라티의 플라이 기어로 폴짝 뛰어올랐다.

사실 뛰어올랐다는 표현에는 어폐가 좀 있었다. 중간에 유아의 모습이 흐려지더니 라티의 옆자리에 불쑥 나타났기 때문이다.

"우옷?! 어, 어느새 여기까지?! 왠지 도중에 모습이 사라진 듯한 기분이 드는데……?!"

"응. 옮겨다 줘서 고마워. 얼른 뛰어내려."

"네?! 높이를 좀 봐요! 여기서 뛰어내리면 저 죽어요!"

"허약 체질이야?"

유아가 의아해하며 물었다.

"저는 종기사학과 학생이라고요! 마인무구도 없고!"

"그게 왜? 나도 똑같은데."

"…………."

라티는 받아칠 말을 찾지 못한 모양이었다.

"아닙니다, 학생! 그대로 탑승하고 계셔도 괜찮습니다. 실은 조타수를 따로 배치해서 서로의 플라이 기어를 넘나드는 액션을 넣어볼까 생각 중이거든요! 이렇게! 펄쩍 뛰어서 말이죠!"

와이즈멀 백작은 과장스러운 동작으로 설명을 보충했다.

"그러니 학생이 유아 양의 조타수를 맡아줄 수 있겠습니까?"

"알겠습니다! 조종이라면 맡겨 주십쇼!"

라티의 플라이 기어 조종 실력은 기사 아카데미에서도 1, 2위를 다툰다. 적임자라 할 수 있으리라.

"어…… 그러면 잉그리스는 여기에 타는 건가요? 솔직히 말해서 전 라티의 조종 실력을 따라갈 자신이 없는데요."

같은 학년의 기사학과 소속인 프람이 말했다.

프람도 라티와 함께 플라이 기어를 옮겨다 주었다.

이번에 와이즈멀 극단을 도와주고 있는 것은 주로 1, 2학년 학생들이었다. 실바를 비롯한 3학년 선배들은 아카데미 재건 작업에 전념하고 있었다.

"걱정 마, 프람! 크리스는 여기에 탈 거거든!"

불현듯 머리 위에서 라피니아의 목소리가 들려왔다.

라피니아는 어느새 스타 프린세스 호에 탑승해 있었다. 행동이 참 빨랐다.

"……정말로 그걸로 하려고?"

잉그리스는 평범한 플라이 기어가 좋았다. 무조건.

"당연하지! 무조건!"

"호호우. 저도 꼭 그걸로 부탁드립니다! 귀엽고 예쁘장해서 마음에 들더군요."

"하지만 와이즈멀 백작님, 그러면 유아 선배의 플라이 기어와 달리 너무 튀지 않을까요."

"괜찮아. 문제없어."

"왜죠, 유아 선배?"

"이쪽도 귀엽게 칠하면 되니까. 나중에 따로 도색할 거야."

"찬성! 저도 도와드릴게요, 유아 선배! 프람도 도울 거지?"

"네! 그렇지 않아도 하나 더 칠해보고 싶었어요!"

스타 프린세스호를 만들어 낸 두 장본인이 눈을 반짝거렸다.

"교장 선생님한테 혼나도 난 몰라."

잉그리스는 그렇게 말하며 유아처럼 바닥을 차고 뛰어올랐다. 공중에서 한 바퀴 공중제비를 돈 다음, 스타 프린세스호에 탑승했다.

"홋호우! 이거, 잉그리스 양은 뭘 해도 그림 같군요. 방금 그 움직임만으로도 반해버렸답니다."

와이즈멀 백작이 만족스럽다는 듯이 고개를 주억거렸다.

"고맙습니다."

비록 괴상한 인물이기는 했지만, 와이즈멀 백작의 언동에서는 음험한 의도가 일절 느껴지지 않았다. 덕분에 순순히 고맙게 받아들일 수 있었다.

"저도 동감이에요! 잉그리스는 정말로 예쁘다니까요! 스타 프린세스호에 딱 맞아요!"

"그럼, 그럼. 크리스를 누구보다 잘 아는 내가 디자인했으니 당연하지!"

"글쎄. 서로 잘 모르는 부분도 있다고 생각하는데……."

적어도 이 스타 프린세스호에 관해서는 그랬다.

"그러면 여러분! 서로를 견제하는 듯한 느낌으로 관객석 위를 한 바퀴 날아 주시겠습니까?"

와이즈멀 백작이 부탁해 왔다.

"좋았어! 그쪽은 준비됐어? 유아 선배도 괜찮겠어요?"

"응. 맡길게."

"우리도 괜찮아! 그럼 출발!"

두 대의 플라이 기어가 동시에 비행을 개시했다.

일정한 거리를 유지한 채로, 서로를 마주 보며 둥글게 선회하는 두 기체.

"이래서는 너무 단순해서 멋이 안 나. 좀 더 화려하게 가보자! 잘 따라와!"

라티가 모는 플라이 기어의 움직임이 더욱 복잡해졌다.

세로로 360도 회전을 하는가 하면, 굽이치듯 복잡한 궤도로 비행을 하기도 했다. 이곳이 한정된 실내 공간인 만큼 더욱 박진감이 넘쳤다.

"큭…… 제법인걸! 성능은 스타 프린세스호 쪽이 더 뛰어난데도……!"

라티의 조종 기술은 라피니아가 혀를 내두를 만큼 뛰어났다.

하지만 아직 모자랐다. 이래서는 플라이 기어가 날아다니고만 있을 뿐이다.

여기에 육탄전을 끼워 넣어 더욱 박력 넘치는 장면을 연출해 내야 했다.

"유아 선배! 각자 플라이 기어에서 뛰쳐나와서 공중전을 시험해 보죠!"

"알았어. 이얍."

유아는 지극히 태연하게 공중으로 뛰쳐나왔다.

마치 의자나 침대 위에서 가뿐히 뛰어내리는 듯한 동작이었다.

"하앗!"

잉그리스도 유아를 쫓아 플라이 기어에서 도약했다.

공중에서 두 사람의 거리가 순식간에 좁혀졌다.

"유아 선배, 주먹을 써서 공격해 주세요! 보여주기식으로 가볍게요!"

"에잇."

콰광! 쿠과과과광! 콰과앙!

두 사람의 주먹이 맞부딪치는 소리가 벽과 천장에 반사되어 성대하게 울려 퍼졌다.

"동시에 발차기를 날린 다음에 그 반동으로 플라이 기어를 바꿔 타죠!"

"응."

콰아아아앙!

잉그리스와 유아의 발차기가 교차하며 다시금 충격음이 발생했다.

그리고 두 사람은 힘의 반동을 이용해 각자 반대쪽으로 튕겨 날아갔고, 상대방이 탑승했던 플라이 기어에 멋지게 착지했다.

"훗호우! 대단한 박력입니다! 훌륭해요!"

"확실히 보는 맛이 있군요! 멋진 무대가 되겠습니다!"

"우리라면 절대로 저렇게 못 싸우지! 기사 아카데미에 협력을 부탁하길 잘했어!"

와이즈멀 백작과 극단의 다른 배우들도 만족한 듯 보였다.

당연하다는 듯이 박수갈채가 쏟아졌다.

"하하하……. 대단한 전투네. 내가 초라해 보일 정도야."

"그렇지 않아. 라티의 조종도 굉장했어."

잉그리스는 그렇게 말하며 유아가 옮겨 탄 스타 프린세스호를 바라보았다. 그런데 뭔가 이상했다. 스타 프린세스호 앞쪽에 튀어나온 작은 포문에 빛이 모이고 있었다. 마법적인 빛이었다.

"?!"

유아가 조종간을 잡고 있었는데, 이곳에서 발생한 빛이 포문으로 흘러 들어가고 있었다.

"어……?! 이, 이건 대체?! 유아 선배, 뭘 하신 건가요……?!"

"나도 몰라."

"라티, 도망가!"

피유우우우우웅!

마나를 띤 광선이 라티가 모는 플라이 기어를 향해 발사되었다. 엄청난 속도였다.

"우와아아앗?!"

라티는 간발의 차이로 조종간을 틀어 스타 프린세스호에서 발사된 광선을 회피했다.

덕분에 안전은 확보되었지만, 이대로 끝내자니 아까웠다.

"하압!"

불현듯 잉그리스가 라티의 플라이 기어에서 뛰어내렸다. 그대로 벽을 박차서 속도를 늘린 잉그리스는, 스타 프린세스호에서 발사된 광선을 앞질러 날아갔다.

그러고는 손바닥을 앞으로 내밀어 광선을 막아 냈다.

파지지지직……!

"""막았어……?! 어째서?!"""

잉그리스의 행동이 예상외였는지 다들 화들짝 놀랐다.

"괘, 괜찮아, 크리스?! 손에서 연기가 나는데?!"

"멀쩡해. 살짝 뜨겁기는 하지만."

"화상이라도 입으면 어쩌려고 그래? 피하면 되는 걸 가지고!"

"하지만 공격은 막아 내는 게 정석이잖아?"

딱히 고의는 아니었을지 몰라도, 방금 공격에는 유아의 힘이 깃들어 있었다. 잉그리스의 관심을 끌 만했다.

"아니, 전혀 납득이 안 되는데."

"벽이 파괴되면 혼날까 봐, 라는 건 어때?"

"뭐, 그런 이유라면……."

"미안. 고의는 아니었어."

유아도 놀랐는지 고개를 갸웃하고 있었다.

"사과하실 필요 없어요. 아마도 스타 프린세스호의 기능이 폭주해서 그랬을 거예요."

스타 프린세스호는 하이랜더에게서 노획한 물건이다. 즉, 순수한 하이랜더용 기체였다.

잉그리스가 라티의 협력을 받아서 조사해 본 결과, 기사 아카데미가 보유한 기체에는 없는 기능이 확인되었다.

지금 발동된 무기가 바로 그것이었다. 마법을 증폭시켜 광선을 발사하는 무기였다.

이 무기는 마인무구와 달리 자동으로 마나의 흐름을 제어하지는 못했다.

그러므로 사용자가 직접 마법을 발동시키거나 그만한 힘을 발휘할 필요가 있었다.

따라서 일반적으로는 하이랜더만이 사용할 수 있는 기능이지만, 유아는 조금 특별했다.

예전에 유아는 맨손으로 마석수를 두 동강 낸 적이 있었다. 어쩌면 유아도 마법적인 힘을 육체에 두르고 있는 것일지도 몰랐다.

잉그리스의 기술인 에테르 셸을 에테르 대신 마법으로 사용하고 있는 셈이다.

단, 유아가 평범한 마나를 사용하고 있는 것 같지는 않았다. 기척을 읽기도 힘들었으며, 위력 자체도 몹시 강했다.

그래서인지 이번 광선의 위력도 겉으로 보기보다 훨씬 강력했다. 아직도 막아 낸 손바닥이 얼얼할 정도였다.

유아의 태도를 보건대 고의로 기능을 발동시킨 눈치는 아니었다. 즉, 유아는 평상시에도 마법으로 본인을 강화하고 있는 것일지도 몰랐다. 그 힘이 의도치 않게 포문으로 흘러 들어가 버린 것이다.

"위험해 보여. 나는 타면 안 되겠다."

유아가 스타 프린세스호에서 폴짝 뛰어내렸다. 상당히 높은 곳에서 떨어졌지만, 착지는 굉장히 사뿐했다.

"그렇죠?! 역시 평범한 플라이 기어를 사용하는 게 좋겠어요!"

잉그리스가 말했다. 그러면 수많은 관중 앞에서 저 예쁘장한 스타 프린세스호를 타지 않아도 된다.

"안 돼! 다른 걸 타더라도 도색은 할 거야!"

하지만 라피니아가 저렇게 호언장담하는 이상 잉그리스의 바람대로 흘러가지는 않을 듯했다.

　바로 그때. 스타 프린세스호가 한쪽으로 크게 기울었다.

　"어?! 작동이 멈췄어?!"

　갑자기 무기를 발동시킨 탓에 기관부에 고장이 발생한 모양이었다.

　부력을 잃은 스타 프린세스호가 바닥으로 추락하기 시작했다.

　바로 밑에는 유아가 있었다.

　"아. 이런. 비뚤어졌다."

　유아가 무심하게 중얼거렸다. 여기서 비뚤어졌다는 말은 라피니아가 넣어준 가슴 패드를 두고 하는 소리였다.

　유아는 비뚤어진 가슴 패드에 정신이 팔린 나머지 완전히 무방비한 상태였다.

　"위, 위험해!"

　그때 누군가가 유아를 밀쳐내기 위해 뛰쳐나왔다.

　유아와 비슷한 또래로 보이는 소년이었다. 와이즈멀 극단의 관계자인 듯했다.

　누가 보더라도 용감한 행동이었다. 하지만…….

　쿵!

　부딪치기만 했을 뿐, 유아는 꿈쩍도 하지 않았다.

　결과적으로 소년은 유아를 와락 끌어안기만 했을 뿐이었다.

　"어, 어라……?! 왜 안 움직이지?!"

　"응?"

소년은 경악하며 눈을 동그랗게 떴고, 유아는 뭔 일인가 하고 고개를 갸웃했다.

"유아 선배, 위험하니까 피해요!"

라피니아가 비명을 내질렀다.

"아하."

척!

유아는 떨어지는 스타 프린세스호를 한 손으로 적당히 받아냈다.

작고 가냘픈 체구에 어울리지 않는 괴력. 훌륭했다.

잉그리스도 기체를 받아내기 위해서 달려가는 중이었지만, 그럴 필요는 없었던 모양이다.

"고, 고맙습니다, 유아 선배. 덕분에 살았어요! 제 애마도 망가지지 않고 무사했고요……!"

"그래. 가슴 패드에 대한 빚은 갚았네."

"라니, 상처는 없어?"

"응. 괜찮아."

"그나저나 너는 뭘 하는 거야?"

유아가 여전히 본인의 허리를 끌어안고 있는 소년을 쳐다보며 물었다.

"아, 아하하…… 지나가다 커다란 물체가 떨어지는 걸 봤거든요. 일단은 도와주려고 한 건데…… 아하하하……."

이 소년도 설마 저 가냘픈 유아가 꿈쩍도 하지 않을 것이라고는 생각하지 못했으리라.

바로 그때, 갑자기 라티가 외쳤다.

"어……?! 이, 이봐! 너 혹시 이안이냐?! 이안 맞지?!"

"아, 정말로 이안이네! 오랜만이에요!"

서로 아는 사이인지 프람까지 목청을 높였다.

"네……? 어엇! 와, 왕자님……?!"

"……?! 야, 그건……!"

"""왕자님?"""

다른 이들이 되묻자 이안이라 불린 소년은 허둥지둥 고개를 가로저었다.

"아, 아무것도 아닙니다……! 오, 오랜만이네요. 라티, 프람!"

"지금 왕자님이라고 했지? 크리스?"

"응. 나도 들었어, 라니."

"아악! 정말로 아무것도 아닙니다! 죄송해요, 단순한 말실수예요!"

"……혹시 왕자님 역할을 맡고 싶어?"

유아가 이안에게 물었다.

"아, 마, 맞아요! 무대에 서보고 싶은 마음에 그만……! 저는 도구 담당으로 극단에 들어왔거든요."

"알았어. 채용."

유아는 그렇게 즉답하며 이안의 어깨에 손을 척 얹었다.

평소에는 감정이 희박한 유아의 눈동자가 지금은 살짝 반짝이고 있었다.

자세히 보니 이안은 상당히 중성적인 외모의 소유자였다. 소녀처럼 곱상한 생김새를 지니고 있었다.

아무래도 유아의 취향에 제대로 적중한 모양이었다.

"아저씨. 이 애를 왕자님 역으로 할래요."

"호우호우! 그러면 이안 군에게 마리크 왕자 역을 맡겨 볼까요!"

와이즈멀 백작은 유아의 제안을 흔쾌히 승낙했다.

"에엑?! 그렇게 간단히 정해버려도 괜찮은 건가요⋯⋯?! 제 연기 실력은 초짜예요. 선배님들도 계시는데 어떻게 제가⋯⋯."

이안이 화들짝 놀라서 외쳤다.

"주연 여배우가 희망하셨으니 괜찮습니다. 너무 걱정 마세요. 애초에 이번 무대는 잉그리스 양과 유아 양이 없으면 성립 자체가 불가능합니다. 근본적으로 평상시와 다른 특별한 공연인 셈이죠. 게다가 무대 경험이 적기는 기사 아카데미의 학생이신 두 분도 마찬가지입니다. 그러니 갑자기 이안 군이 참가하신다고 문제될 건 없습니다. 잉그리스 양도 이의 없으시죠?"

"네. 괜찮아요."

유아가 상대 배역을 정하기만 하면 그걸로 충분했다. 딱히 불만은 없었다.

"그, 그래도⋯⋯!"

"이안 군. 저는 당신이 지닌 배우로서의 소질에 주목하고 있습니다. 당신은 경험을 쌓으면 훌륭한 배우가 될 재목입니다. 유아양도 그렇게 생각했기에 이안 군을 지명했을 겁니다. 제 말이 맞

지요, 유아 양?"

"응? 그냥 잘생겨서 고른 건데요."

유아가 어리둥절한 얼굴로 대답했다. 하기야 유아에게 배우로서의 소질을 운운한들 제대로 된 대답이 돌아올 리 만무했다.

"……어쨌든 소질이 있다는 뜻 아니겠습니까! 자신감을 가지고 도전해 보십시오, 이안 군!"

"그, 글쎄요……."

"그러지 말고 한번 맡아보는 게 어때? 어째서 네가 이런 극단에 소속되어 있는지는 모르겠지만…… 기회가 주어진다는 건 좋은 일이야. 누군가가 자신을 필요로 한다는 건 더욱 좋은 일이고."

옆에서 지켜보고 있던 라티가 이안의 등을 떠밀었다.

"왕…… 아니, 라티……. 아, 알겠습니다. 맡을게요!"

"결정됐군요! 그럼 곧바로 연습을 시작하죠! 우선은 대본을 읽으면서 호흡을 맞춰봅시다!"

와이즈멀 백작의 선언과 함께 본격적인 공연 연습이 시작되었다.

그리하여 오늘 하루의 연습을 모두 마친 뒤…….

"이안, 어째서 네가 이 극단에 들어와 있는 거야?"

라티가 이안에게 물었다.

"아 참. 이안은 나와 프람의 고향 친구야."

라티는 문득 생각났다는 듯이 잉그리스 일행에게 설명했다.

"그러면 북쪽의 알카드 출신이겠네?"

라티와 프람은 북쪽에 있는 알카드에서 온 유학생이었다.

두 사람의 고향 친구라면 이안도 그쪽 출신이라는 뜻이 된다.

"맞아. 우리랑 다르게 예의범절은 아는 귀족이지. 어째서 극단에 있는 거야?"

"한 묶음으로 취급하지 마세요. 저도 예의범절 알거든요?"

프람이 딴지를 걸었다.

"시끄러워. 그런 사소한 걸 따지고 있을 때가 아니잖아. 도중에 말 좀 자르지 마."

"제가 누구 때문에 예절 교육까지 따로 받았는데요!"

"아, 알 게 뭐야……! 난 지금 이안하고 대화하는 중이라고!"

"후후훗. 라티와 프람은 여전히 사이가 좋으시군요?"

"쓰, 쓸데없는 이야기는 이제 됐어! 그래서? 어떻게 된 건데?"

"사실, 제게는 더 이상 돌아갈 곳이 없어요……."

이안이 고개를 푹 숙이더니 살짝 떨리는 목소리로 말했다.

"뭐……?! 어, 어째서?"

"무슨 일이 있었던 건가요, 이안……?!"

라티와 프람의 안색이 바뀌었다.

"마석수예요……! 거대한 마석수가 제가 살던 저택도, 영지도, 가족과 마을 사람들까지 전부 짓밟아 버렸어요. 그뿐만 아니라 왕도에도 커다란 피해가 나왔어요. 다행히 왕가 분들은 다들 무사하셨지만요……."

"뭐라고……?! 화, 확실히 최근 마석수의 수가 늘어나기는 했지만……!"

"그, 그렇게나 강력한 마석수가 나타날 줄이야……!"

"크리스. 혹시……."

"응. 어쩌면 프리즈마일지도 몰라."

라티의 고향인 알카드는 북쪽의 설원에 있는 나라다. 사람이 살기에 적합한 기후는 아닐지 몰라도 프리즘 플로가 비교적 적게 내린다는 이점도 있는 나라였다.

물론 마석수의 위협에서 완전히 자유로운 것은 아니지만, 피해가 적은 편이기 때문에 하이랄 메나스는 따로 존재하지 않았다.

그렇기에 하이랜드에 대한 의존도도 낮았다. 하이랜드 측도 척박한 한랭지를 썩 매력적으로 여기지 않는지 적극적으로 개입하지는 않는 모양이었다.

이 주변 일대에서 가장 풍족한 나라는 명실상부 잉그리스가 속한 카랄리아 왕국이었다.

하이랜드 측의 양대 파벌이 이 나라에 계속 영향력을 끼치려 하는 것도 그 때문이었다.

"그게 전설의 프리즈마인지 아닌지는 저도 잘 모르겠습니다. 다만, 무지갯빛으로 빛나는 모습을 목격하긴 했습니다."

"큭……. 알카드에는 하이랄 메나스가 없어. 프리즈마가 나타났다가는 그야말로 묵사발이 날 거야……!"

"그래도…… 그래도 이안이 무사해서 다행이에요."

프람은 눈물을 머금으며 이안의 손을 강하게 움켜쥐었다.

"맞아. 무사해서 기쁘다, 이안."

"고맙습니다, 라티, 프람. 마석수의 습격을 받은 뒤에 어찌할 바를 모르고 있던 저를 거둬주신 것이 와이즈멀 백작님이셨죠. 원래부터 예술을 좋아하는 편이기도 했거니와, 극단 분들의 일을 거들고 있으면 침울한 마음도 조금이나마 잊을 수 있더군요."

"미, 미안……. 그런 일을 당했다는 사실도 모르고 무책임한 소리를 했어……."

"아닙니다. 마음에 두지 마세요. 오히려 라티가 등을 떠밀어 준 덕분에 한 걸음 나아갈 수 있었으니까요."

한편 라피니아는 입술을 질끈 깨물고서 이들의 대화를 듣고 있었다.

그러다 라티 일행에게 들리지 않을 작은 목소리로 중얼거리는 라피니아.

"……분해. 아무것도 해줄 수가 없어."

"……라니는 착하구나. 하지만 어찌할 수 없는 일도 있는 거야."

이미 일어나 버린 일이다.

그것도 손이 닿지 않는 먼 타국에서 일어난 일이었다.

이 순간에도 어딘가에서 누군가가 마석수의 습격을 받아 목숨을 잃고 있으리라.

프리즘 플로가 내리는 지상에서 살아간다는 것이란 바로 그런 것이다.

하지만 라피니아는 현실에 순응하지 않고 머나먼 타국에서 벌어진 일에도 분개해 보였다. 훌륭한 마음가짐이었다.

고결했고, 자비로웠으며, 무엇보다 강인했다.

군이 감당하지 않아도 될 아픔마저 자신의 아픔으로 삼으려 하고 있으니까.

어린아이의 순수함이라 치부하면 그것으로 끝이겠지만, 반대로 그러한 순수성을 잃지 않고 끝까지 관철하는 자들이야말로 많은 사람의 마음을 움직이고, 세상을 움직이는 법이다.

잉그리스는 몸소 겪어봐서 알고 있었다.

그렇기에 보호자로서 이대로 라피니아를 응원해 주고 싶었다. 다만…….

언젠가 "온 세상 사람들이 평화롭게 살 수 있도록 프리즘 플로를 없애겠어!"라고 호언장담할 것만 같아서 조금 무서웠다.

잉그리스에게 프리즘 플로는 대자연의 힘으로 강적을 만들어 주는 귀중한 현상이었다. 없어지면 곤란했다.

물론, 라피니아가 원한다면 당연히 도와줄 생각이었다. 그래도 주변에 민폐를 끼치지 않는 선에서 자신에게 필요한 만큼만 남겨 달라고 할 수는 없을까?

별로 가망이 있어 보이지는 않았지만.

"착하지, 착하지."

그런데 그때 유아가 저벅저벅 걸어와 이안의 머리를 쓰다듬기 시작했다.

"어, 저기……. 유아 씨? 뭘 하시는……."

"위로해 주고 있어. 좀 어때?"

"유아 선배, 이안이 무슨 꼬마애도 아니고……."

라티가 어이없다는 듯이 말했다.

"그러면 기운 차리게 키스해 줄까? 예정보다 조금 빠르긴 하지만."

"네에?! 무, 무슨 말씀을 하시는 건가요……?! 남들이 다 보는 앞에서……!"

이안은 얼굴을 새빨갛게 물들였다. 상당히 순진한 성격인 듯했다.

그나마 위로는 되지 않았어도 관심을 돌리는 데는 성공한 모양이었다.

"어차피 하기는 할 거잖아? 공연 마지막에 키스신이 있는걸."

"에에엑?! 아……! 지, 진짜로 있네! 내, 내가 이 장면을……?!"

대본을 넘겨 마지막 부분을 확인한 이안이 소리쳤다.

연습하면서 대본을 맞춰보기는 했지만, 마지막까지 진도를 빼지는 않은 상태였다. 그래서 아직 결말을 몰랐던 모양이다.

"있지? 나중에 하든 지금 하든 똑같아."

"안 됩니다!"

불현듯 잉그리스가 날카로운 목소리로 유아를 제지했다.

"윽……?"

"키스신은 연극의 클라이맥스로 남겨둬야 해요! 여기서 하는 건 금지예요!"

유아가 지금 이 자리에서 키스하면 그대로 만족해 버릴지도 몰랐다. 무대 위에서 진지하게 싸워주지 않을 우려가 있는 것이다.

그렇게 되면 잉그리스의 계획은 말짱 도루묵이었다.

따라서 지금 키스를 하는 것만큼은 반드시 막아야 했다.

"잉그리스. 미안한데 장난은 자제해 줘. 이안은 정신적으로 힘든 상태야."

"들었지, 후배."

유아가 잉그리스의 어깨에 손을 척 얹으며 말했다.

"라티?! 유아 선배는 놔두고 왜 나한테만……?"

"왜냐하면 선배인 난 진지하니까."

"저도 무척 진지한데……."

"둘 다 똑같아! 어쨌든, 잘 좀 부탁해. 소중한 친구란 말이야."

"그렇게 화내실 필요 없어요, 라티."

이안이 살짝 웃으며 말했다.

"저도 새로운 인생을 개척해 나가야죠. 안 그러면 가족들과 친하게 지냈던 이들에게 면목이 없는걸요……. 여러분들은 다들 밝고 즐거워 보여요. 여러분들과 함께하다 보면 뭔가를 발견할 수 있을지도 모르겠어요. 그러니 제 걱정은 마시고, 앞으로 잘 부탁드릴게요."

"잘 부탁해! 분위기를 밝게 만드는 거라면 내 특기지!"

라피니아가 앞으로 걸어 나와 이안을 향해 웃어 보였다.

이안을 응원해 주고 싶다는 속마음이 표정에 고스란히 드러나 있었다.

이안에게 민폐가 되지 않는다면 굳이 말릴 필요는 없으리라.

"나는 크리스 뒤에서 춤만 추는 역할이지만, 크리스가 뭔가 사고를 치거나 민폐를 끼친다면 따끔하게 혼내줄 테니까 언제든지 말해."

"미, 민폐……? 아, 알겠습니다. 고맙습니다."

두 사람의 대화를 지켜보던 유아가 라피니아를 가리키며 잉그리스에게 물었다.

"네 보호자야?"

"아, 아니에요! 제가 라니를 돌보는 입장이에요."

"그런가? 반대 같은데……."

"기분 탓이에요. 애초에 저는 종기사가 돼서 라니를 돌봐주려고 아카데미에 들어왔어요. 생활 태도부터 전장에서 살아남는 법까지 가르쳐 줄 게 한둘이 아니에요."

마침 그때, 옆에 있던 이안이 라피니아에게 물었다.

"제 눈에는 잉그리스 씨가 사고를 칠만한 분처럼 보이지 않는데요……. 예쁘고 정숙하신 분이잖아요. 뭔가 오해하신 거 아닌가요?"

"""아니. 전혀."""

자리에 있던 사람들 모두가 입을 모아 대답했다.

"즈, 즉답……?! 그 정도인가요?"

"…………."

확실히 잉그리스는 인생을 즐기며 제멋대로 살고 있었다.

하지만 딱히 사고를 친 기억은 없었다.

"방금 자리에 없어서 못 봤나 보군……. 뭐, 금방 알게 될 거야. 어쨌든 네가 괜찮다면 됐어. 응원할게."

"네. 고마워요, 라티."

이안은 라티에게 부드럽게 미소 지었다.

그로부터 며칠 뒤. 이안은 얼마 지나지 않아 잉그리스에 대한 자신의 인식을 수정해야 했다.

콰과과과광! 퍼버버버벅! 콰지직! 콰아아아앙!

잉그리스와 유아는 객석 위를 날고 있는 다수의 플라이 기어들을 넘나들며 난투전을 펼치고 있었다.

연극 후반부의 전쟁 신이었다.

극중 설정에 따르면 잉그리스가 연기하는 마리아벨의 현재 신분은 무희였지만, 출생 신분은 명문 기사 가문의 딸이었다.

원래 마리아벨은 마리크 왕자와 소꿉친구이자 약혼자였다. 하지만 10살이 될 무렵 집안이 몰락해 약혼은 파기되고 말았다. 이후 7년간 각지를 방랑하던 마리아벨은 타국의 땅에서 해당 지역의 영주에게 몸을 의탁하고 있던 마리크와 재회하게 되었다.

지금 장면은 마리아벨이 불리한 전장에서 목숨의 위기에 놓인 마리크 왕자를 구하러 가는 장면이었다. 기사 가문의 딸이었던 마리아벨은 어릴 적 훈련을 받기도 했고, 전투에 대한 소질도 뛰어났다.

한편, 유아가 맡은 다른 한 명의 주역이자 연적인 유틸리스는 두 사람의 약혼이 파기된 이후에 마리크를 섬기게 된 여기사였다.

마리크를 구하러 나서는 마리아벨과, 그런 그녀를 막으려는 유틸리스.

마리아벨은 자신의 실력을 인정하게 만들기 위해 유틸리스와 가벼운 대련을 치른다. 그리하여 서로의 실력을 인정한 두 사람이 함께 협력해 마리크 왕자를 구하러 나서게 된 것이다.

이 장면이 끝나면 패배한 사람이 마리크를 포기한다는 조건으로 결말이 정해지지 않은 최후의 진검승부가 펼쳐질 예정이었다.

전장을 누비는 잉그리스와 유아의 움직임은 눈이 돌아갈 정도로 빨랐고, 화려했으며, 이상하리만치 강력했다.

극장에 쩌렁쩌렁 울려 퍼지는 묵직한 타격음이 모든 것을 이야기했다.

"괴, 굉장해. 라티가 한 말이 이런 뜻이었군요……!"

이안이 넋이 나간 얼굴로 말했다.

두 사람의 모습을 쫓으려고 머리가 상하좌우로 바쁘게 움직였다.

"그렇지? 저 모습의 어디가 정숙한데?"

이안의 옆에 서 있던 라티가 물었다.

라티는 프람과 함께 극중에 등장하는 플라이 기어의 조타수로 참가하게 되었다.

지금은 프람이 연습을 위해 플라이 기어의 조종을 맡고 있었다.

"하하……. 그, 그렇네요. 굳이 표현하자면 화려한 장미에는 가시가 있다, 정도가 낫겠어요."

"뭐, 그거라면 나도 납득."

"그건 그렇고, 저 두 사람은 마인도 마인무구도 없어 보이는데……. 대단하네요."

"내 말이. 저 두 사람, 맨몸으로 마석수까지 쓰러트린다더라."

"네?! 마인무구도 없이 말인가요……?!"

"그래. 실제로 봤다는 녀석이 있어."

"어, 어떤 힘을 사용하길래요?"

"글쎄다! 나도 몰라. 하여간 세상은 넓다니까. 저런 녀석들도 다 있고."

"알카드에는 마인무구조차 몇 없으니 말이죠……."

"맞아. 그렇지……."

그 상황을 방치해 왔던 알카드 왕국에도 책임이 있을지 몰랐다.

다만, 척박한 한랭지에 자리 잡은 알카드가 마인무구나 수호신 인 하이랄 메나스를 하사받을 만큼의 작물을 헌납하기란 현실적 으로 불가능했다.

하이랜드는 지상의 사정 따위를 고려하지 않는다.

무리해서 마인무구나 하이랄 메나스를 손에 넣는다고 하더라 도 정작 중요한 국민이 굶어 죽어 나라가 멸망해 버리면 본말전 도다.

"저런 인물이 알카드에도 있었다면……. 아뇨, 지나친 소망이겠 죠. 지금은 쓸데없는 생각 말고 무대에 집중하는 게 좋겠어요……."

"그래. 맞는 말이야……."

바로 그때, 와이즈멀 백작이 까랑까랑한 목소리로 잉그리스와 유아를 칭찬했다.

"홋호우! 호호호우! 며칠 전보다 훨씬 더 멋지군요! 두 사람을 쫓아서 고개를 움직이느라 목덜미가 뻐근할 지경입니다! 어이쿠 쿠쿠……. 하지만 기분 좋은 아픔이에요! 그러면 마리크 왕자가 등장하는 장면으로 넘어갑시다! 이안 군, 무대 위로 올라와 주세요."

"예!"

무대로 걸어 나오는 이안과 교대하듯 잉그리스와 유아가 무대 옆 출입구로 이동했다.

"유아 선배, 고생하셨어요. 여기 물 드세요."

주전자를 집어 든 잉그리스는 컵에 물을 따라 유아에게 건넸다.

"고마워. 딱히 지치지는 않았지만."

"오오……! 오늘따라 의욕이 느껴지네요!"

유아치고는 보기 드문 발언이었다.

평소 같았으면 금세 지쳤다느니, 귀찮다느니, 졸음이 온다느니 불평했을 것이다.

"왠지 요즘 들어서 몸 상태가 좋아."

"잘된 일이네요. 저번 사건 후유증이 생기면 어쩌나 걱정했어요."

이전 사건에서 유아는 프리즈마의 체내에 흡수될 뻔했었다.

혹시 뭔가 악영향을 끼치지 않았을까 걱정했는데, 아무렇지도 않다면 다행이었다.

"응. 괜찮아."

"그런데 유아 선배. 전부터 묻고 싶었는데요."

"뭔데?"

"진심으로 싸울 때의 유아 선배는 기적을 숨겨서 적에게 공격을 읽히지 않도록 하고 있잖아요? 엄청난 기술이던데, 대체 어떻게 하는 건가요……? 혹시 괜찮다면 살짝 가르쳐 주실 수 있을까요?"

유아처럼 극단적으로 마나의 흔적을 없애고, 기척을 숨기며 움직이는 건 쉬운 일이 아니었다. 현재로서는 잉그리스도 흉내 낼 수 없었다.

배울 수 있다면 무엇이든 배워두고 싶었다. 자신의 새로운 힘으로 삼기 위해서.

"딱히 기척을 숨긴 적은 없어."

"네? 하지만 전혀 기척이……."

대답하고 싶지 않은 것일지도 몰랐지만, 그래도 물고 늘어져 보기로 했다.

"녹아든 것뿐이야."

아무래도 대답하기 싫었던 것이 아니라 잉그리스가 받은 인상과 유아의 감각이 다를 뿐인 모양이었다.

"녹아든다고요? 어디로요?"

"이 세상에."

"세상……?"

"응. 세상과 하나가 되라고 아빠가 그랬어."

"……그렇군요. 세상, 즉…… 자연의 흐름에 순응하라는 뜻이군요."

세상은, 자연은 사실 다양한 흐름으로 가득 차 있었다.

앞길을 밝혀주는 빛. 뺨을 어루만지는 바람. 대지를 적시는 비.

문명이 낳은 불꽃.

마나의 흐름은 그런 사소한 자연 현상들 속에도 존재했다.

이걸 조금만 더 깊게 파고들면 나오는 게 바로 에테르다.

마나와 에테르를 인식할 줄 아는 자들에게도 자연계에 존재하는 그 힘과 흐름을 뚜렷이 인식하기란 쉽지 않았다.

왜냐하면 이 세상에서 살아가는 이들에게 그러한 요소들은 말 그대로 자연스러운 삶의 일부이기 때문이다.

너무나도 당연하게 느껴져 버리는 것이다.

개인이 방출하는 힘이나, 예전에 노바 마을에서 봤던 부유 마법진처럼 인위적으로 만들어진 흐름은 쉽게 느낄 수 있었다. 하지만 자연의 힘은 그렇지 못했다.

그리고 유아의 경우, 자연적인 마나의 흐름에 녹아들어 힘을 구사하는 기술을 갖고 있다.

자연적인 흐름을 당연하게 느껴버리는 본능과 감성이 유아의 움직임에 대한 반응을 무뎌지게 하는 것이다.

잉그리스도 시야를 차단해 마나의 흐름에만 감각을 집중시키지 않으면 반응하기 어려울 정도였다.

"응. 아마도."

"굉장한 기술이네요……! 유아 선배의 아버님은 어떤 분이셨나요? 가능하다면 저도 유아 선배가 받았던 수행을 받아보고 싶어요!"

유아와 동등한 수준의 기술을 익힐 수만 있다면 분명 에테르 조작 능력에도 긍정적인 영향을 미칠 터였다.

혈철쇄 여단의 수령인 흑가면은 자신의 에테르 파장을 잉그리스의 에테르와 반발하도록 조작해 절대적인 방어 기술을 구사했다.

지금 잉그리스의 실력으로 흑가면의 방어를 뚫기란 불가능했다.

유아의 이 물아일체와도 같은 기술은 흑가면을 타파할 열쇠가 되어줄지도 몰랐다.

그러므로 꼭 배우고 싶었다!

"우리 아빠가 어떤 사람이었냐고?"

"네. 꼭 만나보고 싶어요……!"

"으음…… 얼굴이 기억 안 나."

유아가 충격적인 발언을 내뱉었다.

"에에엑……?!"

부모의 얼굴을 잊어버렸다는 말인가. 제아무리 잉그리스라도 놀라서 소리치지 않을 수 없었다.

어쩌면 부녀 관계가 별로 좋지 않거나, 일찍이 아버지를 여의어서 적당히 둘러댄 것일지도 몰랐다. 하지만 둘러댄답시고 얼굴이 기억나지 않는다고 말할 사람이 과연 있을까?

좌우지간 충격적이었다.

다만, 유아라면 그렇게 말할 수도 있겠다는 생각도 들었다.

"응? 이상한 거야?"

"이, 일반적인 대답은 아니죠……."

"그래? 혹시 아빠가 아니었나?"

"그, 그걸 저한테 물어보신들……. 어, 어쨌든 만나 뵙기는 어려운 건가요……?"

"글쎄?"

오히려 질문으로 대답하니 잉그리스로서는 난처할 따름이었다.

"홋호우! 그럼 다음은 마리크 왕자와 유틸리스가 대화를 나누는 장면이군요. 유아 양, 이쪽으로!"

"아. 네."

유아는 그렇게 대답하며 뚜벅뚜벅 무대 중앙으로 향했다.

"으음……."

아무래도 유아의 아버지, 혹은 스승으로 보이는 인물에게 수련을 받기는 어려워 보였다.

그렇다면 결국 유아의 기술을 훔쳐서 익히는 방법밖에 없었다.

어서 다시 한번 진심을 발휘한 유아와 싸워보고 싶었다. 공연일이 몹시 기다려졌다.

그런데 그때, 무대 옆에서 대기하고 있던 라티가 말을 걸어왔다.

"여, 잉그리스. 유아 선배가 엄청난 소리를 하더라……."

"듣고 있었어? 아버지 얼굴을 잊어버렸다나 봐."

"내 말이. 대단한 선배야."

"그러게……."

"솔직히 대본을 제대로 외울 수는 있나 걱정했는데……."

"……의외로 잘 기억하고 있네."

마리크 왕자와의 한 장면을 연습 중인 유아는 대본 없이도 대사를 술술 읊고 있었다. 제대로 외우고 있는 모양이었다.

연기도 의외로 나쁘지 않았다. 안정적으로 연기해 나가는 중이었다.

마리크 왕자 역의 이안도 나름대로 준수한 연기를 펼치고 있었다. 오히려 잉그리스가 두 사람의 발목을 붙잡지 않도록 분발해야 할 정도였다.

"있잖아, 잉그리스."

"응. 뭔데?"

"이안 말인데. 아, 이건 프람이나 다른 녀석들한테는 말하지 않기다……? 어딘가 좀 이상하지 않아?"

"……성실한 사람 같던데? 뭔가 신경 쓰이는 부분이라도 있어?"

"응……. 그래도 나는 저 녀석에 대해서 잘 아는 편이야. 소꿉친구니까. 저 녀석의 성격상, 영지가 멸망하고 왕도까지 커다란 피해가 생겼다면…… 고국에 남아서 부흥을 도왔을 거라고 봐. 그런데 혼자서 극단에 들어와 생활하다니……. 아니, 그게 딱히 나쁘다는 말은 아니야. 하지만 뭔가 위화감이 느껴진달까……."

"어쩌면 말할 수 없는 사정이 있는 걸지도 모르지. 하지만 억지로 캐묻지는 마. 괜히 괴로운 기억만 떠올리게 만들지도 모르니까. 스스로 털어놓을 때까지 가만히 지켜봐 주는 것도 상대방에 대한 배려가 아닐까."

"……옳은 말이야. 알았어."

라티는 잉그리스의 말에 고개를 끄덕였다.

좋은 선택이었다. 순순히 납득해 줘서 잉그리스도 만족했다.

"그러면 다음으로 마리아벨의 댄스 장면을 연습하겠습니다! 잉그리스 양, 이쪽으로! 다른 분들도 무대로 올라와 주세요!"

"갈게요."

잉그리스는 다른 배우들과 교대해 무대 중앙으로 이동했다. 그리고 지금까지 견학하고 있던 레오네와 리제롯테도 무대로 올라왔다.

"어라? 라니는?"

"어디에 가더니 아직 안 돌아왔어. 중요한 용건이 있다던데."

"금방 돌아온다고 하더니 가버렸어요. 뭐 들은 거 없나요?"

"앗, 혹시……!"

잉그리스가 큰 소리를 낸 바로 그때.

"다혀와떠~."

라피니아가 다람쥐처럼 두 볼을 빵빵하게 부풀린 모습으로 돌아왔다.

뭘 하고 있었는지는 물어볼 필요도 없었다.

"다행히햐. 늦디 안았헤. (다행이다. 늦지 않았네.)"

"라니……. 치사하게 혼자서 군것질을 하러 갔었구나."

마침 극단원들이 점심 식사를 준비하기 시작할 무렵이었다.

라피니아는 배고픔을 참지 못하고 몰래 빠져나가 시식하고 온 모양이었다.

치사했다. 잉그리스도 슬슬 배가 고파져 오는 것을 참고 있었다.

"다아. 히데 크릿흐도 공버미야. (자. 이제 크리스도 공범이야.)"

푸욱.

라피니아가 손에 들고 있던 고기빵을 잉그리스의 입에 밀어 넣었다.

"어떨 후 업디. 용허해 둘게. (어쩔 수 없지. 용서해 줄게.)"

"호호우! 암요, 젊을 때는 많이 먹어야죠! 마음껏 먹고 좋은 연기를 보여주세요."

와이즈멀 백작은 이런 잉그리스와 라피니아의 태도에도 여전히 관대했다.

"……와이즈멀 백작님은 너그러우시네."

"그러게요. 화를 내는 법이 없어요. 어쩌면 교장 선생님보다 그릇이 클지도 모르겠어요."

레오네와 리제롯테가 귓속말을 나누었다.

확실히 밀리에라 교장도 너그럽고 온화한 인물임에는 분명했다.

하지만 사람은 한계가 있고, 잉그리스와 라피니아는 때때로 선을 넘는 행동을 저지르곤 했다.

연습이 한창인 중에 군것질하는 두 사람. 객관적으로 봤을 때 화를 내도 이상하지 않은 상황이었다.

"호우호우. 저는 사람마다 본인에게 맞는 성장 방법이 있다고 생각한답니다."

레오네와 리제롯테의 대화를 들었는지 와이즈멀 백작이 두 사람에게 작은 목소리로 속삭였다.

"혼나서 성장하는 타입. 칭찬으로 성장하는 타입. 다양한 타입의 사람들이 있지만, 저 두 분은 틀림없이 먹으면서 성장하는 타입입니다. 배불리 먹여드리기만 하면 좋은 성과를 내주시니 저로서도 먹여 살리는 보람이 있다고나 할까요."

"……이렇게 들으니 잉그리스와 라피니아가 동물 같네."

"그, 그러게요……. 맹수 조련사한테 맹수를 기르는 방법을 들은 기분이에요."

"정확한 표현이야."

"아, 웃으면 안 되는데……."

비유가 재밌었는지 레오네와 리제롯테는 키득키득 웃었다.

"꿀꺽……! 자, 다시 가볼까!"

"기다리게 해서 죄송합니다. 시작하죠."

잉그리스와 라피니아가 입 안의 음식물을 전부 삼키고는 말했다.

"좋습니다! 그럼 여러분, 멋지고 아름다운 춤을 부탁드리겠습니다!"

와이즈멀 백작의 재촉을 받으며 잉그리스 일행이 무대에 정렬했다.

잉그리스가 앞에 서고, 나머지 세 사람이 뒤쪽에 나란히 섰다.

그리고 와이즈멀 백작의 손뼉에 맞춰 사전에 배웠던 동작을 실행해 나갔다. 아직 연습을 개시한 지 며칠 되지 않았지만, 잉그리스 일행의 안무는 완벽했다.

"아주 좋습니다, 여러분! 마치 하늘에서 내려온 여신님 같군요! 그대로 계속해 주시면 됩니다!"

와이즈멀 백작이 살짝 흥분한 말투로 성원을 보냈다.

"후훗. 저렇게 칭찬해 주시니까 기분이 나쁘진 않네."

"그러게."

"살짝 부끄럽기는 하지만 쉬어 가는 이벤트로는 괜찮은 것 같아."

"저도요. 모처럼 무대에 올랐으니 즐기는 게 좋겠어요."

잉그리스 일행은 춤을 추면서도 귓속말을 나눌 만큼의 여유를 보였다.

딱히 네 사람이 춤에 조예가 깊었기 때문은 아니었다. 다만, 그녀들은 기사 아카데미에서 매일같이 무지막지한 훈련을 소화해 내고 있었다.

다시 말해, 일반인을 한참 능가하는 신체 능력의 소유자였다. 잉그리스뿐만이 아니라 네 사람 모두가 그랬다. 덕분에 이들의 춤 실력도 어느새 와이즈멀 극단의 정식 배우들을 웃도는 수준까지 도달해 있었다.

네 사람의 움직임은 머리부터 발끝까지 완벽하게 통일되어 있었다.

부드럽고도 격렬한 움직임에 소녀들의 옷자락과 머리카락이 휘날렸다. 그때마다 사락사락하는 소리가 귓가를 간지럽혔다.

마지막으로 잉그리스가 앞으로 나와 독무대를 펼쳤다. 화려한 스탭을 밟다가 뚝 멈춰서 자세를 잡자, 한 줄기의 땀방울이 뺨을 타고 흘러내려 바닥에 떨어졌다. 그만큼 격렬한 안무였다.

"수고하셨습니다! 이야, 다들 멋졌어요! 이제 이 장면에 한해서는 흠잡을 구석이 없군요!"

"다들 정말로 예뻤어요……! 저까지 살짝 반해버렸어요……!"

와이즈멀 백작은 만족스럽게 고개를 끄덕였고, 견학 중이던 프람은 눈을 반짝거렸다.

"그렇다고 같이 무대에 오를 생각은 하지 마라? 발목만 잡는 게 고작이니까."

"너무해요. 그야 제가 잉그리스나 다른 분들보다 예쁘지 않은 건 사실이지만……!"

"아니, 딱히 예쁘지 않다고 말한 적은 없잖아. 외모란 건 보는 사람에 따라 다른 거고."

라티와 프람이 평소처럼 티격태격하고 있는 사이, 다른 방향에서 커다란 박수 소리가 들려왔다.

"아주 훌륭합니다! 역시 아름다우시군요, 잉그리스 님!"

"아, 레더스 씨다."

어느샌가 레더스가 관객석에 떡하니 앉아 감동의 눈물을 흘리고 있었다. 열렬한 박수와 함께.

레더스뿐만이 아니었다. 오늘은 레더스 외에도 몇 명의 근위기사들이 함께 자리하고 있었다.

"엄청 예쁘던걸……!"

"맞아. 저번과는 또 다른 느낌이더군. 넋 놓고 봐버렸어."

"다른 배우들도 무척 아름다웠지. 오늘은 좋은 경험을 했어……!"

기사들 사이에서도 잉그리스 일행의 춤은 호평 일색이었다.

하지만 기사들의 반응은 사실 딱히 중요한 것이 아니었다.

기사들 가운데 앉아있는 한 사람.

"으음. 훌륭한 무대더군. 공연 당일이 기대되는구나. 왕도의 백성들도 활력을 얻어 일상으로 되돌아갈 수 있겠지."

"……! 국왕 폐하가 오셨어."

칼리아스 국왕이 흡족하게 웃으며 손뼉 치고 있었다.

"앗, 진짜네?! 이, 이런 곳까지 납실 줄은……!"

"뭐?! 국왕 폐하가 보고 계셨던 거야?"

"어, 어쩜……!"

세 사람도 깜짝 놀란 눈치였다.

"호우호우! 이거 국왕 폐하 아니십니까! 견학해 주셔서 감사합니다! 공연 당일에도 부디 참석해 주시기 바랍니다! 저희의 걸작 무대를 보여드리겠습니다!"

"그래. 꼭 보도록 하겠네. 자네에게 왕립 극장 사용을 허가하길 잘한 것 같군."

칼리아스 국왕은 그렇게 말하며 천천히 고개를 끄덕였다.

"이, 이 나라의 국왕 폐하가 공연을 보러 오신다니…… 크, 큰일 났다."

이안이 창백해진 얼굴로 말했다. 단단히 긴장한 눈치였다.

그리고 유아는…….

"저 아저씨는 누구야?"

"…………."

생뚱맞은 얼굴로 잉그리스에게 질문을 해오는 것이었다.

잉그리스 일행이 와이즈멀 극단의 공연 연습에 접어든 지도 제법 시간이 흘렀다.

이제 공연일도 코앞으로 다가와 있었다.

그동안 잉그리스 일행의 식사를 책임져 준 와이즈멀 극단에는 감사한 마음뿐이었다.

그리고 마침내.

"저, 정말로 이날이 오고야 말았어, 크리스!"

"응, 라니! 돌이켜 보면 길었지."

잉그리스와 라피니아가 눈물을 글썽이며 외쳤다.

"지금까지 정말 잘 버텼어, 우리……!"

"맞아. 나 자신을 칭찬해 주고 싶을 정도야……!"

그간의 길고 고되었던 인내의 나날들을 떠올리며 서로를 끌어안는 두 사람.

마침내 기사 아카데미의 재건이 일단락되었다. 아직 공사 중인 부분도 많았지만, 지금 그런 건 아무래도 좋았다.

지금 두 사람의 눈앞에는 식당으로 이어지는 출입문이 있었다.

오늘부터 학교 식당이 영업이 재개할 예정이다.

잉그리스와 라피니아는 안절부절못한 나머지 이렇게 영업을 개시하기도 전부터 대기하고 있었다.

이제 금방이었다. 조금만 더 기다리면 식당에서 마음껏 음식을……!

"이게 눈물까지 흘릴 만한 일인가…….

"식당이 열리기 전에도 극단에서 제공해 주는 음식을 실컷 먹었잖아요."

레오네와 리제롯테는 어이가 없다는 눈치였다.

"하지만 메뉴가 적었는걸! 그동안 얼마나 참았는데!"

"극단 분들이 굶주리지 않도록 먹는 양도 조절했어!"

""그, 그게 조절한 거라고……?""

극단의 요리사들은 공연으로 예산이 충당될지 모르겠다며 머리를 싸매고 있었다.

와이즈멀 백작은 좋은 공연을 할 수만 있다면 괜찮다는 태도였지만.

바로 그때, 식당의 문이 가벼운 소리를 내며 열렸다.

"어머나? 계속 기다리고 있었던 거니? 어서들 들어오렴! 식당 재개란다!"

안면을 트고 지내던 식당 아주머니가 환하게 웃으며 잉그리스 일행을 맞아들였다.

"꺄악! 드디어! 초특대 매운맛 파스타 곱빼기가 나를 기다리고 있어!"

"나도! 몇 인분이나 먹을 수 있을까……?!"

"오늘은 아직 극단에서 연습이 남아있다는 걸 잊지 마."

"과식하면 움직이지 못할지도 몰라."

""먹지 않는 자 일하지도 말라……!""

한목소리로 대답하는 잉그리스와 라피니아. 이미 머릿속에 먹을 생각밖에 없는 듯했다.

그런데 그때 누군가가 두 사람을 찾아왔다.

"아, 역시 여기에 계셨군요. 잉그리스 양, 라피니아 양!"

"교장 선생님?"

"지금 여기서 이러고 있을 때가 아니에요!"

"네? 왜 그러세요?"

"극단 연습이라면 아직 시간이 남았을 텐데……."

"그게 아니에요! 중요한 손님들이 찾아오셨어요!"

"네……?"

정말로 그것이 식당의 초특대 매운맛 파스타 곱빼기보다 중요한 용건일까.

또 저번처럼 왕성으로 불려가서 불편한 직위를 제안받는 것으로도 모자라, 만찬까지 놓치고 마는 슬픈 결말을 맞이하게 되는 것은 아닐까. 솔직히 말해서 내키지 않았다.

"밥부터 먹고 만나면 안 될까요?"

라피니아도 잉그리스와 비슷한 심정인 듯했다.

"안 돼요! 손님들께 실례예요!"

"하아. 어쩔 수 없지……."

"후딱 갔다 오자, 라니."

"그래. 알았어."

"교장실에서 기다리고 계시니 어서 가요."

그리하여 잉그리스 일행은 식당을 뒤로하고 교장실로 향하게 되었다.

"휴. 식당을 점거당하기 전에 돌려보내서 다행이다. 재건으로 예산도 빠듯하니 조금이라도 더 절약해야 해요……."

밀리에라 교장이 들리지 않도록 중얼거렸다.

그렇게 교장실을 방문하게 된 잉그리스 일행.

"잉그리스!"

"라피니아!"

교장실에서는 성숙한 아름다움을 지닌 두 명의 여성이 기다리고 있었다.

""어머니!""

잉그리스의 어머니인 세레나와 이모 이리나였다.

"어머니! 여기까지 찾아오시다니! 만나서 기뻐요……!"

"후후후. 아직 어리광쟁이구나, 라피니아는."

라피니아는 곧바로 달려가 이리나를 끌어안았다.

"크리스……! 건강했니? 많이 걱정했단다……!"

"괜찮아요, 어머니. 큰 문제 없었어요. 이렇게 뵙게 돼서 기뻐요."

잉그리스는 라피나아와 달리 애처럼 들뜬 모습을 보이지는 않았지만, 세레나 쪽에서 끌어안으니 저항할 방법이 없었다. 그리운 온기가 기분 좋게 느껴지는 것은 확실했다.

"문제가…… 없었던 걸까요? 으음…….'"

밀리에라 교장이 신음을 흘렸다.

"저, 딸이 뭔가 민폐를 끼쳐드린 건가요……?"

"앗, 아니에요! 그럴 리가요! 두 분은 우수한 학생이랍니다! 여러모로 도움을 받고 있어요."

"그렇군요. 덕분에 안심했어요."

세레나가 미소를 지으며 답했다.

"그런데 어머니, 여기는 어쩐 일이세요……?"

"후작님은 매년 국왕 폐하께 조세를 납부하고 계시잖니? 올해부터는 그, 뭐더라, 하늘을 나는 배였는데…….'"

"플라이 기어나 플라이 기어 포트를 말씀하시는 거군요."

"맞아. 왕도의 징수원분께서 그걸 타고 날아와서 운반을 거들어 주셨어."

"그거 괜찮네요. 육로로 옮기는 것보다 안전하고 빠를 테니까요."

지금까지는 육로를 통해서 세금을 수송해야 했다.

변경의 유미르에서 왕도까지는 거리도 멀뿐더러 중간에 마석수에게 습격당할 위험도 있다.

하지만 왕도에서 플라이 기어를 파견하여 수송해 준다면 안전성과 속도가 부쩍 늘어나게 된다. 육상형 마석수로부터는 습격당할 일이 아예 없거니와, 비행형 마석수도 대부분은 떨쳐낼 수가 있었다.

원래는 영주 측에서 수송 수단과 인원을 마련하는 것이 관례였지만, 플라이 기어는 최신 병기다. 시골인 유미르에는 아직 보급되어있지 않았다.

그래서 왕도 측에서 먼저 플라이 기어를 파견했다고 한다.

최신 기술을 융통성 있게 활용한 예시라고 할 수 있다. 꽤 훌륭한 판단이었다.

"잘 아는구나. 후작님도 국왕 폐하께 인사를 드리고 싶다면서 왕도로 귀환하는 플라이 기어에 동승하셨어. 그래서 우리도 함께 따라왔지. 너희들의 얼굴이 보고 싶었거든. 네 아버지는 영지를 지키느라 오지 못하셨지만. 아쉬워하셨단다."

"그렇군요. 아버지와도 만나보고 싶었는데."

"와! 그럼 아버지도 왕도에 오신 건가요? 잘됐다!"

"라피니아. 혼자서 그렇게 들뜨면 어떡하니. 크리스의 심정도 생각해 줘야지."

이리나가 라피니아를 타일렀다.

"괜찮아요. 저도 후작님과 만나게 되어서 기쁘니까요."

"그러니? 크리스는 정말이지 어른스럽구나. 크리스가 라피니아와 함께 있으니 이모도 안심이야."

"아뇨, 저는 아직 한참 멀었어요. 이모님, 이 기회에 라니한테 따끔하게 한마디 해 주세요. 연애에 신경을 쓸 시간이 있으면 기사 후보생으로서 수련에 전념하라고요."

정신적으로 남성인 탓인지 잉그리스가 라피니아를 타이르는 데는 한계가 있었다. 누가 잘생겼다느니, 어떤 사람이 좋다느니, 세오도어 특사가 멋지다느니 하는 말들이 튀어나오는 것을 도저히 막을 수가 없었다.

그래서 어머니인 이리나에게 못을 박아달라고 부탁한 것이었다. 하지만…….

"뭐어?! 얘, 라피니아. 남자친구가 생긴 거니? 정말 잘됐다. 어떤 애니? 이 기회에 엄마한테도 소개해 주지 않을래?"

이리나가 눈을 반짝이며 물었다.

연애사에 관심을 보이는 라피니아의 눈빛과 똑같았다.

"이모니이이임! 그게 아니에요! 라니가 공부에 집중하도록 설교를……!"

"무슨 소리니? 젊을 때 사랑을 하는 것도 중요한 공부란다. 그래서? 어떤 사람이니, 라피니아?"

"으응? 남자친구는 아직 없어. 그야 뭐, 있으면 좋기는 하겠지만."

"그러면 누구 마음에 둔 사람은 있니?"

"마음에 둔 사람? 에헤헤…….."

에헤헤는 무슨! 잉그리스는 분개했다.

"절대로 안 돼요! 라니는 기사 아카데미의 학생으로서 수련에 전념해야 해요!"

"어휴. 소리 좀 그만 질러, 크리스. 어머니도 괜찮다고 하셨잖아."

"나는! 라니한테 나쁜 벌레가 꼬이지 않게 해달라고 후작님께 부탁까지 받았어!"

"어머나. 그냥 무시해도 되는데. 딸을 뺏길까 봐 질투하고 있을 뿐인걸."

"무시하면 안 되죠, 이모님!"

이래서는 역효과였다. 라피니아가 말을 더욱 안 듣게 될 것이다.

"후작님은 라니를 걱정하고 계세요⋯⋯! 저도 똑같은 심정이고요! 라니한테 연애는 아직 한참 일러요!"

"아하하⋯⋯. 미안해, 언니, 라피니아. 잉그리스도 라피니아를 누군가한테 뺏기는 게 싫어서 그래. 후작님하고 똑같네."

"아, 아니에요, 어머니⋯⋯! 저는 어디까지나 라니를 섬기는 종기사로서⋯⋯!"

"후후훗. 분명 우리 남편도 비슷한 식으로 말했을걸."

"윽⋯⋯?!"

확실히 그럴지도 몰랐다. 라피니아를 바라보는 빌포드 후작의 시선과 잉그리스의 시선은 비슷할 가능성이 컸다.

"고마워, 크리스. 라피니아를 진심으로 걱정해 주고 있었구나. 라피니아도 크리스가 하는 말을 듣도록 하렴."

"네? 방금은 괜찮다고 했잖아요!"

"그건 취소할게. 너한테 가장 소중한 사람은 크리스잖니?"

"뭐, 그건 그렇지만⋯⋯."

"이모님……."

아무래도 이리나는 잉그리스의 손을 들어준 듯했다.

그때, 세레나가 잉그리스와 함께 교장실로 찾아온 레오네와 리제롯테를 주목했다.

"친구분들인가요? 인사가 늦어 죄송합니다. 저는 잉그리스의 어미인 세레나입니다. 이쪽은 제 언니인 이리나예요."

"저희 딸들이 늘 신세를 지고 있습니다."

어른 여성 특유의 정숙한 태도로 정중한 인사를 건네는 두 어머니.

"처음 뵙겠습니다. 저는 리제롯테 아르……."

리제롯테가 자신의 이름을 대려고 했을 때였다. 라피니아가 중간에 끼어들어 대신 대답했다.

"어머니, 이모님, 소개할게요! 이쪽은 리제롯테, 그리고 레오네예요."

라피니아는 일부러 성을 제외하고 이름만을 소개했다.

레오네의 오르파 가문은 레온이 성기사 직위를 버리고 탈주한 것으로 인해 세간의 따가운 시선을 받고 있었다.

그래도 일단 세레나와 이리나는 레온이 유미르에서 취했던 행동의 내막을 들어서 알고 있었다. 두 사람 모두 레온이나 오르파 가문에 나쁜 인상을 품고 있지는 않을 터였다.

하지만 그렇다 하더라도 레오네가 자신의 성씨를 밝히기란 힘들 수밖에 없었다.

라피니아는 이러한 상황을 헤아려 리제롯테 대신 두 사람의 이름을 소개한 것이다. 성씨만을 제외하고.

언젠가는 알게 되겠지만, 굳이 지금 언급할 필요는 없을 것이다.

말을 마친 라피니아가 리제롯테에게 슬쩍 눈짓했다.

그러자 리제롯테도 라피니아의 의중을 파악했다.

"아…… 리제롯테라고 합니다! 저희야말로 늘 신세를 지고 있습니다."

라피니아의 이런 상냥한 행동을 보면서 자랑스러운 기분을 느끼는 잉그리스였다.

"저도 언제나 큰 도움을 받고 있습니다."

레오네도 미소를 지으며 고개를 숙였다.

"참, 어머니. 지금 왕도에 와이즈멀 극단이 와 있어요! 실은 저희도 무대에 오르기로 했거든요? 그러니 어머니와 이모님도 보러 와주세요! 아, 그리고 있죠……!"

"라니, 잠깐만. 일단 장소를 좀 옮기지 않을래? 이러다 점심시간 다 가겠다."

"그러도록 하세요, 라피니아 양. 왕도도 안내해 드릴 겸, 근처의 분위기 좋은 카페에서 차라도 한잔하시다 들어가세요."

"아뇨, 식당으로 가려고요! 자, 서두르자!"

"그게 좋겠다! 교장 선생님, 저희의 무료 식사권으로 간단히 대접해 드려도 될까요?"

"뭐, 원하시는 대로 하세요."

차나 음료 정도라면 괜찮을 것이라고 밀리에라는 판단했다.

두 명의 보호자를 눈앞에 두고 안 된다고 말하기도 부담스러웠다.

연습까지 시간도 얼마 남지 않았거니와, 어머니와 쌓인 이야기를 나누다 보면 잉그리스와 라피니아의 식사 속도도 느려질 터. 평소보다 피해가 적게 나올 가능성이 있었다.

그리고 잠시 후.

터엉! 터엉!

식당 테이블에 커다란 접시가 두 개 놓였다. 두 접시에는 파스타가 산처럼 쌓여있었다.

"오랜만이야! 초특대 매운맛 파스타 곱빼기!"

"맛있겠다……!"

우걱! 우걱! 우걱!

곧 잉그리스와 라피니아는 눈앞의 거대한 접시에 포크를 쑤셔대기 시작했다. 맹렬한 기세였다.

"어해요? 마힛허 보히됴? 데하 제힐 도하하흔 음히기혜됴! (어때요? 맛있어 보이죠? 제가 제일 좋아하는 음식이에요!)"

"교하 헌행님헤허 무효로 흭하를 제고해 후고 헤헤요. 더훈헤 머흔 헉저흘 마히 더허됴. (교장 선생님께서 무료로 식사를 제공해 주고 계세요. 덕분에 먹는 걱정을 많이 덜었죠.)"

그 모습을 지켜보던 레오네와 리제롯테는 들리지 않도록 한숨을 내쉬었다.

"여, 여전하네. 저렇게 먹어대면서 대화를 하는 걸 보면 참 신기해……."

"모, 모처럼 어머님들께서 와주셨는데 예의 바른 모습 좀 보여드리지……. 식욕에는 이기지 못한 모양이네요."

하지만 잉그리스와 라피니아는 아무것도 듣지 못하고 싱글벙글 웃고만 있었다.

"라피니아……."

"잉그리스……."

두 어머니가 나지막한 목소리로 딸들의 이름을 불렀다.

딸들의 지저분한 식사 태도를 보고 혼내려는 것처럼 보였다. 하지만 실상은…….

""우리 것도 추가해 주렴!""

""네!""

터엉! 터엉!

"어머하, 마힛허라! 이헌 흠히글 공하로 머흘 수 잇하니, 후흉하신 교항 헌행니믈 허쿠나. (어머나, 맛있어라! 이런 음식을 공짜로 먹을 수 있다니, 훌륭하신 교장 선생님을 뒀구나.)"

"너히가 달 혁고 잇흐까 걱허햇는데, 한히음 노하도 해갠네. (너희가 잘 먹고 있을까 걱정했는데, 한시름 놓아도 되겠네.)"

"그허효? (그렇죠?)"

"후 분하고 하헤 머흐니 더 마힌헤요. (두 분하고 함께 먹으니 더 맛있네요.)"

우걱우걱, 와구와구!

두 어머니의 흡입 속도는 잉그리스와 라피니아와 호각, 아니, 그 이상이었다.

"막아내다그, 그렇구나. 잉그리스와 라피니아의 식성은⋯⋯."

"어, 어머님들께 물려받은 거였군요⋯⋯!"

"괴, 괴물이⋯⋯ 괴물이 두 배로 늘어났어요⋯⋯."

눈 깜짝할 사이에 네 개의 커다란 접시가 바닥을 드러냈다.

"아아, 맛있었다!"

"오랜만이라서 그런지 더 맛있네. 얼마든지 먹을 수 있을 것 같아."

"저, 저기 여러분⋯⋯? 슬슬 연습하러 가실 시간 아닌가요?"

"이 정도 시간이라면 2인분은 충분히 먹겠네. 먹고 가자! 이번 에는 초특대 매운맛 파스타 곱빼기랑 초특대 화이트소스 파스타 곱빼기를 하나씩!"

"내 것도. 극단에서도 마저 먹어야 하니까 각각 한 그릇으로 참 아야지."

""그러면 우리는 파스타당 두 그릇씩 부탁할게!""

"역시 어머니와 이모님이시네요. 어른한테는 못 당하겠어요."

"접수 완료! 여기요, 아주머니! 초특대 매운맛 파스타 곱빼기하 고, 초특대 화이트소스 파스타 곱빼기를 6인분씩 부탁드릴게요~!"

라피니아가 주방을 향해서 밝은 목소리로 외쳤다.

"교장 선생님, 저희까지 신세를 져서 죄송해요."

"그리고 아이들에게 훌륭한 환경을 제공해 주셔서 감사합니다. 안심했어요."

"아하하…… 아하하하. 이 정도쯤 별것 아니에요."

밀리에라 교장이 무척이나 뻣뻣한 미소를 지으며 대답했다.

"어머니, 다 드시면 저희가 연습하는 모습을 견학하러 오세요! 그리고 본 공연도 며칠 안 남았어요! 유미르에 돌아가기 전에 꼭 관람하셨으면 좋겠어요."

"그래, 그럴게. 와이즈멀 극단의 무대라, 오랜만인걸. 마침 적절한 시기에 너희를 찾아온 것 같구나. 라파엘이 없다는 점이 조금 아쉽기는 하지만."

"크리스, 엄마도 기대하고 있을게. 우리 쪽은 아버지가 오지 못하셔서 아쉽네."

"알겠습니다, 어머니. 반드시 만족스러운 전투신을 보여드릴게요."

"예, 예쁜 모습을 보여주면 그걸로 충분하단다……."

아카데미의 식당이 재개되면서 식사 문제도 해결되었다.

나머지는 와이즈멀 극단의 공연을 잘 마무리하는 것뿐.

유아와 마음껏 싸울 수 있는 무대가 잉그리스를 기다리고 있었다.

부모님들이 참관하기로 한 만큼 더욱더 기대되었다.

성심성의껏 임하기 위해서라도 그때까지 몸조리를 잘해둘 필요가 있었다.

"역시 이참에 영양분을 보충해두기로 할까. 여기요! 초특대 매운맛 파스타 곱빼기랑 초특대 화이트소스 파스타 곱빼기 1인분씩 추가요!"

"앗, 그러면 나도! 여기에도 2인분 추가 부탁드려요!"

"아아아아, 현기증이……. 저, 저는 이만 방으로 돌아가서 쉴게요……."

밀리에라 교장은 비틀거리는 발걸음으로 식당에서 물러났다.

그로부터 며칠 뒤.

"아아. 오늘은 평소보다 늦게 끝났네."

"그러게."

잉그리스와 라피니아가 왕립 대극장을 나왔을 무렵에는 이미 하늘이 저녁놀로 물들어 있었다.

무대 연습은 오늘로 마지막이었고, 내일은 대망의 공연 당일이었다.

잉그리스와 라피니아의 귀가가 늦어진 건 평소보다 푸짐한 식사가 나왔기 때문이었다. 두 사람은 아쉬움이 남지 않도록 최후의 최후까지 극단의 음식을 만끽했다.

"하아, 배부르다~. 대만족! 얼른 돌아가서 목욕하고 푹 자자! 내일부터 공연이잖아."

"응. 그러자."

"기대하고 있을게. 크리스의 키스신!"

"후후후……."

"뭐, 뭐야 그 수상한 미소는……?"

"아무것도 아냐. 자, 돌아가자."

공격 장치가 폭주하는 바람에 무대에 오를 수 없게 된 스타 프린세스 호에 탑승하는 잉그리스와 라피니아.

물론 딱히 희소식은 아니었다. 잉그리스가 무대에서 탑승할 플라이 기어도 라피니아와 프람의 손에 의해서 예쁘장한 핑크색으로 덧칠되고 말았기 때문이다. 결국 부끄러움을 감수해야 한다는 점에는 변함이 없었다.

플라이 기어에 시동을 걸고 기사 아카데미로 날아가는 두 사람. 그런데 그때였다.

"앗⋯⋯! 저 애는! 이름이 뭐랬더라⋯⋯?"

라피니아가 길거리 한쪽을 가리키며 소리쳤다.

그쪽을 쳐다보니, 어깨까지 내려오는 금발을 지닌 여자아이가 보였다. 10세 정도의 귀여운 소녀였다.

"아리나였어."

스타 프린세스호가 귀엽다고 칭찬해 주었던 여자아이였다.

라피니아가 얼굴을 잊었을 때를 대비해서 잉그리스가 대신 얼굴과 이름을 기억해 두었다.

"맞아, 맞아! 아리나!"

"⋯⋯이름, 까먹고 있었지?"

"크리스가 기억하는 건 내가 기억하는 거나 마찬가지지!"

"뭐, 실제로 그게 종기사가 하는 일이니 딱히 할 말은 없네."

"크리스, 저 애가 있는 곳으로 가줘!"

"응. 알았어."

라피니아의 말대로 근처에 스타 프린세스호를 착륙시키자, 라피니아가 아리나에게 빙그레 웃음을 지었다.

"오랜만이야, 아리나!"

"앗. 그때 봤던 여기사 언니다……!"

"후훗. 기억하고 있었구나? 나는 라피니아. 이쪽은 잉그리스야."

"안녕. 잘 지냈어?"

"얘, 아리나. 언니가 그때 약속을 지금 지키려고 하는데, 어때? 플라이 기어에 한번 타볼래? 괜찮지, 크리스?"

"응. 괜찮아."

약속을 지키려는 라피니아의 태도는 훌륭했다.

잉그리스도 마땅히 그래야 한다고 생각했다.

오늘이 아니면 언제 또 만날 수 있을지도 모르거니와.

"어…… 나는……."

아리나의 얼굴에 짧은 순간 망설임이 엿보였다.

"왜 그래?"

"아, 아무것도 아냐. 그럼 부탁드립니다!"

"알았어! 얼른 타렴!"

"응!"

아리나를 태우고 다시금 공중으로 떠오르는 스타 프린세스호.

"우와……! 정말로 날고 있어! 굉장하다……!"

아리나가 눈을 반짝이며 말했다. 그렇지 않아도 커다란 눈이 더욱 동그래졌다.

마치 어릴 적의 라피니아를 보는 것만 같아서 잉그리스는 그립고 흐뭇한 기분이 들었다.

"후후훗. 마음에 들었어?"

라피니아도 잉그리스와 마찬가지로 흐뭇하게 아리나를 쳐다보았다.

어느새 라피니아도 아이들을 보면서 이런 표정을 짓게 되었다.

이제는 누가 봐도 언니였다. 세월도 참 빨랐다.

갓난아기일 때부터 라피니아를 지켜봐 왔던 잉그리스로서는 감회가 깊었다.

"응……! 엄청 기분 좋아!"

"아직 멀었어. 더욱 박력 넘치게 날 수도 있단다! 크리스, 한 바퀴 돌아줘!"

"알았어!"

잉그리스가 플라이 기어의 뱃머리를 위로 꺾자, 기체가 수직으로 상승하기 시작했다.

"와와왓?!"

"꽉 잡고 있으렴! 크리스, 됐어!"

"그럼 간다……!"

위우우우우웅!

시야가 한 바퀴 빙글 회전했다.

한순간 머리카락이 밑으로 잡아당겨지는 듯한 감각을 맛본 뒤, 곧 원래대로 되돌아왔다.

"아하하하핫! 굉장해!"

"괜찮니? 무섭지는 않았어?"

"응! 눈도 안 감았어!"

"오? 제법인걸, 아리나."

"재능이 있는 걸지도 모르겠네."

"정말로? 나도 언니들처럼 여기사가 되고 싶어……!"

"뭐, 우리도 진짜 기사는 아니고 아카데미에 다니는 학생일 뿐이지만. 반쪽짜리 기사라고 생각하면 돼."

"그런 거야? 하지만 언니들도 엄청 멋있어!"

"고마워! 역시 착한 아이라니까♪"

라피니아는 아리나를 꽉 끌어안았다. 이 아이가 무척이나 마음에 든 모양이었다.

"이것보다 더 신나게 날 수도 있어! 크리스, 볼트 호수까지 가보자."

"응. 알았어."

"전속력으로 날아 줘!"

"그러면 신기능을 시험해 봐도 될까?"

"아, 그러고 보니 라티하고 개조를 했었지?"

"맞아. 완성됐거든. 가속 장치가."

이 플라이 기어에는 하이랜더의 마법을 증폭시켜 발사하는 무기 장치가 달려 있었다.

비록 유아가 폭주시키기는 했지만, 이 장치에 마인무구처럼 마나를 마법으로 자동 변환시키는 기능은 없었다. 어디까지나 완성된 마법을 증폭시켜 사출하는 장치였다.

잉그리스는 라티의 협력을 얻어 이 장치의 회로가 뱃머리의 포문뿐만 아니라 기관부와도 이어지도록 개조를 가했다.

플라이 기어의 기관부는 마나를 동력으로 변환시키는 역할을 맡고 있다. 따라서 이 증폭 장치를 기관부에 직접 연결하면 큰 폭의 속도 향상을 기대할 수가 있었다. 기존의 마나 연료에 조종간에서 유입된 동력이 더해져 폭발적인 출력이 발휘되는 것이다. 증폭 장치가 가속 장치로 변모한 셈이다.

제법 흥미로운 결과였다. 역시나 하이랜드의 기술력은 지상의 국가들을 압도하고 있었다. 언젠가 기회가 된다면 그들의 기술을 배워보고 싶다는 생각도 들었다.

왜냐하면 자신에게 필적하는 강력한 파괴 병기를 만들어 자신의 실력을 갈고닦을 수 있을 테니까. 적어도 강한 상대가 나타나지 않는다는 비극에서는 자유로울 것이다. 굉장히 효율적인 방법이었다.

어찌 됐든, 가속 장치라는 말에 라피니아는 눈을 반짝거렸다.

"오오오~. 뜸 들이지 말고 얼른 써봐!"

"알았어. 간다!"

잉그리스는 새롭게 설치한 레버로 손을 뻗었다.

레버는 세 종류의 모드로 나뉘도록 설정되어 있었다. 기존에 내장되어 있던 마법 포격, 기관부에 직결된 가속 장치, 양쪽 모두 비활성화시키는 안전 모드.

절컥!

안전 모드에서 가속 모드로!

위이이이이이이잉!

평소보다 더욱 크고 힘찬 엔진음이 들려왔다.

"좋아, 출발!"

부아아아아앙!

온몸으로 느껴지는 바람의 저항도 여느 때보다 강력했다.

"우와아왓?! 장난 아니네, 이거!"

"우와, 우와, 우와! 엄청 빨라아아아!"

"마음에 든다니 다행이네."

이윽고 세 사람은 아카데미의 플라이 기어 도크가 자리한 볼트 호수에 도착했다.

훈련을 위해 곧잘 찾아오는 장소다.

"좋아. 그러면 다음은…… 물수제비 비행으로 가자!"

물수제비 비행이란 수면에 닿을락 말락 한 높이로 나는 것을 뜻했다.

"알았어."

푸샤아아아아아아!

시원한 소리와 함께 물보라가 피어올랐다. 뒤를 돌아보니, 스타 프린세스호를 뒤따르듯 기다란 물기둥이 이어져 있었다.

"아하하핫! 물이 마구 튀고 있어! 차갑지만 기분 좋아!"

그렇게 한바탕 수면을 날아다닌 뒤, 라피니아가 아리나에게 제안을 건넸다.

"아리나, 모처럼 탔으니까 조종도 해볼래?"

"괘, 괜찮은 거야……?! 내가 멋대로 만졌다가 언니들이 혼나는 건 아니고……?"

"후훗. 걱정 마, 걱정 마. 이건 빌린 게 아니라 우리 거거든."

"뭐어어어어?! 대체 어디서 팔길래……?!"

"파는 게 아니라 주운 거야."

"주웠어? 어디서? 어떻게?"

"가르쳐 줄게. 이걸 주우려면 일단 아리나가 하이랜드의 병사를 쓰러트릴 수 있도록 수행하는 데서부터……."

"어휴, 크리스! 아리나한테 수라의 길을 권하지 마! 저렇게 사는 사람은 크리스밖에 없으니까 아리나는 따라 하면 안 된다?"

"……라니도 같이 있었으면서."

"크리스가 억지로 데려갔잖아……! 어쨌든, 아리나. 이걸 붙잡아 볼래?"

"으, 응……."

"이걸 움직이면 나는 방향을 바꿀 수가 있어."

"그리고 이걸 당기면 앞으로 나아가고."

잉그리스와 라피니아는 아리나에게 플라이 기어를 움직이는 법을 기초부터 차근차근 가르쳐 주기 시작했다.

정말로 즐거워하는 아리나를 보고 있자니 두 사람까지 덩달아 즐거워지고 말았다. 눈 깜짝할 사이에 시간이 흘러갔다.

어느새 날이 저물고 밤이 찾아왔다. 구름 한 점 없는 밤하늘은 별들로 가득했다.

볼트 호수의 수면에는 아름다운 보름달이 비치고 있었다.

"와, 높다. 별님을 손으로 잡을 수 있을 것만 같아······. 예쁘다······."

현재, 세 소녀는 플라이 기어를 타고 한계에 가까운 고도까지 올라가 밤하늘과 발밑으로 펼쳐진 풍경을 바라보는 중이었다.

장관이었다. 레오네처럼 높은 곳을 힘들어하는 사람에게는 살짝 부담스럽겠지만.

"아리나, 한 가지만 가르쳐 줄래?"

잉그리스가 그렇게 말문을 열었다.

"뭔데, 언니?"

"세례함으로 세례를 받아 본 적이 있어?"

"응? 없는데······?"

"그렇구나······. 대답해 줘서 고마워."

아리나는 오른손에 마인이 없는 무인자였다.

하지만 방금 조종법을 가르쳐 주기 위해서 손을 잡았을 때, 잉그리스는 알게 되었다.

아리나는 상당한 마법적 소질을 타고난 아이였다.

거의 상급 마인을 지닌 라피니아에 필적하는 수준이었다. 적어도 무인자라고는 할 수 없을 정도로 강력한 마나가 잠재되어 있었다.

최근 잉그리스는 유아와 대련을 하고, 대화를 나누면서 마나를 주의 깊게 살피는 데 노력을 기울이는 중이었다. 그래서 느낄 수 있었다. 아리나가 무인자라는 것은 아무래도 부자연스러웠다.

"뭐? 잠깐만 기다려 봐. 세례는 6살이면 다들 하는 거잖아?"

"모든 일에는 예외라는 게 있는 법이야, 라니."

라피니아가 말하는 '다들'이란 본인이 살아온 환경에 속한 이들을 일컫는 단어다. 굳이 기사나 귀족까지는 아니더라도 가까운 곳에 살던 사람들이 속한 세계. 하지만 세상에는 더욱 각박한 환경도 존재하는 법이다.

라피니아가 아직 세상 물정을 모르기도 하거니와, 사람을 착하게만 보려는 성향이 두드러진 탓도 있을 것이다.

"예외라니……. 얘, 아리나. 부모님들께서 세례를 받게 해주지 않으신 거야?"

마인을 하사받는 세례 자체는 각지의 교회에서 치를 수 있었다.

유력한 귀족이라면 자체적으로 세례함을 소유하기도 했고, 그것을 일반 영민에게 제공하는 영주도 적지 않았다.

따라서 대부분은 무료나 저렴한 가격으로 세례를 받을 수 있었다.

지상에서 살아가는 모든 이들에게 있어 기사가 될만한 소질을 지닌 자를 발굴해 내는 것은 중요한 과제였다. 인간들이 사는 장소를 지켜야 하는 이상, 세례라는 행위를 널리 보급하지 않을 이유가 없었다.

설령 가난하게 태어났다 하더라도 마인을 부여받을 수만 있다면 기사가 될 자격이 주어진다. 빈곤에서 탈출하는 기회로 이어지는 것이다.

물론 라피니아도 이 정도는 알고 있을 터였다.

하지만 다른 가능성에는 생각이 닿지 않는 모양이었다.

"나, 부모님이 안 계셔."

아리나가 살짝 쓸쓸한 미소를 지으며 대답했다.

"아…… 그, 그렇구나……. 미, 미안해. 괴로운 질문을 했구나."

"아니야, 괜찮아. 언니들은 상냥한걸."

아리나는 라피니아에게 나쁜 뜻이 없었다는 것을 이해해 준 모양이었다.

사실 화를 냈어도 이상하지 않은 상황이었다. 아리나가 오히려 라피니아보다 어른스러워 보이는 대목이었다.

하지만 관점을 달리하면 상처를 입는 것에 익숙해져 있다고 볼 수도 있을 것이다. 부자연스러울 정도로.

"부모님이 나를 다른 사람한테 팔았거든……. 그래서 세례 는……."

아리나의 말대로라면 세례를 받지 못하는 것도 당연했다.

인간을 사고파는 이유는 주로 노동력으로 삼기 위함이다. 그런 데 기껏 사들인 인간에게서 기사로서의 재능이 확인되면 나라와 귀족들에게 자신의 돈을 바치는 꼴이나 마찬가지다.

쓸데없이 세례를 받게 해서 위험을 무릅쓸 이유가 없는 것이다.

아리나의 팔뚝에 보이는 자그만 문양은 인신매매를 자행한 사람이 '상품'이라는 뜻으로 새긴 흔적일까?

신경이 쓰이기는 했지만, 이 이상 함부로 관여할 수도 없는 노릇이었다.

아리나에게 기사의 재능이 있어 보인다고 말해도 오히려 본인만 더 괴로워질 것이다.

"인신매매……?! 인신매매는 금지잖아?! 어떻게 그런 잔인한 짓을……!"

"유미르에서는 그렇지. 후작님은 그 부분에 대해서 무척 확고하시거든."

가족들, 특히 딸 앞에서는 느슨해진 모습을 보이는 빌포드 후작이지만, 그렇게 보여도 상당히 훌륭한 인덕을 갖춘 인물이었다.

만약 잉그리스 왕이었던 시절에 자신의 가신으로 있었다면 지금과 마찬가지로 넓은 영지를 맡겼을 것이다.

빌포드 후작은 그럴 가치가 있는 인물이었다.

"하지만 왕국법으로도……!"

"그건 국왕 폐하의 직할령에만 적용되는 법이야. 귀족들의 영지에서는 효력이 없어."

"여기는 왕도인걸! 국왕 폐하의 직할령이잖아!"

"하지만 다른 지역에서 거래돼서 이곳으로 왔다면 알 방법이 없어."

"그게 뭐야! 철저히 조사해서 죄를 물어야지!"

"죄를 묻기는 어려울걸?"

"어째서?"

"하이랜더들이 지상에서 인간을 납치하는 경우가 종종 있잖아? 엄밀하게 하자면 그 행동에도 죄를 물어야 하거든. 하지만 그건 하이랜더를 공격하는 짓이나 마찬가지지. 그러고 싶지 않으니까 일부러 느슨한 기준을 적용하는 거야. 반대로 만약 일반인들만 철저하게 잡아들인다면 자신들만 차별한다면서 반란을 일으킬지도 모르고."

설령 직할령에서 인신매매가 벌어졌다고 해도 사실은 직할령이 아니라 다른 귀족의 영지에서 거래됐다고 잡아떼면 끝이다.

애초에 인신매매를 금지하는 왕국법 자체가 현재의 정치적 상황과 모순되어 있었다. 하지만 양심이나 윤리를 배제하고 생각해 봤을 때, 이는 필요한 법이었다.

만약 해당 법 조항마저 없었다면 지금의 라피니아처럼 분개하는 자들에게 대의명분을 제공해 버렸을 것이다.

"국가가 인신매매를 허용하고 있다!"라고 비난당하는 것보다는 "국가가 왕국법을 지키지 않는다!"라고 비난당하는 편이 그나마 낫다는 뜻이다.

자고로 인간이란 자신이 옳다는 확신이 생기면 행동이 극단적으로 치닫기 마련이다.

잉그리스와 라피니아는 이미 그 대표격이라 할 수 있는 인물과 조우한 적이 있었다. 레온이었다.

확실히 이 나라에는 레온 같은 성기사가 나라를 등질 만큼의 문제가 산적해 있었다.

물론, 지금의 상황을 반영하겠답시고 인신매매를 금지한다는 법 조항을 삭제하는 것도 불가능했다.

그것은 국왕 본인이 냉혹하고 어리석은 왕이라 선언하는 짓이나 마찬가지다. 구심력이 단숨에 사라져 버릴 것이다.

칼리아스 국왕은 결코 어리석은 인물은 아니었다.

현재의 모순된 상황을 알면서도 어떻게든 임기응변으로 대처해 나갈 수밖에 없다고 생각하고 있을 것이다.

"세오도어 님은 그런 짓 안 해!"

"세오도어 님도 이렇게 말했잖아. 자신 같은 사람은 소수파라고."

다만 잉그리스는 이 법이 제정된 것이 수십 년 전이라고 배웠다. 뒤집어 말하면 당시의 국왕은 인신매매를 금지해도 아무런 문제가 없다고 판단했다는 뜻이었다.

즉, 하이랜더의 횡포가 적어도 지금보다는 덜했다고 생각해 볼 수 있었다. 지상과 하이랜더가 온건한 관계를 유지하고 있었다는 것이다.

그렇다면 하이랜더들의 태도가 급변한 이유는 무엇일까?

무언가 내막이 있는 것일까? 세오도어 특사에게 물어보면 하이랜드의 내부 사정에 관해서 설명해 줄지도 몰랐다.

"세오도어 님한테 반대하는 사람들을 혼쭐내 주면 돼!"

"……혈철쇄 여단에 들어가게?"

찰싹! 찰싹!

라피니아가 손바닥으로 잉그리스의 등짝을 때렸다.

"아얏?!"

"……그러면 나더러 어쩌라는 건데!"

라피니아를 토라지게 만들어 버린 모양이었다.

"그건 라니가 정해야지. 나는 어디까지나 사실관계를 가르쳐 줬을 뿐이야. 그래야 선택지가 더욱 늘어날 테니까. 하지만 한 가지는 분명해. 나는 계속 라니와 함께할 거야."

"……내가 혈철쇄 여단에 들어가겠다고 말하면?"

"……먼저 흑가면과 시스티아 씨한테 사과해야겠지. 용서해 줄지는 모르겠지만."

"어휴. 크리스는 뭐든지 나한테 떠넘겨 버린다니까."

"대신에 이 세상에서 제일 강해질게. 내 힘을 마음껏 활용해 줘."

"아, 그러세요. ……미안해, 아리나. 아무것도 모르면서 생각 없이 몹쓸 말을 했어. 정말로 미안해!"

머리를 깊이 숙이는 라피니아의 행동에 아리나는 당황한 눈치였다.

확실히 어린애를 상대로 이렇게까지 하는 언니는 많지 않을 것이다.

"아, 아냐……. 언니는 나를 걱정해 줬잖아. 그리고 난 괜찮아. 사실, 옛날에 살았던 마을은 내가 나온 이후로 마석수의 습격을 받아서 사라져 버렸거든. 우리 엄마랑 아빠도 그때……. 그래서 엄마랑 아빠가 나를 살리려 떠나보냈다고 생각하기로 했어."

"아리나……."

"강하구나. 대견해."

라피니아는 아리나를 꼭 끌어안았고, 잉그리스는 머리를 쓰다듬었다.

"후, 훌륭하긴 뭘……. 그리고 지금 사는 곳도 그렇게 나쁘진 않은걸."

아리나가 난처하다는 듯이 미소를 지었다.

"고마워, 언니들. 엄청 즐거웠어! 하지만 이제 돌아가야 해."

아리나의 말대로 밤하늘은 새까맣게 물들어 있었다. 아이들이 밖을 돌아다니기에는 늦은 시간이었다.

"그렇네. 우리가 집까지 바래다줄게! 크리스, 부탁해."

"응. 그럼 출발할게."

스타 프린세스호는 날아왔을 때보다 조금 느린 속도로 볼트 호수를 뒤로했다.

아리나의 안내를 받아서 도착한 장소는 노크 대로에서 조금 안쪽으로 들어간 뒷골목의 낡은 건물이었다.

노크 대로는 왕도에서도 상점이 가장 많은 거리였다. 잉그리스 일행이 연습 중인 왕립 대극장도 이 대로와 인접해 있었다.

번화한 대로였지만 그 이면에는 번화한 만큼의 그림자가 존재했다.

아리나는 대로변에 자리 잡은 상점의 주인 밑에서 잡일을 하며 생활하고 있는 듯했다.

귀가한 아리나에게 점장으로 보이는 남자가 다짜고짜 버럭 소리를 질렀다.

"일도 안 하고 어딜 싸돌아다니다 온 거야!"

남자가 손바닥을 휘둘렀다.

척!

하지만 손바닥이 아리나에게 닿기 전에 잉그리스가 남자의 손목을 움켜쥐었다.

"그만두세요."

"으극······?!"

"아리나를 데리고 돌아다녔던 건 저예요. 죄송합니다. 때리려면 저를 때리세요."

"······쳇. 복장을 보아하니 기사 아카데미의 학생이시군? 미래의 기사님께 원망을 사고 싶지는 않수다."

남자는 혀를 차면서 손을 거두었다.

잉그리스는 아리나에게 플라이 기어에 탈 것인지 제안했을 때를 떠올렸다. 한순간 망설였던 건 이러한 사정 때문인지도 몰랐다.

그런데도 아리나에게 플라이 기어란 너무나도 매력적이었고, 이번 기회를 놓치면 다음은 없을지도 모른다는 생각에 무리해서 승낙했던 것이리라. 미안한 짓을 저지르고 말았다.

"······저는 이미 원망하고 있어요."

그 말처럼 라피니아는 비수처럼 날카로운 시선으로 남자를 째려보고 있었다.

인신매매라니, 악질이야! 라고 고함을 치지는 않았으니 아직은 냉정함을 유지하고 있는 듯했다.

아리나를 위해서라도 소란을 피우는 것은 좋지 않았다.

"저기요, 점장님. 한 가지 여쭤봐도 될까요?"

"뭡니까? 얼른 끝내 주쇼."

"그전에, 아리나는 이만 들어가게 하는 게 어떨까요?"

"알겠수다. 어이, 얼른 들어가서 자라! 내일도 정신없이 바쁠 테니까……!"

"아, 알겠습니다……! 언니들, 오늘은 고마웠어. 잘 자."

인사를 마친 뒤 아리나는 건물 안으로 걸어갔다.

안쪽에서 아리나와 비슷한 또래의 꼬맹이들이 이쪽의 상황을 살피고 있는 것이 보였다.

다들 아리나와 비슷한 환경에 처한 아이들일까.

이전에 스타 프린세스호를 보고 촌스럽다고 말했던 아이도 보였다.

다 함께 밖에서 심부름이라도 하다가 잉그리스가 탄 플라이 기어와 맞닥트린 것일까.

"앗! 아리나, 잠깐만 기다려 봐……!"

라피니아가 문득 뭔가를 떠올린 듯 아리나를 불러 세웠다.

"왜 그래, 언니?"

"이거 말인데……."

내일 왕립 대극장에서 행해지는 공연 티켓이었다.

와이즈멀 백작이 잉그리스 일행에게 몇 장씩 나눠 주었던 것으로, 빌포드 후작과 두 어머니의 몫을 챙겨 드리고 남은 분량이었다.

"내일 왕립 대극장에서 공연이 있거든. 기사 아카데미도 협력하고 있어서 우리도 무대에 오를 거야. 괜찮다면 보러 오지 않을래?"

"뭐……?! 언니들이 나오는 거야? 굉장하다……."

아리나가 눈을 반짝거렸다. 하지만 옆에 있던 남자의 손이 티켓을 낚아채 다시 라피니아에게 내밀었다.

"이건 필요 없수다."

"……대체 왜죠?! 하루 정도는 쉽게 해줄 수도 있잖아요……!"

남자는 하아, 하고 한숨을 내쉬었다.

"굳이 말하지 않아도 그럴 겁니다."

남자는 그렇게 말하며 자신의 품속에 손을 집어 넣었다. 그리고 꺼내 든 것은 라피니아가 아리나에게 건네주려 했던 것과 동일한 공연 티켓이었다.

게다가 수량도 제법 많았다. 아리나를 포함한 아이들 전원의 몫인 듯했다.

"아……! 그건……."

"됐지요? 달리 필요한 녀석이 있거든 그 녀석한테 주십쇼."

"죄송합니다……."

기어들어 가는 목소리로 어깨를 움츠리는 라피니아.

"이 녀석들! 내가 들어가서 자랬지! 빨리 안 가!"

남자가 버럭 소리치자 아이들이 뿔뿔이 흩어졌다.

"힘내, 언니들! 기대하고 있을게!"

아리나가 마지막 한마디를 남기고 안으로 들어갔다.

"……그래서, 묻고 싶다는 게 뭡니까?"

"아뇨, 아무것도 아닙니다. 죄송해요."

사실은 아리나의 신병을 넘기려면 얼마가 필요한지 물어볼 생각이었다.

즉, 금전적인 대가를 지불하고 아리나를 자유롭게 해줄 작정이었다.

하지만 아직 그런 제안을 건네기에는 이르다는 생각이 들었다.

"……그럼 저도 한 말씀 드리죠."

"뭔가요?"

"확실히 우리 가게가 이 녀석들을 사들여 일하게 하는 것은 사실입니다. 물론 거래 자체는 다른 지역에서 했지만 말이죠. 문제는 어딜 가든 부모들이 자처해서 자식들을 팔아넘기려 든다는 겁니다. 만약 우리가 거절하면 먹는 입을 줄이겠답시고 애들을 죽일지도 모를 일입니다. 마석수에게 살해당하든, 가난해서 죽든 똑같은 거 아닙니까? 뭐, 귀족이 대부분인 기사 아카데미의 자제분들은 상상하기 어려울 테지만 말이죠. 그래도 알고는 계시는 게 좋을 겁니다."

즉, 필요한 일이라고 말하고 싶은 모양이었다.

이를 어떻게 받아들일지 역시도 개인의 관점에 따라 달라질 것이다.

수긍하며 묵인할 수도 있을 것이고, 나쁜 짓을 했다는 사실에는 변함이 없다고 딱 잘라서 말할 수도 있을 것이다.

"귀중한 의견을 들려주셔서 고맙습니다."

그리고 잉그리스의 선택은…… 적당히 흘려듣는 것이었다.

싸움과 무관한 부분은 라피니아에게 맞춰 살아갈 뿐이다.

신념도, 이상도, 선도, 악도 잉그리스에게는 필요 없는 것이었다.

그저 강한 적과 싸우고, 맛있는 밥을 먹고, 예쁜 옷을 입고, 옆에 라피니아가 있기만 한다면 그것으로 족했다.

"……말씀 고맙습니다."

라피니아는 불만스러운 얼굴을 하면서도 말을 삼켰다.

"그럼 이만 돌아가자, 라니."

"응. 알았어……."

다시금 스타 프린세스호에 올라타는 두 사람.

"……하아아아~. 이제는 뭐가 뭔지도 잘 모르겠어."

둘만 남게 되자 라피니아가 커다란 한숨을 내쉬었다.

"고민인가 보구나. 청춘이네."

라피니아는 기분이 우울한 모양이었지만, 잉그리스는 오늘 일을 환영하고 싶었다. 라피니아의 인간적인 성장으로 이어질 테니까.

"내가 아는 청춘이랑은 너무 다른걸."

"현실이란 힘들고 각박한 거야. 일단 기분을 다잡고 내일 공연이나 열심히 하자. 아리나를 즐겁게 해 줘야지. 어머니와 후작님, 이모님도 보러 오실 테고."

"응. 알았어……."

이윽고 잉그리스가 스타 프린세스호를 지붕 높이까지 부상시키자, 아래쪽에서 목소리가 들려왔다.

"그럴 수는……. 그분을 죽게 내버려 두란 말씀이신가요, 디고 씨……?!"

"그런 뜻이 아니야. 우리는 우리의 사명을 완수할 뿐. 그 이상도 이하도 아니다."

"그래도……!"

"그러면 네게 묻지. 이 기회를 놓쳐도 된다고 생각하나? 우리는 무엇을 위해서 이곳에 있는 거지? 우리에게 주어진 시간은 많지 않아."

한쪽 인물의 목소리는 어딘가 익숙했다.

특히 최근에 자주 들어본 목소리. 부드럽고 기품 있는 소년의 목소리였다.

"저, 저건…… 이안이지?"

라피니아도 누구인지 눈치를 챈 듯했다.

"맞는 것 같아."

"이 근처에서 하숙하고 있었던 걸까? 아, 그래서 주변 아이들한테 공연 티켓을 나눠준 건가······?"

"그럴지도 모르지."

왕립 대극장도 근처에 있으니 가능성은 있는 이야기였다.

이안과 대화를 나누는 상대는 갈색 단발머리의 남성으로, 크고 다부진 체형을 지니고 있었다.

추운 계절도 아니건만 맨살이 거의 노출되지 않은 두꺼운 의상을 입고 있었다.

"그래서 사정을 말씀드리고 양해를 구하자는 거잖아요······!"

"너무 위험해. 허락할 수 없다."

"큭······!"

"지금 와서 허둥대지 마라. 각오를 굳혀."

"각오라면 한참 전부터 되어 있습니다! 그날부터 줄곧······!"

"그렇다면 더 이상 왈가왈부할 필요는 없겠지."

남자는 그 말을 끝으로 자리를 떠나갔다.

"······대, 대체 무슨 대화였던 걸까······. 잘 들리지는 않았지만 다투는 것 같았어. 극단과 관련된 일인가?"

"엿듣는 건 나쁜 짓이야, 라니."

"하지만 뭔가 심상치 않아 보이던걸. 괜찮은 걸까?"

"······뭐, 일단은 돌아가자."

잉그리스는 스타 프린세스호의 뱃머리를 기사 아카데미의 기숙사 쪽으로 향했다.

그리고 다음 날. 마침내 공연 당일이 되었다.

영웅왕,

극한의 무를 위해 전생하다

그리고 세계 최강의 견습 기사가 되다오

"여러분. 저희 공연을 관람해 주셔서 감사합니다."

무대에 오른 와이즈멀 백작이 객석을 향해서 머리를 깊이 숙였다.

개막 전 인사였다. 가득 차다시피 한 관객석에서 무대 위로 시선이 쏟아졌다.

잉그리스 일행은 막이 처져있는 무대 뒤쪽에서 그 광경을 엿보고 있었다.

"우, 우와……. 사람이 잔뜩 있어. 기, 긴장되는걸……."

프람이 꿀꺽 숨을 집어삼켰다.

현재 프람은 라피니아, 레오네, 리제롯테와 마찬가지로 무희용 의상을 입고 있었다.

결국 프람도 잉그리스의 뒤쪽에서 세 사람과 함께 춤을 추게 된 것이다.

이안이 프람에게 권했기 때문이었다. 분명 라티도 기뻐할 거라면서.

라티는 반대했지만, 와이즈멀 백작은 흔쾌히 승낙했다.

다만 프람은 살짝 몸치 기질이 있었기에 안무에 고전했고, 라티는 불평하면서도 직접 안무를 익혀가며 프람의 연습을 도와주었다.

솔직하지 못한 점은 여전했지만, 그래도 프람이 무대에 오른다니 적극적으로 도움을 주는 라티였다.

"바보야. 긴장되는 건 오히려 내 쪽이야. 네가 실수해서 잉그리스네한테 폐를 끼칠까 봐 불안해 죽겠다고⋯⋯."

"여, 열심히 할게요!"

"괜찮아! 떨어지는 공중전함을 막아 내거나, 마석수와 싸우는 것에 비하면 딱히 긴장할 것도 없잖아?"

"그, 그렇네요. 하지만 역시 좀 두근거려요."

"아니면 이렇게 생각해 봐. 어차피 다들 크리스한테 푹 빠져서 뒤쪽에 있는 우리는 안중에도 없겠지⋯⋯! 하고."

"그럴지도 모르겠네요. 오늘 잉그리스는 정말로 예쁘니까요."

오늘 잉그리스가 입은 무대 의상은 이전보다도 훨씬 화려했다. 공연 당일이니만큼 이런저런 장식을 추가했기 때문이었다. 잉그리스 본인도 무척 만족스러웠기에 방금까지 거울 앞에서 자신의 모습을 실컷 감상했다.

"확실히 부정할 수가 없는걸."

"분명 관객분들도 기뻐하실 거예요."

레오네와 리제롯테도 동의를 표했다.

"그래도 난 프람이 제일 귀엽다고 보는데."

바로 그때, 잉그리스가 라티 뒤에 숨어서 라티의 목소리를 흉내 냈다.

목소리는 흉내 내는 데 한계가 있었지만, 말투는 제법 그럴듯했다.

남자 말투 흉내는 잉그리스의 특기였다. 당연했다. 남자로서

한 번 살아봤으니까.

"네?! 정말인가요, 라티?!"

"아니거든! 무슨 짓거리야, 잉그리스! 나 원……!"

"프람의 긴장을 풀어주는 데 효과적일 것 같아서."

긴장한 탓인지 프람도 제대로 속아 넘어간 모양이었다.

"하하하. 잉그리스 씨는 대단히 침착하시네요. 주역인데도 대단해요."

그 모습을 바라보던 이안이 쓴웃음을 지었다.

"글쎄. 유아 선배에 비하면 나 정도야……."

잉그리스는 유아에게로 시선을 향했다.

유아는 근처에 있는 도구함에 기댄 채로 선잠을 자고 있었다.

"쿠울~."

"유아……?! 아무리 그래도 자는 건 아니지……! 일어나래도……! 이제 곧 막이 오른단 말야!"

항상 유아를 챙겨주고 있는 2학년의 리더 격 인물인 모리스가 허둥지둥 유아를 깨웠다. 비록 수많은 플라이 기어들이 날아다니는 전투신에서 플라이 기어들 중 하나를 조종하는 단역에 불과한 그였지만, 여전히 유아를 잘 챙겨주고 있었다.

한편, 무대 위에 서 있던 와이즈멀 백작은 관객석 한 곳을 바라보며 정중하게 고개를 숙였다.

"오늘은 굉장한 손님께서 찾아와 주셨습니다. 국왕 폐하, 부디 한 말씀 부탁드립니다."

"음. 그러지."

칼리아스 국왕이 자리에서 일어나자 관객석에서 성대한 박수가 일었다.

"최근 왕도에 다양한 사태가 발생하여 모두에게 고생을 끼치고 말았네. 모든 것은 나라를 제대로 이끌지 못한 나의 부덕함 탓일세. 그대들에게 사과를 표하고 싶네."

칼리아스 국왕이 머리를 깊게 숙여 보였다.

"이번 와이즈멀 극단의 공연은 그대들의 울적한 기분을 날려줄 훌륭한 공연이 될 걸세. 우리나라의 미래를 짊어질 기사 아카데미의 학생들도 협력해주었네. 다 함께 즐기세나."

칼리아스 국왕이 그렇게 말을 마치자 방금보다도 커다란 박수 갈채가 터져 나왔다.

"앗, 아버지하고 어머니에 이모님까지 다 계시네."

라피니아는 객석 쪽이 신경 쓰이는 모양이었다.

"그러네."

"아리나도 와 있어……! 좋아, 즐거운 공연이 되도록 분발해야지!"

주먹을 불끈 움켜쥐며 기합을 넣는 라피니아.

"응. 모처럼 어머니와 이모님도 보러 오셨으니…… 나도 유아 선배와의 싸움을 최대한 즐겨야지!"

마침내 진심을 발휘한 유아와 싸울 날이 도래한 것이다.

끓어오르는 흥분을 주체할 수가 없었다. 물론 그 장면까지 연기를 무사히 마쳐야겠지만.

"즐기면서 싸우면 연기가 아니잖아……! 여자애답게 귀여운 모습을 보여주란 말이야. 이모님과 아리나도 그쪽을 더 좋아할걸?"

"그럼 양쪽 다 하지 뭐……!"

"혹시나 해서 당부드리는데, 싸움에 너무 몰입해서 관객분들까지 말려들게 하지는 마세요."

리제롯테가 잉그리스에게 단단히 충고했다.

"괜찮아. 교장 선생님이 결계를 쳐주실 테니까."

밀리에라 교장도 이미 관객석에 앉아있었다.

공연을 관람하면서 사고를 방지하기 위해 중간중간 보호 결계를 쳐주기로 했다. 잉그리스가 싸움을 벌이거나, 플라이 기어가 날아다니는 장면이 대표적이었다.

원래는 이것도 학생들이 담당할 예정이었으나, 이런저런 사정으로 밀리에라 교장에게 부탁하기로 결정되었다.

"으으…… 이러다 정말로 시작하겠어요……! 아, 아직 마음의 준비가…….."

프람의 긴장감이 더욱 심해진 모양이었다.

"여기까지 온 이상 부딪쳐 볼 수밖에 없잖아……! 침착하게, 최선을 다하고 와……!"

라티가 프람을 격려했다.

"아, 알겠어요……! 대신 진정할 수 있도록 손을 잡아 주세요!"

"뭐어?! 내가 왜 그래야 하는데?"

"빨리요……! 제가 실패해도 괜찮은 건가요?!"

"이제는 협박까지 하네! 쳇, 어쩔 수 없지."

"오? 사이가 좋은걸~. 부러워라."

라피니아가 씨익 웃으며 말했다.

"내 말이."

레오네도 키득키득 웃었다.

"시, 시끄러워! 이 녀석이 부탁해서 어쩔 수 없이 잡은 거야……!"

"후우…… 좋아……! 조금 진정이 됐어요!"

"아. 후반부에서 크리스와 유아 선배가 공중전을 하는 장면에서도 조종을 부탁할게. 갑자기 부탁해서 미안."

원래 해당 장면은 라피니아와 라티가 잉그리스와 유아의 플라이 기어를 조종하기로 되어 있었다. 하지만 이것도 이런저런 사정 때문에 프람이 라피니아를 대신하기로 되었다.

"참, 그랬죠……! 거, 걱정 마세요……!"

"정말 괜찮겠어? 나는 그 부분도 불안한데…….."

"그러면 그 장면을 찍기 전에도 손을 잡아서 진정시켜 주실 거죠?"

"하아. 싫대도. 혼자서 멋대로 정하지…….."

"……잠깐만. 슬슬 막이 올라갈 것 같아!"

레오네가 자리에 모인 일행들을 향해 말했다.

레오네의 말대로 무대의 와이즈멀 백작이 인사를 마무리하는 중이었다.

"그러면 여러분, 마음껏 즐겨 주시기 바랍니다. 개막!"

와이즈멀 백작의 선언 동시에 무대의 막이 천천히 올라갔다.

그런 가운데…….

"쿠울."

유아는 아직도 자고 있었다.

"아아악! 미안한데 다들 나 좀 도와줘!"

"……?! 아, 알겠습니다……!"

"아, 아직도 자고 있었던 거야?!"

"일단은 안으로 옮기죠!"

"서두르지 않으면 관객들에게 보일 거예요!"

일행들은 비명을 내지르는 모리스를 도와 유아를 무대 안쪽으로 격리했다.

◆ ◇ ◆

막이 오르고 공연이 시작되었다. 첫 장면은 이안이 연기하는 마리크 왕자가 평소에는 인연이 없던 극장으로 발을 들이는 대목이었다.

모습을 드러낸 마리크 왕자를 본 여성 관객들이 이렇게 속닥거렸다.

"저 애, 꽤 귀엽지 않니?"

"그러게. 목소리도 딱 왕자님 같아."

"괜찮다."

평가는 나쁘지 않은 듯했다.

유아의 취향이 일반적인 편이라서 다행이었다.

"백성들의 마음을 알기 위해서는 백성들이 무엇을 보고 즐기는 지 알아야 하는 법. 이곳에 들어가면 그 실마리를 잡을 수 있을까."

마리크 왕자가 연극 특유의 쩌렁쩌렁한 목소리로 말했다. 그리고 무대가 잠시 암전되었다.

잉그리스가 나설 차례였다. 마리아벨이 극장에서 춤을 추는 장면이다.

잠깐의 시간이 흐른 뒤.

파앗!

범위를 좁힌 조명이 무대의 잉그리스를 단독으로 비추었다.

""오오……!""

동시에 관객석에서 술렁임이 일었다.

마리크 왕자가 처음 등장했을 때보다도 몇 배는 더 커다란 술렁임이었다.

""우, 우와……!""

""저 애, 말도 안 되게 귀여운걸!""

""놀라울 정도로 예뻐……!""

""그림 속에서 튀어나온 것만 같아……!""

여기저기서 감탄성이 한마디씩 터져 나왔다.

어둠 속에서 홀로 조명을 비추는 연출 덕분에 잉그리스의 존재감도 더욱 강조되었다.

관객들의 이러한 반응을 끌어낸 와이즈멀 백작의 수완이 엿보였다.

"잉그리스 니이이임! 아름다우십니다아아아!"

"""잉그리스으으!"""

굵직한 목소리들이 울려 퍼졌다.

칼리아스 국왕이 앉아있는 자리 근처였다.

즉, 레더스와 그의 부하들인 근위기사들이었다.

"……."

창피하니 그만두었으면 좋겠다.

게다가 이런 극장 안에서 큰 소리로 떠드는 것은 매너 위반이다.

아니나 다를까, 곧 칼리아스 국왕이 레더스를 타이르기 시작했다.

멀어서 잘 들리지는 않았지만.

"""마리아베에에엘!"""

"……?!"

근위기사들의 외침이 본명 대신 배역의 이름으로 바뀌었을 뿐이었다.

칼리아스 국왕은 대체 뭐라고 말한 것일까.

설마, 배역 이름으로 부르라고? 지적할 부분이 따로 있지 않은가 하는 생각이 들었다.

"……후우."

어찌 됐든, 호흡을 가다듬은 잉그리스는 호를 그리듯 천천히 두 팔을 들어 올려 춤 동작에 들어갔다.

그러자 잉그리스를 따르듯 극단원들이 악기를 연주하기 시작했다.

조명이 잉그리스 한 명에서 무대 전체로 넓어지고, 이에 맞춰 라피니아를 비롯한 소녀들도 움직임을 개시했다.

춤을 추면서 곁눈질로 옆을 쳐다보니, 만면에 미소를 지으며 춤을 추고 있는 라피니아의 모습이 보였다. 씩씩하고 발랄한 춤이었다. 지켜보는 이쪽까지 절로 즐거워지는 것만 같았다.

기회만 된다면 관객으로서 라피니아를 보고 싶다는 생각이 문득 들었다.

성실한 레오네는 긴장했는지 뺨에 약간의 홍조를 띤 채로 충실하게 안무를 재현하고 있었다.

신체 능력이 뛰어난 기사 아카데미 학생들에게 맞춰진 안무는 상당히 과격하고 복잡하게 짜여 있었다. 그 탓에 레오네의 풍만한 가슴도 상당히 박력 넘치게 흔들렸는데, 이곳으로 향하는 관객들의 시선을 느끼고 부끄러워하는 것일지도 몰랐다. 아직 순진한 소녀이므로 어쩔 수 없는 노릇이었다.

잉그리스는 와이즈멀 극단의 무대에 선 것이 이번으로 두 번째였다. 덕분에 관객들의 시선에는 어느 정도 익숙해져 있었다.

한편 리제롯테의 춤은 무척 당당했다. 자신감에 찬 표정은 어떻게 보면 도발적이기까지 했다. 시선을 잡아끄는 매력이 있었다.

리제롯테는 전 재상의 딸이자, 일행 중에서도 가장 규모가 큰 귀족 가문의 따님이었다.

어릴 적부터 당연하다시피 주목을 받으며 자란 인물이다. 그런 리제롯테의 의연한 태도가 무대 위에서 빛을 발하고 있었다.

프람은 표정도 움직임도 필사적이었다. 춤이 약간 어설프기는 하지만 열심히 하려는 그 모습이 기특해 보였다. 무대 뒤쪽의 라티가 조마조마한 표정으로 프람의 움직임에 일희일비하는 모습이 재밌었다.

다들 각자의 매력을 발휘하고는 있지만, 역시나 가장 주목을 받는 것은 잉그리스였다. 가볍게 눈짓을 하고, 빙그레 웃음을 지어주는 것만으로도 관객석에서 환성이 일었다.

잉그리스는 관객석에 앉아있는 아리나의 모습을 살폈다. 아리나는 눈을 반짝이며 무대 위를 바라보고 있었다. 잘 즐기고 있을까? 그렇다면 다행이다.

이윽고 어머니인 세레나가 있는 곳을 바라본 순간, 두 사람의 눈이 마주쳤다. 잉그리스가 웃음을 지어 보이자 세레나도 고개를 끄덕이며 미소로 화답했다.

기뻐해 주고 계신 걸까? 비록 잉그리스가 왕이었던 전생의 기억을 지니고 태어나긴 했지만, 그래도 어머니인 세레나는 잉그리스에게 있어 소중한 존재였다.

잉그리스는 결혼할 생각도, 아이를 가질 생각도 없었다. 따라서 웨딩드레스를 입은 모습도, 손자의 얼굴도 보여줄 수가 없었다. 그러니 기회가 있을 때 최대한 효도를 해두기로 했다.

"그럼 어디……."

잉그리스가 준비 동작을 갖추었다. 딱히 분위기를 띄우기 위해서는 아니었지만…….

"하아앗!"

잉그리스는 공중으로 높이 뛰어오르더니, 빙글빙글 회전하며 관객석의 중앙을 가로지르는 통로에 착지했다.

대본에 없는 동작이었다. 다만 와이즈멀 백작에게는 사전에 허락을 받았다.

""오옷?!""

""엄청 높이 뛰어올랐어, 저 애……!""

더욱 많은 관객이 자신을 주목하도록. 더욱 많은 이들의 호흡과 그들이 지닌 마나의 흐름을 느낄 수 있도록.

연주가 마지막 파트로 접어들자 잉그리스는 다시금 바닥을 차고 뛰어올라 무대로 돌아갔다.

그리고 음악이 종료된 순간, 모든 무희가 한데 모여 포즈를 취했다.

관객석에서 터져 나온 박수갈채가 잉그리스를 비롯한 다섯 무희에게 쏟아졌다.

여운을 만끽하듯 잠깐의 정적이 지난 뒤, 잉그리스 일행은 무대에서 퇴장했다.

"아아~ 기분 좋았어~."

"무, 무사히 끝나서 다행이에요~."

라피니아는 만족스러운 미소를 지었고, 프람은 가슴을 쓸어내렸다.

"새, 생각했던 것보다 더 부끄러웠어…… 잘했나 모르겠네."

"자신감을 가지세요, 레오네. 자신을 믿지 못하니까 남들의 시선이 신경 쓰이는 거예요."

레오네와 리제롯테는 서로 감상을 나누고 있었다.

"어이, 프람! 상상했던 것보다 훨씬 괜찮던걸! 칭찬해 주마!"

"와! 라티가 칭찬을 하다니! 그럼 포상으로 머리를 쓰다듬어 주세요!"

"내가 왜……! 싫어!"

두 사람의 화목한 모습을 곁눈질로 바라보면서, 라피니아가 잉그리스의 귓가에 대고 속삭였다.

"그건 그렇고……. 어땠어, 크리스?"

라피니아의 표정은 방금과 반대로 몹시 진지했다.

"응. 예상했던 대로였어. 적어줄 테니까 교장 선생님께 가져다드려."

"알았어……!"

잉그리스와 라피니아는 서로를 향해 고개를 끄덕여 보였다.

관객들을 달아오르게 했던 마리아벨의 춤이 끝난 뒤로도 공연은 큰 문제 없이 진행되었다.

아무래도 연기 실력은 실제 극단원들에게 미치지 못했지만, 춤이나 난투전 같은 장면에서는 잉그리스와 유아 쪽이 훨씬 뛰어났다.

게다가 잉그리스는 관객들을 포로로 만들어 버리는 미모의 소유자였다. 종합적으로 봤을 때, 과격한 움직임이 많은 이 무대에 한해서는 실제 연기자들 이상의 기량을 보여주고 있었다.

어느새 이야기도 절정을 향해 치달아 가고 있었다. 현재 잉그리스와 유아는 격렬한 공중전을 연기하는 중이었다.

이 장면에서는 원래 라피니아가 잉그리스의 플라이 기어를 조종할 예정이었지만, 급하게 프람으로 변경되었다.

프람의 조종이 다소 위태롭더라도 잉그리스가 맞춰주면 별문제 없었다.

콰과과과광! 콰아아아앙! 퍼버버버벅! 쿠과아아아앙!

플라이 기어를 차례대로 넘나들며 벌어지는 두 미소녀의 고속 전투에 관객들은 넋이 나가버리고 말았다.

격렬한 연타를 주고받은 다음, 거리를 벌리며 원래 밟고 있던 플라이 기어로 되돌아가는 두 사람. 그러자 아래쪽에서 관객들의 목소리가 들렸다.

"괴, 굉장하다……! 마리아벨을 연기하는 저 애, 예쁜 걸로도 모자라서 강하기까지 해!"

"유틸리스를 연기하는 애도 꽤 귀엽지 않아? 가슴도 더 크고!"

유아는 여전히 가슴 패드를 착용한 채로 무대에 임하고 있었다.

"음후후."

관객들의 목소리를 들었는지 유아가 씨익 웃었다. 만족했다니 다행이었다. 다행이기는 했지만…….

"유아 선배, 유아 선배……! 다음 대사를 하셔야죠……!"

플라이 기어에 유아를 태우고 있던 라티가 작은 목소리로 재촉했다.

프람이 많이 걱정되었는지 라티는 모든 대본을 완전히 외워버린 상태였다.

이런 대목에서 도움이 되니 잉그리스로서는 고마울 따름이었다.

"아. ……당신, 제법 하는군. 좋아. 지금은 힘을 빌려주지. 하지만 모든 게 마무리되면 반드시 결판을 내겠어."

유틸리스의 극중 대사였다.

마리아벨의 힘을 인정한 유틸리스는 일시적으로 협력을 받아들이게 되었다.

그렇게 힘을 합쳐 마리크 왕자를 궁지에서 구해낸 뒤…….

플라이 기어에서 내려와 대치하는 마리아벨과 유틸리스.

"……기다려. 어디로 갈 생각이야?"

"목적은 달성했습니다. 저는 이만 가겠어요."

"아니, 가게 놔둘 수 없어."

"네? 무슨 뜻이죠?"

정해진 대사를 읊는 동안 잉그리는 두근거리는 가슴을 주체할 수가 없었다.

지금부터 승부가 결정되지 않은 진검승부가 시작되는 것이다.

마침내 이때가 찾아왔다. 유아의 진정한 실력을 볼 기회가.

여기까지 별 탈 없이 도달했으니 지금부터는 화끈하게 즐기는 것만 남았다.

"왕자님의 곁으로 가는 건 한 명으로 족해. 둘이라면 왕자님이 망설일 거야."

"무슨 소린가요. 고작 그런 이유로 싸우다니, 바보 같은 짓이에요. 우리가 싸운다고 그분께서 기뻐하실 것 같나요?"

왕자님은 기뻐하지 않을지 몰라도 마리아벨의 본체인 잉그리스는 기뻤다. 그것도 무척이나.

유아 정도 되는 강자와의 진심 대결. 그것은 무엇과도 바꿀 수 없는 최고의 순간이다.

이 순간만을 위해 온갖 잔꾀를 부리고, 궤변을 늘어놓고, 주변 사람들을 구워삶아 왔다.

그러니 철저하게 즐겨서 성장을 위한 양식으로 삼아야 했다.

하지만 각본상 여기서는 싫은 감정을 드러내야 하는 상황이므로 연기가 쉽지 않았다.

기대감에 부푼 잉그리스는 무심코 미소를 지어버릴 것만 같았다.

"기뻐하고 말고의 문제가 아냐. 상처받게 하고 싶지 않아. 상냥하고 섬세한 사람이니까……."

"잘못된 생각이에요! 당신이 매번 그런 식이니까 그분은……!"

아니, 전혀 잘못되지 않았다.

모처럼 힘을 지녔으니 적극적으로 맞부딪치면서 서로의 성장을 도모해야 했다.

다만, 원래는 잉그리스도 주먹으로 문제를 해결하려는 태도는 별로 좋아하지 않았다.

힘이 목적을 이루기 위한 수단으로 전락하기 때문이다.

힘 그 자체를 목적으로 삼고, 정의와 이상을 완전히 배제하는 것.

그것이야말로 힘을 대하는 진정으로 순수한 자세라고 잉그리스는 생각했다.

물론, 이것은 어디까지나 연극의 각본이다. 그러니 아무래도 좋았다. 어서 싸우고 싶었다.

최근에는 와이즈멀 극단이 제공해 준 식사에, 식당까지 부활하면서 배를 채우는 데는 문제가 없었다.

반면에 잉그리스의 전투 욕구는 쌓일 대로 쌓인 상태였다.

"설교는 관둬. 결국 처음부터 이렇게 될 운명이었어."

유아가 연기하는 유틸리스가 무대 연출용 검을 천천히 거머쥐었다.

배역을 의식한 쓸데없이 멋진 자세였다.

"……걸어온 싸움을 피할 수는 없겠죠!"

본심을 말하자면, 걸어온 싸움은 언제나 '대환영!'이었다.

잉그리스도 무대용 검을 거머쥐었다.

쿠우웅!

유아가 바닥을 박차는 소리가 극장 전체를 진동시켰다. 그와 동시에 유아는 대포알 같은 기세로 돌진해 왔다.

"받아랏……!"

유아가 위로 높이 치켜든 검을 내리쳤다. 하지만 솔직히 검을 다루는 유아의 솜씨는 엉망이었다. 그저 힘에 맡긴 공격에 불과했다.

당연했다. 원래 유아는 검을 사용해 싸우는 타입이 아니니까.

"순순히 당하지는 않습니다!"

까아아아앙!

검과 검이 부딪치고, 그 충격으로 인해 두 사람의 손에서 튕겨나 버렸다.

오오! 하고 관객석에서 환성이 일었지만, 이건 어디까지나 연출에 불과했다.

딱 여기까지가 대본이었다. 이제부터는 흐름에 맡겨 진행해 나가야 했다.

"……."

연출을 마친 두 사람은 거리를 벌려 다시 대치했다.

유아는 더 이상 전투 자세를 취하지 않았다. 멍하니 선 채로 한쪽 발을 앞으로 살짝 내밀고 있을 뿐이었다.

더 이상 유아에게서는 아무것도 느껴지지 않았다. 유아의 마나가 주변 환경과 동화된 것이다.

겉보기에는 한없이 허약해 보였지만, 유아 본인은 놀라우리만치 강력한 원래의 모습으로 되돌아온 상태였다.

"얼른 끝내고 키스신을 연기하러 가야지."

작은 목소리로 중얼거린 유아에게서는 평소 찾아보기 힘든 의욕이 느껴졌다.

훌륭했다. 좋은 싸움이 될 것 같았다.

"".............""

서로를 응시하면서 약간의 시간이 흘렀다.

관객들도 무대 위의 잉그리스와 유아를 숨죽이고 쳐다보았다.

분명 굉장한 구경을 할 수 있을 것이다, 라는 기대감에 찬 시선이 느껴졌다.

대부분의 능력은 무대 연출이라고 얼버무리면 되고, 객석에서는 밀리에라 교장이 마인무구로 결계를 쳐주고 있었다.

그러므로 힘 조절에 크게 신경을 쓸 필요는 없었다.

관객들의 기대감에 부응할 만한 싸움을 보여줄 생각이었다.

"……안 올 거야?"

"네. 다시 한번 선배의 공격을 막아 내 보려고요."

유아의 공격은 극단적으로 읽기 어려웠고, 따라서 대응하기도 힘들었다.

모습을 지우면서 순식간에 이동해 오는 데다가, 마나의 흔적을 거의 남기지 않기 때문에 시각적으로도, 마법적으로도 감지하기가 쉽지 않았다.

이전에는 마나를 띤 얼음의 검을 부수어 흩뿌리거나, 시각을 차단해 마나의 흐름에 집중하는 방법을 사용해야 겨우 반응할 수 있었다.

하지만 이번에는 시각을 차단하지 않고, 즉, 눈을 뜬 채로 막아내 볼 심산이었다.

마나를 감지하는 능력이 전보다 많이 향상되었다면 분명 반응할 수 있을 터였다.

얼마 전까지만 해도 잉그리스는 자연 속의 내재된 마나와 에테르의 미세한 흐름을 당연한 것으로 받아들였다. 그래서 최근에는 이러한 흐름을 포착하고, 이해하기 위한 수련을 쌓고 있었다.

다만, 이는 자신에게 늘 걸고 있는 중력장을 해제하지 않으면 불가능한 수련이었다.

중력장을 적용한다는 것은 자신의 몸에 대량의 마나를 두르는 것과 같다. 주변 환경의 자연스러운 흐름을 느끼기 힘들어지는 것이다.

다른 사람들에게는 꼼짝도 안 하고 명상을 하는 것처럼 보였기에 라피니아가 잉그리스의 몸 상태를 걱정하는 해프닝이 벌어지기도 했다. 어쨌든 물리적, 신체적인 쪽으로 편중될 뻔했던 자신의 수행을 되돌아볼 좋은 기회였다.

"자, 언제든지 공격해 주세요."

"그럼⋯⋯."

유아가 검지를 앞으로 향하더니, 엄지를 직각이 되도록 세워 손으로 권총 모양을 만들었다.

"빵야."

피유우우우웅!

"앗?!"

이전에 유아가 스타 프린세스호를 폭주시켰을 때와 똑같은 형태의 광선이었다.

파지지지지직!

손을 뻗어 광선을 막아 내자, 연기가 피어오르며 묵직한 충격이 전해져 왔다.

"이건 저번에 사고가 났을 때의⋯⋯?!"

"응. 그때 쓰는 방법을 배웠어."

한 번의 우연한 사고를 자신의 기술로 승화시킨 것인가.

훌륭했다. 유아는 눈 깜짝할 사이에 더욱 강해져 있었다.

아니, 그게 문제가 아니었다! 방금 유아의 목소리는 다름 아닌 잉그리스의 귓가에서 들려왔던 것이다!

퍼억!

옆구리에서 충격이 느껴졌다.

동시에 잉그리스의 몸이 멀리 튕겨 날아갔다. 어느새 벽이 코앞이었다.

잉그리스는 충돌을 피하고자 신속하게 몸을 비틀어 벽을 박찼다.

"우옷?! 한순간 유틸리스의 모습이 사라지지 않았어⋯⋯?!"

"저, 저렇게 가냘픈 몸에서 어떻게 저런 괴력이⋯⋯!"

"하지만 태연한 얼굴로 되돌아오는 상대도 대단해⋯⋯! 대체 뭐야, 저 몸놀림은⋯⋯."

유아의 사라지는 듯한 움직임과 사람을 간단히 벽까지 날려버리는 괴력.

그리고 그런 공격을 맞고도 기적적인 날렵함으로 자세를 바로잡는 잉그리스를 향해서도 환성이 일었다.

"굉장해요, 유아 선배. 놀랐어요⋯⋯!"

잉그리스는 자기도 모르게 미소를 지으며 무대에 서 있는 유아 앞에 착지했다.

광선이 지닌 강렬한 마나의 흐름이 유아가 이동할 때 발생하는 미세한 흔적을 지워 기척을 읽을 수가 없었다.

작은 물결을 커다란 물결로 뒤덮어 버린 셈이었다.

나무를 숨기려면 숲에 숨기라는 격언이 문득 떠올랐다.

이것이 의도된 전법인지는 확실치 않지만, 마나의 흐름으로 유아의 움직임을 읽기가 훨씬 어려워진 것만은 분명했다.

이 만만치 않은 느낌. 이 성장 속도. 최고의 재능이자 최고의 훈련 상대였다.

하이랄 메나스로서 바쁜 에리스와 리플과는 달리, 유아는 늘 기사 아카데미에 있다.

기본적으로 의욕이 없다는 점이 난감하기는 했지만, 이번 공연이 상연되는 기간에는 키스신을 위해서라도 진심으로 임해줄 터였다.

앞으로도 유아와는 여러 차례 싸워보고 싶었다.

대련할 마음이 들도록 꼬드길 방법을 생각할 필요가 있어 보였다.

"이것도 안 통하네……? 저번보다 세게 쳤는데."

유아가 자신의 손을 바라보면서 고개를 갸웃했다.

"그렇지도 않아요. 맞은 부위가 저릿한걸요."

확실히 유아의 일격은 저번에 맞아봤을 때보다 강했다.

공격당한 옆구리를 중심으로 욱신거림이 퍼져나갔다.

몇 번이고 공격을 허락해도 될 만큼 만만한 위력이 아니었지만, 한편으로는 몇 번이고 겪어 보고 싶은 통증이기도 했다.

말하자면 기분 좋은 통증이었다. 이만한 공격을 마주하기란 좀처럼 쉽지 않았다.

"전에는 많이 봐주셨던 거군요."

"아니…… 딱히. 어쩐지 요즘 몸 상태가 좋아."

유아가 어깨를 빙글빙글 돌리며 말했다.

"성장기인가 봐요. 잘됐네요."

"그래? 강해지는 것보다는 이쪽이 성장했으면 좋겠는데."

유아가 패드로 빵빵해진 가슴을 쓰다듬었다.

"아뇨. 강해지는 게 무조건 더 좋아요."

"왕가슴으로 태어났으니까 그런 말을 할 수 있는 거야."

"딱히 그렇지는 않은데……."

하지만 잉그리스가 보기에도 자신의 가슴이 훌륭한 것은 사실이었다.

물론, 남자들의 주목을 받는다거나, 인기가 많다고 해서 기쁘지는 않았다.

잉그리스의 정신이 남성이기 때문이리라. 좋은 점이라고는 거울에 비친 자신의 모습이 매력적이라는 것과 가슴이 커야만 소화 가능한 의상들을 입을 수 있다는 사실 정도였다.

"가슴으로는 졌으니 싸움으로는 이겨야지. 키스신도 하고 싶고."

"네. 계속하죠……!"

"알았어. 다시 한번 갈게. 빵야."

피유우우우웅!

"그렇다면 저도……!"

잉그리스도 손가락을 뻗어 유아의 광선에 방향을 맞추었다.

에테르 피어스!

피슈우우우욱!

잉그리스의 손끝에서 발사된 푸르스름한 광선이 유아가 발사한 광선과 충돌했다.

두 사람의 중간에 해당하는 위치에서 맞부딪친 광선은 구부러지고, 꼬이다가 폭발하여 소멸했다.

"오……?!"

유아는 놀랐는지 눈을 동그랗게 떴다.

"으윽……?!"

잉그리스도 놀랐다.

아무리 약한 기술이라지만 잉그리스가 발사한 것은 에테르다.

유아의 광선을 꿰뚫고 지나가리라 생각했건만, 상쇄되어 버리고 말았다.

아무래도 잉그리스의 예상보다 위력이 강한 듯했다. 물론 기쁜 오산이었다.

 그리고 상쇄되었다고 해서 딱히 잉그리스의 계획이 틀어진 것도 아니었다.

 "빵야. 빵야. 빵야."

 피융! 피융! 피유우우웅!

 3연발!

 "당하지 않겠어요!"

 잉그리스도 3연발의 공격으로 대항했고, 두 사람의 중간 지대에서 빛이 폭발했다.

 그리고 유아는 그 폭발을 연막으로 삼아 모습을 감추었다.

 "하아아압!"

 하지만 잉그리스도 동시에 움직임을 개시한 상태였다.

 등에 무게를 실어서 왼쪽 후방으로 몸통 박치기를 날리는 잉그리스.

 잉그리스가 몸을 돌진시킨 순간, 유아가 정확하게 그 자리에 모습을 드러냈다.

 콰아아아아앙!

 "꾸엑."

 맹렬한 기세로 날아간 유아의 몸이 바닥에 부딪쳐 크게 튀어 올랐다.

 "해냈다……!"

잉그리스가 고개를 끄덕였다.

처음 노렸던 대로 눈을 뜨고서 마나의 흐름을 읽어내는 데 성공했다.

방금 옆구리에 공격을 당했던 이유는 유아의 광선을 직접 받아냈기 때문이었다. 그로 인해 잉그리스 주변의 마나의 흐름이 흐트러져 버린 것이다.

하지만 이번에는 에테르 피어스로 원거리에서 광선을 상쇄시켰고, 덕분에 잉그리스 주변에 흐르는 마나는 흐트러짐 없이 잔잔했다.

잉그리스가 발사한 것이 에테르 피어스라는 점이 핵심이었다. 마나가 아닌 에테르였기에 유아가 움직이면서 생겨난 마나의 미세한 흐름을 덮어버리지 않을 수 있었다.

그리하여 잉그리스는 유아의 공격에 대응할 수 있었다. 눈을 뜬 채로 이를 해냈다는 것은 잉그리스가 성장했다는 분명한 증거였다. 만족스러운 성과였다.

하지만 그것과 승부의 결과는 별개다.

바닥에 부딪쳐 튀어 올랐던 유아의 몸이 그대로 스윽 사라졌다.

"……!"

근처에 마나의 흐름은 느껴지지 않았다.

바로 그때, 시야의 오른쪽 구석이 일그러지는가 싶더니, 맨손으로 만든 권총을 겨냥한 유아가 홀연히 나타났다.

유아가 출현한 위치는 방금 원거리 공격을 주고받았을 때보다

절반쯤 더 가까웠다.

에테르 피어스가 폭발을 일으켰던 거리와 엇비슷했다.

피유우우우웅!

유아는 모습을 드러내기가 무섭게 광산을 발사해 왔다.

"거기군요!"

피슈우우우욱!

잉그리스는 곧바로 반응해 에테르 피어스로 요격했다.

하지만…….

"이런……?!"

에테르 피어스로 광선을 요격하는 데는 성공했지만, 폭발이 일어난 거리가 너무 짧았다.

폭발로 인한 마나의 여파가 느껴졌다. 느껴지고 말았다.

다시 말해, 유아의 흔적이 지워져 버린다는 뜻이었다.

제대로 반응해 요격했건만, 방금보다도 가까운 위치에서 쏘았기 때문에 불리한 결과로 이어지고 말았다.

이렇게 되면 유아의 다음 공격을 읽기란 불가능하다.

"하앗!"

그 사실을 깨달은 순간, 잉그리스는 바닥을 박차고 공중으로 뛰어올랐다.

유아가 어디에 나타날지 예상하고 한 행동이 아니었다. 긴급 회피였다.

위에서 넓은 시야를 확보한 뒤, 잉그리스는 유아의 다음 움직임을 쫓으려 했다.

하지만 그 시도는 무위로 돌아가고 말았다.

"반가워."

머리 위에서 목소리가 들려왔다.

"……?!"

황급히 위쪽을 바라보는 잉그리스. 발차기를 날릴 준비를 마친 유아의 모습이 한순간 시야에 비쳤다.

콰콰아앙!

유아가 엄청난 위력이 실린 발차기로 잉그리스를 내리꽂았다. 무대 바닥이 순식간에 잉그리스의 얼굴을 향해 들이닥쳤다.

"크윽!"

잉그리스는 네발로 엎드리다시피 해서 간신히 착지한 다음, 곧장 도약하여 뒤로 물러났다.

"제법인걸요! 역시 선배예요!"

유아는 멍한 것처럼 보여도 굉장히 노련하게 움직이고 있었다.

광선이 요격당하더라도 그 여파가 잉그리스의 마나 감지 능력을 무력화시킬 수 있는 절묘한 위치에서 공격해 왔다.

어째서 자신의 공격이 잉그리스에게 읽히고 있는지를 제대로 파악하고 있다는 뜻이었다.

그리고 그 지식을 토대로 대처법을 찾아내어 대응해 왔다. 훌륭한 센스였다.

"계속해서 빵야."

다시금 가까운 위치에 나타난 유아가 손가락에서 광선을 발사했다.

이 위치에서는 에테르 피어스로 요격해 봤자 의미가 없다.

폭발의 여파로 마나의 흐름을 읽지 못하게 될 것이다.

그렇다고 요격하지 않는다면 그대로 직진한 광선이 주변의 마나를 흐트러트릴 게 뻔했다.

어느 쪽이든 다음에 이어지는 유아의 접근을 읽어내기란 불가능했다.

그야말로 필승의 간격이었다.

사실, 수단을 가리지 않는다면 유아의 공격을 막아 내는 것이 어렵지는 않았다. 에테르 셸을 두르면 되는 것이다. 하지만 그런 멋대가리 없는 짓을 할 생각은 없었다.

주어진 조건 아래서 역경을 뛰어넘어야만 의미가 있는 것이다.

절대적인 수단을 동원해서 편하게 승리한다면 자신의 성장으로 이어지지 않을 테니까.

그리고…… 아직 방법은 남아있었다.

"이번에는 제 쪽에서 가겠어요!"

잉그리스는 자세를 낮추며 광선을 향해 정면으로 돌진했다.

광선이 뺨을 스치고 지나갔지만, 속도를 늦추지는 않았다.

속도가 생명이다. 유아가 발사를 마치고 근접 공격을 해오기 전에 이쪽에서 먼저 공격을 감행하는 작전이었다.

물론, 접근하면 유아의 광선이 마나의 흐름을 흐트러트릴 것이다.

하지만 대신에 이쪽에서 주도적으로 공격해 나갈 수 있었다.

상대방과의 간격을 어떻게 운영해 나가느냐에 따라 전투의 양상은 다양하게 변화한다.

뒤집어 말하면 유아는 그만한 시행착오가 요구되는 상대라는 뜻이었다. 즐거웠다.

"하아아아압!"

"이렇게 된 이상 때려눕히는 수밖에."

콰아아아아아앙!

잉그리스의 주먹과 유아의 주목이 정면에서 충돌하며 무시무시한 굉음이 울려 퍼졌다.

이번 격돌은 돌진의 기세에 힘입어 잉그리스가 조금 우위였다.

유아가 한 걸음, 두 걸음 뒷걸음질을 쳤다.

"아직 멀었어요!"

지금은 밀어붙일 때다. 이렇게 밀착된 상태라면 광선을 쏠 틈도 없을 것이다.

잉그리스는 앞으로 한 걸음 더 내디디면서 돌려차기를 감행했다.

유아가 방어를 굳혀 잉그리스의 돌려차기를 막았다. 하지만 팔이 튕기며 가드가 풀리고 말았다. 그리고 그 순간, 유아의 모습이 흐려졌다.

"놓치지 않겠습니다!"

모습을 감추고 움직이더라도 마나의 움직임은 느껴진다.

오른쪽으로 네 걸음 돌진해서 팔꿈치를 내지르는 잉그리스.

그러자 정확히 해당 위치에 유아가 모습을 드러냈다. 잉그리스의 팔꿈치가 유아의 옆구리를 파고들었다.

"으윽. 아프다."

유아는 전혀 아프지 않은 표정으로 그렇게 중얼거리며 몸을 굽혔다.

혹시 처음으로 유효타를 가하는 데 성공한 것일까?

"힘에서 밀리나……? 아니, 아직이야."

유아의 눈동자가 어렴풋이 무지갯빛으로 빛난 것처럼 보였다.

"하아압!"

"키스신은 포기할 수 없어. 절대로."

잉그리스는 추가로 발차기를 날렸고, 유아는 한쪽 손을 들어 방어를 시도했다.

반쪽짜리 방어 자세였다. 한쪽 팔로 발차기를 막았다가는 몸통째로 날아가 버릴 게 분명했다.

콰광!

"크윽……?!"

하지만 유아는 꼼짝도 하지 않고 잉그리스의 공격을 받아내 버렸다.

"키스신, 키스신, 키스신."

유아가 주먹을 내질러 반격을 가했다.

방금과는 차원이 다른 힘이 실린 주먹이었다. 유아의 공격을 막아 내려 한 잉그리스는 그 시도가 무색하게도 멀찍이 날아가 버렸다.

콰과아아아앙!

미처 낙법을 취할 새도 없었다. 잉그리스는 극장의 벽에 등을 처박혔다.

"끄으윽……. 괴, 굉장하네요, 유아 선배!"

어쩌면 하이랄 메나스인 에리스와 리플을 웃도는 강함일지도 몰랐다.

훌륭했다. 아직도 힘을 숨기고 있었을 줄이야.

"강력한 빵야."

이번에 뿜어져 나온 광선은 무지갯빛의 궤적을 그리고 있었다.

"에테르 피어스!"

두 줄기의 광선이 맞부딪치기도 잠시. 에테르 피어스가 위력에서 밀려 소멸하고 말았다.

"큭!"

잉그리스는 황급히 몸을 날려 회피했다. 유아가 발사한 광선이 극장 벽에 커다란 구멍을 냈다.

일단은 모른 척하기로 했다. 뒤처리는 와이즈멀 백작이 알아서 잘해줄 것이다.

잉그리스는 다시 유아에게로 시선을 돌렸지만 이미 유아는 모습을 감춘 뒤였다.

유아는 직전에 광선을 발사했고, 따라서 잉그리스도 유아의 움직임을 읽을 수 없어야 했다. 그런데 그렇지 않았다.

"……! 느껴져!"

유아의 힘이 방금보다도 훨씬 강해져 있었다.

마나의 흐름도 덩달아 강해져 오히려 파악하기 쉬워진 것이다.

저 힘은 유아에게도 아직 낯선 모양이었다. 주변 환경에 맞춰 은폐할 수 있을 만큼 능숙하게 제어하지 못하는 것처럼 보였다.

이래서는 시각적으로만 모습을 감추었을 뿐이었다.

마나의 흐름은 손에 잡힐 듯 훤히 보였다.

"여기다!"

혼신의 힘을 담아 발차기를 날리는 잉그리스.

콰광!

잉그리스의 발차기가 모습을 드러낸 유아에게 적중했다.

하지만 방금처럼 꿈쩍도 하지 않았다.

유아의 힘이 한 차원 높은 단계에 도달했다는 뜻이었다.

그렇다면 더욱 수준 높은 싸움을 즐길 수가 있을 것이다!

"하아아압!"

에테르 셸을 발동시킨 잉그리스의 몸이 푸르스름한 빛으로 휩싸였다.

"반격."

쿠과과과과광!

엄청난 위력을 품은 두 사람의 주먹이 맞부딪쳤다. 그 충돌의 여파가 천장을 꿰뚫고 하늘 높이 솟아올랐다.

이번에도 잉그리스는 모른 척하기로 했다. 어차피 더 이상 이 싸움을 그만둘 생각도 없었다.

눈앞에 있는 유아와 최고의 한때를 보낼 것이다!

그렇게 생각하며 유아를 쳐다본 잉그리스는 한 가지 사실을 깨달았다.

"유, 유아 선배. 그 귀는 대체 뭔가요……?!"

"으응? 귀?"

"눈치 못 채셨던 건가요? 리플 씨처럼 머리에 귀가…….'

어느샌가 유아의 머리에 뾰족한 귀가 솟아나 있었다.

"오? 진짜다. 뭔가 있어."

"거기다 꼬리까지…….'

"오오. 복슬복슬해. 반짝거려."

마치 수인종처럼 돋아난 귀와 꼬리가 무지갯빛으로 빛나고 있었다.

수인종. 무지갯빛. 강력한 힘. 그 말인즉…….

그랬다. 잉그리스는 유아에게 깃든 힘을 이전에도 한 번 느껴본 적이 있었다.

리플의 아버지였던 프리즈마와 매우 닮아있었다.

"서, 설마 프리즈마의 힘……?!"

"……그게 뭔데?"

고개를 갸웃하는 유아.

"최강종 마석수예요……. 이전에 유아 선배가 흡수당할 뻔했던…….'

유아는 프리즈마를 대체 뭐라고 생각했던 것일까?

"아하. 그 반짝거리던 괴물."

"마, 맞아요. 그 프리즈마하고 똑같은 귀와 꼬리가 유아 선배한 테서……."

이게 대체 어찌 된 노릇일까?

유아는 미성숙한 프리즈마에게 붙잡힌 적이 있었다.

당시에 잉그리스 일행은 유아가 흡수당해서 사라지진 않을까 하고 걱정했었다. 하지만 어쩌면…… 반대였을지도 몰랐다.

다시 말해, 유아가 프리즈마의 힘을 흡수하고 있었다는 것이다.

자신의 마나를 환경에 동화시킬 수 있는 유아라면 프리즈마의 체내 환경에도 녹아들 수 있지 않았을까? 그렇게 프리즈마와 동화하여 힘을 빼앗았다면……?

유아가 얼굴을 잊어버렸다는 아버지의 "세상과 하나가 되어라"라는 가르침은 실로 대단했다. 유아도 그렇고, 그 아버지도 그렇고 대체 뭐 하는 사람들일까. 궁금해서 견딜 수가 없었다.

잉그리스의 추측이 틀렸을 가능성도 있지만, 실제로 지금 유아에게는 프리즈마의 것으로 보이는 힘이 깃들어 있었다.

몸에 별다른 이상이 없다면 딱히 문제 될 것은 없으리라. 강한 선배가 있다는 것은 환영할 만한 사실이었다.

"어찌 됐든, 엄청난 힘이에요! 자, 이대로 대결을 계속하죠!"

그리고 어쩌면 이전에 잉그리스가 싸웠던 프리즈마도 유아에게 힘을 흡수당해 전력이 아니었을지도 모른다. 이 또한 환영할 만한 점이었다.

만전의 상태인 진정한 프리즈마가 훨씬 더 강한 존재라면 그만큼 싸우는 보람도 커질 것이다.

흥분되기 시작했다. 이대로라면 전력을 발휘해도 문제없을 것이다!

"미안. 갑자기 졸려."

"네?"

털썩.

유아가 느닷없이 바닥에 쓰러졌다.

그러고는 새근새근 잠들어 버렸다. 프리즈마의 귀와 꼬리도 사라지고 없었다.

"유아 선배? 어서 일어나세……."

바로 그때, 극장 안에 까랑까랑한 목소리가 울려 퍼졌다.

"그리하여 유틸리스로부터 승리를 거머쥔 마리아벨은 마리크 왕자의 곁으로 향하게 된 것이었습니다……!"

와아아아아아! 짝짝짝짝짝짝!

관객들이 성대한 환성과 박수를 보냈다.

장면 전환을 위해서 막이 내려오고…….

"후우, 극장이 무너지기 전에 결판이 나서 다행이다."

"하, 하지만 연극은 앞으로도 며칠간 계속되잖아요. 이래서는 건물이 남아나질 않을 거예요."

대화를 나누며 튀어나온 라티와 프람이 유아를 안아 들더니 재

빨리 무대 뒤쪽으로 옮겼다.

마치 잉그리스의 승리가 결정되었다는 듯한 태도였다.

"마, 망했다아아아……!"

싸움에 몰입한 나머지 유아에게 승리를 양보할 기회를 놓쳐버리고 말았다.

"쉿……! 소리 지르지 마! 관객들한테 들리면 어쩌려고 그래!"

"키스신, 열심히 하세요!"

라티와 프람이 한마디씩 던지고 지나갔다.

좋지 않았다. 아주 좋지 않았다.

잉그리스의 머릿속이 위기감으로 물들어 나갔다.

망했다, 망했다, 망했다…….

큰일 났다, 큰일 났다, 큰일 났다.

저질러 버렸다, 저질러 버렸다, 저질러 버렸다!

무대의 배경이 교체되고, 쿨쿨 잠들어 있는 유아가 회수되는 등 키스신을 위한 준비가 척척 진행되어 갔다.

마리크 왕자 역의 이안도 긴장한 표정으로 무대 옆에서 걸어 나왔다.

"마, 마지막 장면이네요. 부, 분발하죠……."

"그, 그러죠……."

대답을 안 하면 무례한 짓이므로 일단은 적당히 대꾸해 주었다.

하지만 등줄기가 싸늘해지는 것은 어쩔 수가 없었다. 찝찝한 식은땀이 배어나는 것이 뚜렷하게 느껴졌다.

다른 사람들에게는 유아와의 격렬한 전투를 마치고 호흡이 가빠진 것처럼 보일지도 몰랐다.

혹은 키스신을 처음 연기하는 순진한 소녀가 긴장감과 부끄러움에 어쩔 줄 몰라 하는 모습으로 비칠지도 몰랐다.

하지만 아니었다! 결단코 아니었다!

잉그리스는 단순히 싫을 뿐이었다. 본능의 영역에서 도저히 받아들일 수가 없었다.

라피니아는 가족이니 예외로 치고, 레오네나 유아라면 그래도 키스신을 연기하는 것이 가능은 했을 것이다. 하지만 아무리 미소년이라 해도 이안을 상대로는 무리였다. 생리적인 거부감에 온몸이 떨려왔다.

무서웠다. 아니, 두려웠다!

무지막지하게 강력한 마석수보다도, 끔찍하게 잔인한 하이랜더보다도, 도깨비처럼 화를 내는 어머니 세레나보다도, 지독한 굶주림보다도……!

싫었다. 너무나도 싫었다. 무조건 싫었다!

마음속에서 한결같이 싫다는 말만을 되풀이하고 있는 사이, 무대의 막이 올라갔다.

객석에서 연극을 관람 중인 관객들이 보였다. 잉그리스는 도움을 구하는 심정으로 라피니아의 모습을 찾았다.

라피니아는 레오네, 리제롯테와 함께 기사 아카데미의 학생들을 위해 마련된 특등석에 나란히 앉아있었다.

그리고 세 사람 모두 기대감과 흥분에 찬 얼굴로 눈을 반짝이고 있었다.

완전히 콧김이 뿜어져 나올 기세였다.

잉그리스의 키스신을 앞두고 두근거림을 주체할 수 없는 모양이었다.

세 사람은 각기 다른 성격의 소유자였지만, 이런 부분에서는 다 똑같이 순진한 소녀들이었다.

그럴 나이라는 것은 이해하지만…… 이래서야 도움을 기대할 수도 없어 보였다.

세 사람의 눈동자가 이렇게 외치고 있었다.

해버려! 보여줘! 그리고 감상을 들려줘! 라고.

"아아, 마리아벨. 나를 구해주러 왔는가⋯⋯!"

이안의 맑은 목소리가 무대 위에 울려 퍼졌다.

기어코 키스신을 위한 연기가 시작되고 말았다.

이렇게 된 이상 눈앞의 이안에게 기대를 걸어보는 수밖에 없었다.

이안이 이대로 저질러 주기만 한다면⋯⋯!

"네, 왕자님. 당신을 위해서라면 언제든 몇 번이고 달려가겠어요."

잉그리스는 이안을 지그시 바라보며 대사를 읊었다.

사랑하는 인물을 눈앞에 둔 마리아벨의 심정을 표현한 시선 연기⋯⋯가 아니었다.

부추기는 것이다. 얼른 하라고. 제발 이 무대를 망가트려 줬으면 했다.

이안에게는 충분히 그럴 가능성이 있었다⋯⋯!

처음에는 기우로 끝나기만을 바랐다.

모처럼 유아와 진심으로 대결할 기회를 얻었기 때문이다. 놓치고 싶지 않은 기회였다.

하지만 막상 대결이 끝나고 이런 상황에 부닥치자 생각이 바뀌었다.

기우로 끝나서는 곤란했다. 빨리 무대를 엉망진창으로 만들어 버릴 만한 사건을 터트려 주었으면 했다.

다짜고짜 잉그리스의 목에 칼을 들이대고 "으하하하하! 이 극장은 내가 점거했다!"라고 말해도 상관없었다. 오히려 대환영이었다.

만약 그러지 않는다면…… 잉그리스는 이안을 때려눕힐 수밖에 없었다.

하지만 그다음에는 대체 뭐라고 얼버무려야 할지 막막했다. 이안이 만약 아무런 죄도 저지르지 않는다면 몹시 미안할 것이다.

잉그리스가 망설이고 있는 사이, 이안이 대사를 계속해 나갔다.

"고맙소. 앞으로도 줄곧 내 곁에 있어 주시오."

이안이 잉그리스의 뺨과 머리카락에 손을 얹었다.

반사적으로 몸이 움찔했다. 거부 반응을 일으킨 것이다.

"히익……."

"?"

"아, 알겠습니다. 그렇게 말씀해 주셔서 기뻐요……."

실제로는 전혀 기쁘지 않았다.

기쁘기는커녕 주먹에 저절로 힘이 들어갔다.

"아아, 마리아벨……."

이안의 얼굴이 슬그머니 가까워져 왔다.

잉그리스는 경악했다. 설마 이대로 끝까지 연기를 계속할 생각인가……?!

잉그리스에게 있어 이보다 더 커다란 사건은 없었다.

위험해, 위험해, 위험해, 위험해!

계속해서 커져만 가는 오한과 위기감.

하지만 이안의 얼굴은 이미 코앞까지 다가왔다. 당장이라도 입술이 닿을 것만 같았다.

더는 무리다. 한계였다.

"⋯⋯?!"

움켜쥔 주먹으로 이안을 때려눕히는 것만큼은 어떻게든 참아냈다.

대신에 잉그리스는 관객석 쪽으로 고개를 홱 돌렸다.

그와 동시에 귓가에서 이안의 목소리가 들려왔다.

"죄송합니다. 연극은 여기서 끝입니다."

"⋯⋯!"

어느샌가 관객석에서 반짝거리는 눈으로 이쪽을 쳐다보고 있던 라피니아의 모습이 온데간데없었다.

아니, 다른 관객들도 마찬가지였다. 애초에 관객석 자체가 없어져 버렸다.

"오오⋯⋯! 이건⋯⋯."

주위가 순식간에 아무것도 없는 공간으로 뒤바뀐 것이다.

벽도, 경계선도 없었다. 보이는 것이라고는 허공에 떠도는 황록색의 반짝이는 입자들뿐.

예전에 하이랜더인 팔스가 잉그리스 일행을 가두었던 공간과 매우 흡사했다.

잉그리스가 기억하기로 이 입자에는 마인무구의 활동을 봉인하는 효과가 있었다.

잉그리스 마나도 마찬가지로 봉인되었다.

"당신과 유아 씨가 아무리 강하더라도 이곳에서는 힘을 발휘할 수 없습니다. 잠시 이곳에서 얌전히 기다려 주세요. 라티와 프람도요……."

잉그리스가 뒤를 돌아보자 라티와 프람의 모습이 보였다.

쿨쿨 잠들어 있는 유아도 그 옆에 있었다.

아무래도 함께 휘말려 이곳으로 전이된 듯했다.

"이안……! 네, 네가 벌인 짓이야……?!"

"어, 어째서 이안이 이런 짓을……? 그리고 여기는 마치 마인무구로 만들어진 공간 같아요."

"맞습니다, 라티. 잠시 이야기라도 나누면서 기다리도록 하죠. 동료들이 사명을 완수하는 것을 말이죠. 그리고 일이 끝나거든 함께 알카드로 돌아가죠. 더 이상 이 나라에는 머물 수 없게 될 테니까요……."

"대, 대체 무슨 짓을 벌이려는 거야, 너는……!"

"말해 보세요, 이안!"

"……칼리아스 국왕의 목을 칠 겁니다. 그러니 그곳에 얌전히 계세요."

"뭐……?!"

"그런 터무니없는 짓을……!"

"휴우~. 다행이다……."

""다행?!""

라티와 프람이 한목소리로 외쳤다.

"뭐, 뭔 소릴 하는 거야, 잉그리스! 심각한 사태잖아!"

"마, 맞아요! 무슨 생각을 하시는 건가요……?!"

"키스신을 하지 않아도 되잖아. 다행이구나 싶어서."

"이봐, 이봐……! 지금 그게 중요한 게 아니잖아?!"

"그, 그래도 저는 중요하다고 생각해요. 하지만 훨씬 심각한 일
이 벌어졌잖아요……! 얼른 막아야 해요, 잉그리스……!"

"걱정할 필요 없어. 라니와 다른 애들이 막아줄 테니까."

"뭐……?! 잉그리스, 너 혹시 이렇게 될 거라고 예상했던 거야?!"

"괴, 굉장해요……! 저는 아무것도 몰랐는데."

"가능성이 있다 정도이긴 했지만."

어젯밤 아리나를 집으로 데려다주었을 때, 디고라는 남자와 대
화를 나누는 이안을 목격했다.

대화의 내용도 심상치 않아 보였거니와, 라티도 나라를 뒤로하
고 와이즈멀 극단에 들어온 이안에게 위화감을 느낀다고 말했다.

영지가 멸망하고, 알카드의 왕도마저 커다란 피해를 받은 상황
에서 나라를 빠져나올 인물이 아니라는 것이다. 이안의 성격대
로라면 오히려 고향에 남아서 부흥에 힘쓸 것이라고 라티는 설
명했다.

즉, 무언가 숨겨진 사정이 존재한다는 뜻이었다.

이안과 알고 지낸 지 얼마 되지 않은 잉그리스가 이안의 성격이나 행동에서 위화감을 느끼기란 무리였다. 하지만…… 잉그리스는 다른 부분에서 뚜렷한 위화감을 느끼고 있었다.

그것은 바로 이안의 마나였다.

최근 잉그리스는 유아의 영향으로 주변의 마나를 깊이 들여다보는 버릇이 생겼다. 그리고 이안이 지닌 마나의 흐름은 평범한 사람들과는 전혀 달랐다.

평범한 인간이 아무것도 하지 않는 편안한 상태로 있을 때, 마나는 몸을 에워싸듯 천천히 흐르고 있다. 강약이나 파장 등 소소한 개인차가 있기는 했지만, 기본적으로는 다들 동일했다.

피와 살을 지닌 인간이라면 예외 없이 적용되는 법칙이라 말해도 과언이 아니었다.

그런데 이안은 심장부에 모든 마나가 집중되어 있었다.

모르긴 몰라도 평범한 인간은 절대로 아니었다. 분명히 뭔가를 숨기고 있었다. 게다가 이안과 밀담을 나눴던 디고라는 남자도 이안과 동일한 형태의 마나를 띠고 있었다.

라티가 이안의 행동에 위화감을 느낀다고 말했을 때, 너무 캐묻지 말라고 당부했던 것은 오히려 라티를 위험에 빠트리지 않기 위해서였다.

하지만 심증만으로 이안을 붙잡을 수는 없는 노릇이었고, 와이즈멀 극단의 공연을 중지시킬 수도 없었다.

그리고 무엇보다 진심을 다한 유아와 싸워보고 싶었다.

그래서 무슨 일이 벌어졌을 때를 대비한 준비를 하고 오늘 공연에 임한 것이다.

예정을 급히 바꿔 플라이 기어의 조종수를 라피니아에서 프람으로 교체하거나, 관객석에서 결계를 쳐 달라고 밀리에라 교장에게 부탁한 것도 이러한 이유 때문이었다.

다만, 결과적으로 잉그리스로서는 문제가 터져서 오히려 다행이었다. 물론 고마움을 느끼는 것과 칼리아스 국왕의 암살 계획을 저지하는 것은 별개의 문제다.

아마도 지금쯤 이변을 깨달은 라피니아 일행이 움직임을 개시했을 것이다.

"알고 계셨던…… 건가요? 도대체 어떻게?!"

"이안 씨는 마나의 흐름이 일반적이지 않더군요. 그런데도 계속 평범한 사람 행세를 해서 위화감을 느꼈어요. 당신과 만났던 디고라는 남자도 마찬가지더군요."

"……! 그런가요. 거기까지…….."

"우연히 지나가다 알게 된 거지만요."

단, 우연히 밀담을 목격하게 되어 의심이 깊어진 것은 사실이지만, 만약 목격하지 않았더라도 오늘과 같은 대비는 해두었을 것이다. 칼리아스 국왕을 지켜야 하기도 했거니와, 무엇보다도 가족들이 공연을 관람하기 위해 찾아와 있었다. 어머니인 세레나를 시작으로 이리나, 빌포드 후작까지. 가족들을 위해서라도 안전을 확보해 두고 싶었다.

"디고?! 디고라면 그 디고 장군 말이야?!"

"라티, 누구인지 알아?"

"알카드의 장군이야. 우리나라에서 가장 강하기로 유명했어."

"헤에⋯⋯."

흥미가 동했다. 나중에 주먹을 겨뤄볼 기회가 있을지도 몰랐다.

"이안! 그러면 너희 영지와 왕도가 프리즈마의 습격을 받았다는 말도 거짓말이었어⋯⋯?! 그렇다면 왜⋯⋯!"

"거짓말일 리가 없잖아요⋯⋯! 습격을 당하지 않았다면 이런 몸이 되지도 않았을 테니까요!"

이안은 옷을 벗어 자신의 상반신을 드러냈다.

"⋯⋯!"

"뭐, 뭐야 그건⋯⋯?!"

"이, 이안의 몸이⋯⋯?!"

이안의 몸은 머리를 제외한 대부분이 플라이 기어의 내부를 연상시키는 기계로 이루어져 있었다. 인간의 육체가 아니었다.

심장 부분에는 동력원으로 보이는 장치가 빛을 발하고 있었다.

마나가 집중된 것처럼 느껴진 부위가 바로 이곳이었다.

"아크로드 이벨 님께서 하사해 주신 하이랜드의 기술입니다⋯⋯! 저는 무지갯빛 마석수의 습격을 받아 몸의 절반을 잃었지요. 그런 저에게 주어진 선택지는 이것밖에 없었습니다. 하지만 이 몸만 있다면 저도 싸울 수 있어요⋯⋯! 죽어간 가족들과 영지의 주민들, 그리고 나라를 위해서……!"

"이벨 님이……?"

오랜만에 듣는 이름이었다.

이벨은 얼마 전 왕성의 상공에서 벌어진 전투로 인해 사망했다. 무기화한 하이랄 메나스를 휘두르는 혈철쇄 여단의 흑가면에게.

아무래도 이 나라를 방문하기 전에는 북쪽의 알카드에 영향력을 행사하고 있었던 모양이다.

"웃기는 소리 마! 이런 곳까지 와서 다른 나라의 국왕을 죽이는 게 어째서 나라를 위한 일이 되는 건데?!"

"그것이 하이랜드의 의지이기 때문입니다……! 마석수에 의해 커다란 피해가 발생한 지금, 나라의 방위 체제를 근본적으로 뜯어고칠 필요가 있습니다……! 우리는 하이랜드로부터 더욱더 많은 마인무구를 얻어야 합니다. 가능하다면 하이랄 메나스까지도 말이죠……!"

일리가 있었다. 이안의 말대로였다.

지상의 국가가 마석수를 몰아내고 싶다면 하이랜드에 더욱 의존하는 수밖에 없었다.

마석수와 싸우기 위해서는 마인무구가 필요하다.

이것은 개인의 마음가짐이나 수행으로 어떻게 될 문제가 아니었다.

"하지만 알카드에는 그럴 만한 경제적 여유가 없습니다. 먹고 사는 것만으로도 벅찰 정도니까요……! 그래서 아크로드인 이벨 님의 명령에 따랐습니다! 이벨 님께서는 일이 잘 풀리면 하이랄 메나스를 하사해 주신다고 말씀하셨죠……! 그래서 국왕 폐하께서도 결단을 내리셨지요. 조국을 위해서라면 저도 이 한 몸 바칠 생각입니다!"

"본인들만 무사하다면 다른 나라는 아무래도 좋다는 거야?! 온화하신 아버지가 그런 결정을 내리다니……!"

"라티! 그걸 말하면 어떡해요……!"

"안 됩니다, 라티……!"

프람은 물론이고 이안까지 말실수를 한 라티를 질책했다.

이안이 당황하는 것을 보니, 정말로 알카드의 지시를 받아 이 자리에 있는 모양이었다.

지금 발언대로 라티가 알카드의 왕자라면 알카드 국민으로서는 무슨 일이 있어도 지켜야 할 대상이었다.

이안은 디고라는 이름의 장군과 말다툼을 했었다. 아마도 라티와 관련된 내용이었으리라. 라티가 휘말리게 될까 봐 걱정했을 거다.

이렇게 절묘하게 라티를 격려해 둔 것을 보면 이안 나름대로 기회를 노려 행동을 일으킨 듯했다.

"별로 놀라지 않는구나, 잉그리스."

"이안도 처음에는 라티를 보고 왕자님이라 불렀잖아요."

이안을 의심하게 되면서 당시의 발언도 일단은 마음에 담아두고 있었다.

따라서 어느 정도는 예상했다.

그리고…… 잉그리스는 '왕자님'이라는 존재에 딱히 흥미가 없었다.

만약 라피니아나 리제롯테, 레오네처럼 평범한 소녀들이라면 술렁였을 테지만, 잉그리스는 왕자님이란 단어에서 아무런 감흥도 느끼지 못했다.

잉그리스가 남자를 판단하는 기준은 간단했다. 강한가, 아닌가. 그리고 자신과 진심으로 싸워줄 것인가.

그런 의미에서 보자면 라티보다 이안에게 흥미가 동하는 편이기는 했다.

"……다른 애들한테는 비밀로 해 줘. 신분을 숨기고 유학해 온 거거든."

"응. 알았어. 그러면 이제 싸워도 될까?"

플라이 기어처럼 기계화된 저 몸은 과연 어떤 힘을 지니고 있을까.

지상인 신분에서 하이랜더가 되었던 라알이나 팔스보다도 더 강할까?

혹시 전투용으로 만들어진 특별한 몸인 걸까?

아니면 단순히 자격이 없는 자에게 하이랜더의 육신 대신 내려주는 몸일지도 몰랐다.

저런 몸이 된다면 하이랜드의 기술력 없이는 생명을 유지해 나가기 어려울 것이다.

즉, 살아있는 한 절대적으로 복종하는 수밖에 없었다.

하이랜더 이벨은 소년과도 같은 생김새와 달리 상당히 잔인한 성격을 지니고 있었다.

본인의 흥미를 위해서라면 아무렇지도 않게 타인을 저런 몸으로 만들어 버릴 위인이었다.

어찌 됐든, 싸워보면 알 수 있을 것이다.

이공간을 만들어 냈다는 점을 감안하면 하이랜더인 팔스와 비슷하거나 그 이상의 전투력을 기대해 볼 수 있을 것이다.

하지만 잉그리스는 훨씬 더 강했으면 하는 바람이었다.

키스신이라는 최악의 위기는 이미 지나갔다. 절묘한 타이밍에 무대를 망쳐 준 이안에게는 감사할 따름이었다.

이제 남은 것은 기계 병사가 된 이안과의 싸움을 즐기는 것뿐……이라고 말하고 싶지만, 여건상 그러기는 어려워 보였다.

"자, 잠깐만! 나한테 저 녀석을 설득할 시간을 줘……!"

"미안. 라니가 걱정돼서……. 얼른 라니한테 가봐야 해."

이곳에 있으면 이공간 바깥에서 별동대와 싸우고 있을 라피니아의 모습이 보이지 않았다.

라니가 곁에 있었다면 느긋하게 싸움을 즐겼으리라.

하지만 모든 일에는 우선순위가 있다.

라피니아의 안전을 확보하는 것이 먼저였다.

그렇지 않으면 안심하고 즐길 수가 없었다.

"……알겠어. 결국 나로서는 어찌할 방법이 없으니까. 나도 참 한심하군."

"그렇지 않아. 뒤는 나한테 맡겨줘."

잉그리스는 라티의 어깨에 손을 척 얹은 뒤 앞으로 걸어갔다.

"이건 경고예요. 이안 씨, 제 발목을 붙잡고 싶으시다면 지금 바로 이공간을 해제해 주세요. 라니의 안전만 확보된다면 당신과 천천히 싸워드릴 의향이 있어요. 하지만 제 요구를 거절하신다면…… 봐주지 않겠어요."

"……거절합니다. 그리고 당신이 아무리 강하더라도 이곳에서는 힘을 발휘할 수 없을 겁니다. 당신은 저를 쓰러트릴 수 없어요."

이안이 냉정함이 묻어나는 얼굴로 대답했다.

"쓰러트리면 되는 거죠?"

"할 수 있다면 얼마든……."

콰지직!

뭔가가 부서지는 소리와 함께 이안이 경악했다.

"지…… 으아아아아아악?!"

잉그리스의 손끝이 이안의 흉부를 꿰뚫고 등 뒤로 튀어나와 있었다.

힘 조절은 하지 않았다. 에테르 셸을 발동시켜 전속력으로 가한 공격이었다.

라피니아를 위해서라면 상대의 실력에 맞춰 싸우는 방법은 포기할 수밖에 없었다. 그 결정에 있어서 잉그리스에게 망설임은 없었다.

"이, 이럴 수가! 전혀 보이지 않았어. 어디서 이런 힘이……?!"

"죄송해요. 지금은 설명해 드릴 시간이 없어서요."

쉬쉬쉬쉬쉭!

에테르를 두른 잉그리스의 손날이 이안의 기계 몸을 여러 개의 파편으로 분리했다.

그러자 이안의 파편들이 댕그랑거리는 소리를 내며 바닥에 떨어졌다. 그리고 더는 미동도 하지 않았다.

"괴, 굉장해……! 하지만…… 너무 허무하게 끝나 버렸어."

"이안……."

라티와 프람은 고개를 숙이고 괴로운 표정을 지었다.

"아니. 아직 끝나지 않았어."

하지만 잉그리스는 경계를 풀지 않았다.

마법을 사용한 인물이 쓰러지면 마법도 해제되는 것이 보통이다. 따라서 이공간도 자연히 소멸해야 했다.

하지만 아무런 변화도 일어나지 않았다.

"……놀랐습니다. 이 '봉마의 우리'는 마인무구를 비롯한 능력들을 무효화시키는 공간……. 하이랜더의 기술로 만들어진 제 몸에는 영향을 미치지 못하죠. 따라서 필살의 함정이자 무적의 방어 수단이었을 터! 그런데도 이토록 간단히 당해버리다니……! ……혹시 이벨 님께서 나를 속이신 건가……?!"

아무것도 없는 어딘가에서 이안의 목소리가 울려 퍼졌다.

정확한 이유는 알 수 없었지만 역시 아직 살아있는 모양이었다.

"이벨 님의 명예를 위해서 말씀드리자면, 효과는 분명히 있어요."

이미 죽은 사람이므로 명예고 나발이고 없기는 했지만.

애초에 명예라는 단어가 어울릴 만한 인격의 소유자도 아니었다.

"그렇다면 어째서……?! 혹시 당신은 쇳덩이를 맨손으로 부수는 괴력의 소유자입니까? 겉모습만 봐서는 상상도 가지 않는군요."

"딱히 불가능한 건 아니지만……. 어쨌든, 하이랜더라고 모든 것을 알지는 못해요. 그들도 전지전능한 존재는 아니니까요."

다만 지상인들이 그렇게 느끼는 것도 무리는 아니었다.

"그리고 한 가지 알려드리자면, 이벨 님은 이미 돌아가셨어요. 약속한 거래도 무위로 돌아가지 않을까요?"

"네. 저도 이곳에 와서 소문으로 들었습니다. 하지만 계획은 계속될 겁니다……! 그런데 혹시 당신이 이벨 님을……?!"

"설마요! 어떻게 제가 감히 이벨 님을……!"

잉그리스가 목소리에 살짝 힘을 실어서 말했다.

이것도 딱히 불가능하지는 않았지만, 굳이 사실이라고 말해줄 이유도 없었다.

그리고 사실 잉그리스는 이벨이 마음에 들었었다. 비록 인간성은 최악이었지만.

자존심 때문인지는 몰라도 이벨은 자신의 지위와 신분을 내려놓고 잉그리스와의 일대일 대결에 응해 주었다. 화를 잘 내는 성격이라서 시비를 걸면 잘 받아주었고, 실력도 확실했다.

따라서 잉그리스에게는 굉장히 고맙고 유익한 존재였다.

지평선 너머로 걷어차 놓고서 이런 말을 하기는 뭣하지만, 그래도 목숨은 살려놓고 싶었다.

실력을 갈고닦아 더욱 강해진 이벨과 몇 번이고, 몇 번이고 싸워보고 싶었다.

그런데 흑가면에 손에 의해 그만……. 그것은 너무나도 불행하고 안타까운 사고였다.

"……어찌 됐든 당신은 위험합니다. 내버려 둔다면 저희 알카드에게 있어 치명적인 존재가 될 테지요."

"아무래도 오해하고 계신 것 같은데요."

강하고 약하고를 떠나서 잉그리스는 알카드에 해를 가할 생각이 없었다.

잉그리스는 세상이나 타인을 위해서 싸우지 않는다.

따라서 굳이 특정한 나라를 멸망시킬 일도 없었다.

"하지만 그렇게 생각해서 전력으로 공격해 주신다면 전 환영이에요. 얼른 결판을 내고 라니가 있는 곳으로 가야 하거든요."

"""""냉정하게 굴 수 있는 것도 지금뿐입니다……!"""""

전후좌우 모든 방향에서 이안의 목소리가 들려왔다.

몇 겹으로 이루어진, 합창이 연상되는 목소리였다.

이윽고 목소리가 들려온 방향에서 이안이 모습을 드러냈다.

즉, 전후좌우 모든 방향에서.

"이건 대체……?!"

제아무리 잉그리스라도 놀랄 수밖에 없었다.

이것도 하이랜드의 기술인가?

하이랜드는 재료만 있다면 무한히 병사를 만들어 낼 수 있는 것일까.

"이, 이안이⋯⋯!"

"저, 저렇게나 많이⋯⋯! 아, 악몽이라도 꾸고 있는 것 같아요!"

"영혼을 복제하는 하이랜드의 비기입니다. 각각의 저는 당신보다 약할지 몰라도, 힘을 합치면 강해질 수 있어요⋯⋯! 이벨 님께서 제게 하사해 주신 힘입니다!"

"과연⋯⋯. 흥미로운 방법이네."

"하, 하지만 이안⋯⋯ 이러면 누가 진짜 이안인지 모르겠어요!"

"프람의 말대로야, 이안⋯⋯! 더는 아무도 너를 너로 봐주지 않을 거야⋯⋯! 그건 자기 자신을 죽이는 거나 마찬가지잖아?! 정말 그걸로 괜찮은 거냐⋯⋯!"

라티와 프람은 대량으로 나타난 이안의 모습에 혐오감을 드러냈다.

그렇지만 두 사람의 표정은 슬픔으로 물들어 있었다.

반면, 잉그리스는 그 광경을 쳐다보면서 중얼거렸다.

"나를 한두 명쯤 복제해 보는 것도 괜찮지 않을까⋯⋯."

물론, 이안처럼 권력자의 뜻대로 복제되어 이용당하는 신세가 되는 것은 사양이었다.

하지만 자신의 의지로, 자신만을 위해서 또 한 명의 자신을 만들어 내는 것은 나쁘지 않을지도 몰랐다.

오히려 기회가 된다면 시험해 보고 싶었다.

알카드에는 이안을 저렇게 만든 설비가 갖춰져 있는 것일까?

직접 한번 봤으면 좋으련만.

"무슨 바보 같은 소리를 하는 거야……! 잉그리스!"

라티에게도 잉그리스의 중얼거림이 들린 모양이었다.

"이상한가? 내가 한 명 더 있으면 최고의 훈련 상대가 되잖아. 강함이란 건 결국 훈련의 질과 소비한 시간과 재능을 곱한 값이나 마찬가지인걸. 최고로 효율적인 방법이라고 생각하지 않아?"

"알 게 뭐야! 누구는 진지하게 인간의 존엄성에 관해서 이야기하고 있는데……! 아니, 됐으니까 대화의 맥이나 좀 끊지 마!"

마치 라피니아처럼 말하는 라티였다.

라티도 정의감이 강한 소년이라는 뜻이다.

"라티. 그리고 프람……. 저도 잉그리스 씨와 비슷한 생각이에요. 딱히 거부감은 없어요. 오히려 만족하고 있어요. 하지만 확실히 동료들도 자기 자신을 복제하는 것만큼은 꺼리더군요. 지원한 것은 저뿐이었죠……."

"그야 당연하지! 누가 그런 기분 나쁜 짓을……! 대체 왜 지원한 거야……?!"

"힘을 원했기 때문이에요! 저도 라티와 똑같은 무인자였죠. 고향이 마석수의 습격을 받아서 멸망했을 때도 무력한 저는 아무것도 하지 못했어요……. 하지만 지금은 달라요……! 하늘로 떠난 가족들과 영지의 이웃들이 겪은 비극을 두 번 다시 반복하지 않기 위해……! 우리가 사랑하는 알카드를 지킬 힘을 얻을 수만 있다면, 제 몸 따위 필요 없어요! 인간의 존엄성도 필요 없어요! 나자신을 잃어도 좋아요!"

열변을 토하는 이안. 라티는 그런 이안을 직시하지 못하고 고개를 숙였다.

"이안……! 그래도, 아무리 그래도……!"

"미, 미안해요. 이안……. 괴로울 때 우리가 곁에 있어 주지 못해서……!"

프람은 울먹이며 몸을 부들부들 떨었다.

"……라티가 이안에 대해서 했던 말이 맞았네."

"그래……. 오히려 과하다 싶을 정도로……."

라티는 이렇게 말했다. 이안의 성격상 영지가 멸망하고, 왕도까지 큰 피해를 받았다면 남아서 부흥에 힘쓸 것이라고.

지금의 사태도 그 연장선이었다. 나라를 위해서. 사람들을 위해서. 오히려 그러한 마음가짐의 궁극적인 형태라고 말해도 과언이 아니었다.

비록 이쪽 나라 사람들에게는 국왕 암살이라는 최악의 행위였지만.

원래 전쟁이란 정의와 정의가 충돌하는 장소에서 일어나는 법이다.

"그래서 저는 이벨 님의 실험에 지원했습니다. 그리고 특별히

'봉마의 우리'를 다루는 능력도 하사받았지요. 수많은 제가 숨어 있을 수 있도록."

다시 말해, 이공간을 생성할 수 있는 것은 이번 사태를 일으킨 자 중에서 이안뿐이라는 뜻이었다.

하지만 어차피 잉그리스가 할 일은 변하지 않았다.

"자, 잉그리스 씨! 싸움은 지금부터입니다! 이번에야말로……!"

"아뇨, 거절할게요. 서둘러서 라니가 있는 곳으로 가야 하거든요."

눈앞에 보이는 이안들을 전부 쓰러트린다고 끝이라는 보장이 없었다. 어딘가에 더 많은 물량이 존재할지도 몰랐다.

일일이 싸우다 보면 시간이 너무 지체된다. 어울려 주고 있을 여유는 없었다.

이렇게 된 이상 공간을 파괴해 억지로 빠져나갈 작정이었다.

아마도 위력이 지나쳐 극장에 커다란 피해가 나올 테지만.

그래서 가능하면 취하고 싶지 않은 수단이었으나, 어쩔 수가 없었다.

잉그리스는 하늘을 향해 손바닥을 뻗었다. 손바닥 위에 에테르가 응축되기 시작했다.

영웅왕,

극한의 무를 위해 전생하다

그리고 세계 최강의 견습 기사가 되다♀

무대의 클라이막스인 마리아벨과 마리크 왕자의 키스신.
　관객석에 앉아있던 라피니아 일행은 잡아먹을 듯이 그 광경을
바라보고 있었다.
　"오오……. 한다, 진짜로 하겠어……!"
　이안이 연기하는 마리크 왕자가 잉그리스가 연기하는 마리아
벨의 뺨과 머리카락에 손을 얹었다.
　보고 있자니 흥분되기 시작했다. 심장이 두근거렸다.
　잉그리스는 이안이나 다른 누군가가 파괴 공작을 저지를지도
모른다고 말했다. 그래서 불의의 사태에 대비해두었지만, 지금까
지 아무 일도 일어나지 않았다.
　물론 결투신에 심취한 잉그리스와 유아가 극장의 벽과 천장을
다소 파괴하기는 했다. 하지만 이것은 불의의 사태가 아니라 예
상된 사태였다. 오히려 이 정도로 끝나서 다행이라 할 수 있었다.
　다만, 유아가 느닷없이 쓰러져 결판이 나버린 것은 잉그리스로
서도 예상외였으리라.
　잉그리스는 누구보다도 아름다운 용모를 지녔으면서 누구보다
도 이성에게 흥미가 없었다. 그래서인지 키스신을 연기하는 것도
탐탁잖아 했다.
　아마도 대결을 충분히 즐긴 다음, 유아에게 승리를 양보해서
단물만 뽑아 먹을 생각이었을 것이다.

하지만 라피니아는 이런 생각이 들었다. 과연 잉그리스의 예정대로 잘 흘러갈까, 라고.

한 번 싸움에 몰입하기 시작하면 물불 가리지 않게 되는 잉그리스를 라피니아는 어린 시절부터 지켜봐 왔다.

그래서 어쩌면 이런 사태가 발생할 수도 있겠다고 생각했다. 또한, 이렇게 되길 바라고 있었다.

잉그리스가 부끄러워하는 모습을 보고 싶었기 때문이다.

뺨을 붉히며 떨리는 목소리로 대사를 읊고 있는 지금의 모습이 바로 그러했다.

"아주 좋아……! 굉장히 귀여워, 크리스……!"

"그러게. 보고 있는 이쪽이 오히려……."

"네. 괜히 더 두근거리네요……!"

나란히 앉아있는 레오네와 리제롯테도 눈을 반짝이고 있었다.

"저러고 있으면 잉그리스 양도 참 예쁘고 귀여운데 말이죠."

뒷좌석에 앉은 밀리에라 교장도 즐기고 있는 눈치였다.

무슨 일이 벌어질지도 모른다고 경계하고 있었는데, 괜한 걱정에서 그친다면 잘된 일이다.

여기까지 온 이상 잉그리스의 키스신을 보고 말겠어!

그리고 이번 일을 계기로 잉그리스가 조금은 이성에게 관심을 두게 되길 바랐다. 여자아이로서 한 꺼풀 벗을 좋은 기회였다. 훗날 라파엘과 결혼하여 유미르의 후작 부인이 되기 위한 첫걸음을 내딛는 것이다.

게다가 라파엘에게 이 이야기를 전한다면 라파엘을 초조하게 만들 수도 있을 것이다.

하나부터 열까지 좋은 점들뿐이었다. 그러니 계속해! 마지막까지!

그러나 사실 잉그리스는 부끄러워하고 있는 것이 아니었다. 키스신이 너무나도 싫은 나머지 눈앞의 이안을 때려눕히고 싶은 충동을 필사적으로 억누르는 중이었다. 물론 다른 일행들이 이러한 잉그리스의 심정을 알아줄 리 만무했다.

어느새 다들 숨죽인 채 무대 위의 가련한 잉그리스의 모습을 쳐다보고 있었다.

하지만 키스를 하기 직전, 잉그리스가 고개를 홱 돌렸다.

"아얏······!"

그런데 바로 다음 순간, 눈앞의 잉그리스가 홀연히 사라져 버렸다.

"어······?!"

와장창!

무언가가 깨지는 소리와 함께 느닷없이 시야가 검게 물들었다.

잉그리스와 유아가 파괴한 천장의 구멍에서 빛이 새어들고 있었기에 아무것도 보이지 않을 정도는 아니었다.

극장의 조명이 파괴되며 실내가 어두워진 것이다. 대본에 이런 연출은 존재하지 않았다. 그 말인즉······.

"라피니아 양! 레오네 양! 리제롯테 양! 사전에 계획한 대로 움직이세요! 뒤는 맡길게요!"

역시나 괜히 교장 선생님이 아닌 모양이었다. 새로운 상황에 반응하고 행동으로 옮기는 과정이 라피니아 일행보다 한발 빨랐다.

밀리에라 교장이 들고 있던 지팡이 형태의 마인무구를 휘두르자, 그녀의 모습이 일그러지며 사라져 갔다.

갑작스러운 사태에 술렁이던 다른 관객들과 함께.

"네!"

"알겠습니다!"

"맡겨주세요!"

세 사람의 목소리가 관중들이 사라진 관객석에 울려 퍼졌다.

하지만 그녀들의 목소리를 듣는 사람이 아무도 없는 것은 아니었다.

"이, 이건……?!"

관객석의 중앙 통로에서 목소리가 들려왔다. 조금 전까지 칼리아스 국왕이 앉아있던 자리 주변이었다.

짧은 갈색 머리에 상당히 우락부락한 체형을 지닌 남자였다.

추운 계절도 아니건만 머리를 제외하고는 전부 가려진 두꺼운 옷을 입고 있었다.

틀림없었다. 어제 아리나를 바래다준 뒤에 목격했던 디고라는 남자였다.

그리고 그의 주변에는 비슷한 차림의 남자가 두 명 더 있었다.

두 남자는 사람들이 순식간에 사라지자 당황했는지 주변을 두

리번거리고 있었다.

"무, 무슨 일이 벌어진 거지?!"

"큭……! 왕은 어디로 사라진 거냐?!"

보아하니 혼란을 틈타 기습을 가할 심산이었던 모양이다.

하지만 정작 표적인 칼리아스 국왕은 이미 어딘가로 사라진 뒤였다.

밀리에라 교장이 마인무구의 힘으로 만들어 낸 이공간에 격리한 것이다. 얼마 전에는 리플이 소환한 마석수들을 주변으로부터 격리해 쓰러트릴 용도로 사용했다면, 이번에는 안전 확보를 위한 피난용으로 활용되었다.

레오네의 마인무구인 검은색 대검도 동일한 기능을 지니고 있었고, 원래는 레오네가 결계를 펼칠 예정이었다.

하지만 레오네의 능력을 사용하면 효과 범위 내의 모든 인물에게 효과가 적용되어 버린다.

자칫하면 암살자들까지 이공간 안으로 전이시켜 버릴지도 모르는 것이다. 피난 자체가 무의미해질 우려가 있었다.

또한, 레오네가 펼치는 결계의 효과 범위는 관객석 전체를 뒤덮을 만큼 넓지 못했다.

특급 마인의 소유자이자 한 차원 위의 실력을 자랑하는 밀리에라 교장은 관객들 모두를 전이시킬 수 있었으며, 동시에 암살자들과 그들을 해치울 라피니아 일행만을 남겨놓는 복잡한 운용까지도 가능했다.

이것이 관객들의 안전 확보를 밀리에라 교장에게 부탁한 이유였다.

관객들 속에 숨어든 암살자를 찾아낸 것은 잉그리스였다. 연극 초반, 다섯 명이 춤을 추는 장면에서 관객석 중앙으로 뛰어내려 확인을 마친 것이다.

원래 각본에 없었던 행동을 굳이 취한 이유는 관객들에게 서비스하기 위함이 아니라, 수상한 자가 숨어들었는지 탐색하기 위해서였다.

잉그리스가 말하길, 판단 기준은 '마나의 흐름이 평범하지 않은 사람'이라는 모양이었다.

잉그리스의 눈썰미는 정확했다. 실제로 저 디고라는 남자를 특정해서 관객석에 남겨두는 데 성공했으며, 남겨진 다른 자들도 칼리아스 국왕을 노리는 듯 보였다.

"아쉽게 됐네요! 국왕 폐하는 안전한 곳에 계셔! 당신들, 얌전히 투항하는 게 좋을 거야!"

라피니아가 애용하는 활의 시위를 당기며 우렁찬 목소리로 선언했다. 세오도어 특사에게 새로 받은 마인무구, 샤이니 플로였다.

"라피니아 언니……?"

그때, 다른 방향에서 낯익은 목소리가 들려왔다.

"……?! 아, 아리나……?!"

아무래도 아리나까지 객석에 남겨진 모양이었다.

"어째서 아리나가 여기에……?!"

밀리에라 교장의 실수였던 걸까?

아니면 아리나도 잉그리스가 골라낸 대상에 포함된 것일까?

막간에 잉그리스가 의심되는 자의 객석 번호를 적어서 밀리에라 교장에게 건네주기는 했지만, 잉그리스가 워낙 바빴기에 라피니아도 미처 메모의 내용까지는 확인하지 못했다.

"뭐, 뭐지……?! 다, 당신은 우리 하숙집에 묵었던 디고 씨인가……?! 이게 대체……."

아리나를 사서 거둬들인 점장도 함께 남겨져 있었다.

또한 그의 집에서 보았던 다른 아이들도. 전부 합쳐서 열 명 정도였다.

하지만 디고는 점장의 말에 대꾸하지 않았다. 귀에 들어오지도 않는 눈치였다.

표적인 칼리아스 국왕이 사라졌다는 사실에 넋이 나간 것일까?

"이건…… 훌륭하게 당했군. 지나칠 정도로. 이안이 배신한 건가……."

그렇지 않았다.

잉그리스가 세운 대책이 완전히 먹혀들었을 뿐이다.

하지만 암살자를 상대로 오해를 정정해 줄 의리는 없었다.

그보다 이안이라는 이름을 불렀다는 점이 신경 쓰였다. 역시 이안도 이들의 동료인 걸까.

"장군님……! 어떻게 하죠?"

디고의 부하로 보이는 두 남자 중 하나가 명령을 요청했다.

"오늘은 물러난다. 표적을 잃기는 했지만, 다행히 저쪽에서도 우리를 보지는 못했다. 이곳에 있는 자들을 제외하면 말이지. 이 아가씨들을 처리한 뒤에 몸을 숨기고 다음 기회를 노리겠다. 서둘러 움직여라."

""예!""

나란히 고개를 끄덕인 두 부하는 살기를 풍기며 자세를 갖추었다.

진심이다. 저들은 정말로 이쪽을 처리할 작정이었다.

"얕보다간 큰코다칠걸! 누가 간단히 당할 줄 알고⋯⋯!"

라피니아는 겁먹지 않고 단호하게 되받아쳤다.

수많은 위기를 헤쳐 온 것은 이쪽도 마찬가지다.

얼마 전에는 하이랜더와 혈철쇄 여단이 충돌하는 전장 한복판에서 전투를 벌였다. 미성숙한 프리즈마와도 대치했다.

지금 와서 평범한 인간 암살자에게 겁을 집어먹을 만큼 정신적으로 무르지는 않았다.

"맞아, 그 말대로야!"

"격퇴해 드리겠어요!"

레오네와 리제롯테도 각각 검은색의 대검과 할버드를 거머쥐었다.

"그렇다면 이 녀석들을 이용해 주지⋯⋯!"

디고의 부하 중 하나가 약간 떨어진 곳에 있는 아이들을 향해 달려갔다.

어떻게 했는지는 몰라도 그의 팔에서 절컥! 하는 소리가 나더니 여러 겹의 칼날이 솟아났다.

의심받지 않고 잠입하기 위해 품속에 흉기를 소지하고 있었던 것일까.

어찌 됐든 아이들이 위험했다. 인질로 삼으려는 것이 분명했다.

"어딜!"

라피니아는 잽싸게 활시위를 잡아당겼다.

손끝에 빛의 화살이 생성되더니 거의 동시에 발사되었다.

슈우우욱!

빛의 화살이 아이들을 노리고 다가가는 암살자에게 질주했다.

하지만 화살의 진로는 암살자의 정수리 위쪽을 향하고 있었다.

이대로 가다가는 빗나갈 게 분명했다.

계속해서 두 발, 세 발째 화살이 연달아 발사되었지만, 이번에도 좌우로 크게 엇나갔다.

"마인무구는 훌륭한데 실력이 따라주질 않는군⋯⋯!"

"글쎄? 과연 어떨까⋯⋯!"

라피니아가 그렇게 말한 순간, 암살자의 머리 위를 지나가던 화살의 궤도가 확 꺾였다.

급강하한 빛의 화살이 암살자의 코끝을 스치며 바닥에 박혔다.

"큭⋯⋯! 갑자기 방향이!"

암살자의 걸음이 멈췄다.

"지금이다!"

두 발째, 세 발째 화살도 급선회하더니 멈춰 선 암살자의 양쪽 무릎을 꿰뚫었다.

"으극……?!"

암살자의 몸이 자리에 허물어졌다.

라피니아가 노린 대로였다.

특정한 부위를 정확하게 저격해 낸 것이다.

최근 라피니아의 훈련 테마는 발사한 화살의 궤도를 자신의 의지대로 조종하는 것이었다.

대량의 화살을 발사하면 방향만 적당히 바꾸는 것이 고작이지만, 지금처럼 두세 발 정도라면 상당히 세밀한 제어가 가능했다. 그 정확도는 지금 선보인 대로다.

잉그리스를 상대로는 한 발도 맞춰본 적이 없었지만.

아무리 궤도를 바꿔 공격해도 엄청나게 빠른 속도로 회피해 대는 바람에 빛의 화살이 힘을 다하고 소멸하기 일쑤였다.

잉그리스에 비하면 눈앞의 암살자는 훨씬 간단한 표적이었다.

"더는 움직이지 못할걸!"

라피니아는 그렇게 말하며 아이들이 있는 곳으로 달려갔다.

"언니!"

"아리나! 이제 괜찮아. 내가 지켜줄 테니까 안심해!"

인질로 삼으려고 한 것을 봐서 아리나 일행은 디고와 연관이 없는 모양이었다. 그렇다면 지켜줘야 했다.

"내가 아니라 우리야, 라피니아!"

"맞아요! 모두 힘을 합쳐 싸워요!"

레오네와 리제롯테도 행동을 개시했다.

"라피니아는 그 애들을 지켜줘!"

"우리가 앞으로 나설게!"

"응, 부탁해……!"

라피니아는 이 위치에 남아서 다른 적들을 저격하기로 했다.

화살을 조종할 수 있는 만큼 아군에게 맞힐 걱정 없이 공격을 퍼부을 수 있었다.

이처럼 라피니아의 능력은 지금과 같은 난전에서 폭넓은 활용이 가능했다.

훈련해 두길 잘했다는 생각이 들었다.

또한, 이렇게 기프트를 훈련해 두면 다른 하나의 기프트인 치유 능력에도 좋은 영향을 끼칠 것이라고 잉그리스는 말했다.

라피니아는 다시금 활시위를 당겼다. 다른 한 명의 부하를 노리기 위해서였다.

"우오오오옷!"

그런데 그때, 시야 구석에서 누군가가 움직이는 것이 보였다.

무릎을 꿰뚫려 주저앉아 있던 암살자가 몸을 일으켜 맹렬하게 돌진해 왔다.

"뭐지……?!"

도저히 무릎을 꿰뚫린 자의 움직임으로는 보이지 않다. 상당히 빨랐다.

간신히 몸을 비틀어 피하기는 했지만, 아무래도 기습이다 보니 암살자의 칼날이 라피니아의 어깨를 살짝 스치고 지나갔다.

뜨거운 통증과 함께 라피니아의 무대 의상이 찢어지며 피가 배어 나왔다.

"큭……! 어떻게 그 몸으로 움직일 수 있는 건데!"

상식대로라면 자리에서 일어날 수조차 없어야 했다.

그런데도 마치 멀쩡한 사람처럼 민첩했다.

심지어 사용하는 무기는 마인무구도 아니었다.

그런데도 상급 마인무구를 지닌 기사에게 상처를 입힌 것이다. 대체 어디서 이만한 힘이 나오는 것일까?

"고통 따위, 느끼지 못한 지 오래다……!"

남자는 더욱더 기세를 실어 맹렬하게 칼날을 휘둘러 왔다.

라피니아도 자세를 바로잡고 활대를 사용해 칼날을 받아넘겼다.

하지만 이래서는 반격에 나설 수가 없었다. 화살을 쏠 틈을 만들어야 했다.

간격을 벌릴 기회를 엿보던 라피니아는 문득 깨달았다.

무릎을 꿰뚫렸건만, 눈앞의 남자는 피 한 방울 흘리지 않고 있었다.

"대체 어떻게 된 거야……?! 공격이 안 통하는 건가?!"

"라피니아!"

레오네의 목소리가 들려왔다. 레오네는 본인의 검은색 대검을 위로 크게 치켜들었고, 기프트의 힘으로 길게 늘어난 대검은 거대한 쇳덩이가 되어 암살자를 엄습해 왔다.

"우오옷?!"

암살자는 멀찍이 물러나 레오네의 검을 회피했다.

거리가 벌어졌다!

레오네의 공격은 애초부터 적을 쓰러트리기 위함이 아니었다. 라피니아에게 틈을 만들어 주기 위한 견제였다.

"고마워!"

간격만 벌어진다면 라피니아의 세상이었다.

다시금 빛의 화살 3발을 발사해 궤도를 조작하는 라피니아.

이번에는 세 개의 화살이 모두 암살자의 어깨를 노렸다.

"으어어엇?!"

"어디 이래도 움직일 수 있을까?!"

빛의 화살들이 암살자의 어깨에 박히며 옷이 찢어졌다.

그러자 안쪽에서 기계장치가 빼곡히 들어찬 몸체가 모습을 드러냈다. 마치 플라이 기어의 내부를 연상시키는 몸이었다.

"뭐, 뭐야 저게⋯⋯?! 사람의 몸이 플라이 기어처럼 되어 있어!"

저런 몸이라면 고통을 느끼지 못하는 것도 당연했다. 피와 살로 이루어진 육체가 아니니까.

마나의 흐름이 부자연스럽다는 잉그리스의 말도 납득이 되었다.

어딜 봐도 인간의 몸이 아니었다.

저것도 하이랜드의 기술인 것일까. 적어도 라피니아는 처음 보았다.

마인무구를 지니지 않았음에도 위협적인 공격을 해 와서 의아했는데, 저런 몸이라면 그만한 운동 능력이 갖춰져 있어도 이상하지 않았다.

인체를 기계로 대체해 일반인을 웃도는 힘을 발휘하는 것이다.

하지만…… 든직하게 느껴지는 마인무구와는 달리 영 탐탁지 않은 힘이었다. 라피니아는 저렇게까지 하면서 강해져야 하는가 하는 의문이 들었다.

세오도어 특사라면 분명 이런 기술을 사용하지 않을 것이고, 사용하게 놔두지도 않을 것이다.

도대체 누가 이런 개조를 한 것일까.

"그렇다. 이것이 바로 아크로드인 이벨 님께서 우리에게 하사해 주신 힘……."

조금 떨어진 위치에서 전황을 지켜보던 디고가 말했다.

냉정하게, 냉담하게. 담담한 말투로.

"이벨……?! 그 막돼먹은 꼬맹이가……!"

라피니아가 지금껏 보았던 하이랜더 중에서도 1, 2위를 다툴만큼 잔혹한 성격의 꼬마였다.

이벨이라면 분명 이런 짓을 벌이고도 남았다. 지상의 인간을 벌레처럼 취급하고 있었으니까.

"이 몸이라면 힘이 없는 자들도 강해질 수 있다. 고통을 느끼지도 않고, 몸이 손상되더라도 부품을 바꾸면 금세 복구된다. 이상적인 병사라 할 수 있지."

"대체 어디가! 골렘이나 마찬가지잖아!"

레오네가 디고의 말에 반박했다.

"아니. 비록 몸은 대체되었지만, 우리에게는 변하지 않는 의지
가 있다. 의지야말로 인간이 지닌 힘의 원천. 그것만 잃어버리지
않으면 충분하다."

"그렇다면 그 잘나신 몸을 파괴해 드리겠어요!"

리제롯테가 기프트의 힘으로 등에 순백의 날개를 만들어 냈다.
그러고는 놀라운 속도로 허공을 가로질러 디고를 베어 들어갔다.

리제롯테는 이 날개 덕분에 세 사람 중에서도 가장 기동력이 좋
았다.

반대로 빛의 화살을 흩뿌릴 수 있는 라피니아나, 대검을 거대
화시켜 공격하는 레오네에 비하면 살상력은 약한 편이었다. 공격
수단이 할버드를 이용한 직접 공격뿐이기 때문이었다.

리제롯테가 지닌 능력의 진정한 활용법은 최전선에서 상대방
을 교란하는 데 있었다.

현재, 리제롯테는 제일 강해 보이는 디고를 향해 날아가는 중
이었다.

혼자서 쓰러트리지는 못하더라도, 당하지만 않고 전선을 유지
하다 보면 아군이 전황을 유리하게 이끌어 줄 터였다.

리제롯테가 디고를 견제하는 동안 라피니아와 레오네가 두 부
하를 각개격파한 뒤, 셋이서 힘을 모아 디고를 제압하면 된다.

라피니아도 리제롯테의 의도를 잘 이해하고 있었다.

그렇다면 협조하는 것이 인지상정! 라피니아는 우선 눈앞의 암살자를 처리하기로 했다.

"우오오오옷!"

디고의 부하가 다시 돌진해 왔다. 무릎을 꿰뚫리고, 어깨를 꿰뚫렸음에도 움직임이 전혀 둔해지지 않았다.

접근을 허용하는 것만은 피해야 했다. 시위를 당길 시간을 확보할 수가 없기 때문이다.

라피니아는 상대와 같은 속도로 물러나며 거리를 유지하려 했다.

"가속!"

그런데 불현듯 상대방의 속도가 급격히 상승했다.

등과 종아리에 튀어나와 있는 파이프에서 새빨간 불꽃이 터져나와 남자의 몸을 가속시켰다. 마치 마인무구처럼 보이는 능력이었다.

"……!"

추월당한다! 아니, 그렇다면 차라리 반대로……!

라피니아는 후퇴를 관두고 앞으로 나갔다.

상대는 칼날을 내세운 채로 맹렬하게 돌진해 오고 있었다.

"야아아아압!"

충돌하기 직전에 바닥을 차고 뛰어오른 라피니아는, 암살자의 어깨를 발판 삼아서 다시 한번 공중으로 도약했다.

남자의 속도 자체는 대단했지만 자세나 방향을 제어하기는 어려워 보였다. 실제로 남자는 라피니아를 향해 직진해 왔다.

그래서 라피니아는 발판으로 삼을 수 있겠다고 판단해 행동에 옮겼다.

돌진하는 상대방의 기세가 더해지며 라피니아의 몸은 상당히 높은 위치까지 떠올랐다.

"이거나 먹어라!"

이번에는 연사 대신 화살에 힘을 축적했다. 두껍고 강력한 빛의 화살이 시위를 떠나 허공을 갈랐다.

"가라아아아앗!"

두꺼운 빛의 화살이 암살자의 무릎에 적중했다.

그러자 화살이 박히기만 했던 방금과는 달리 무릎 밑의 다리가 떨어져 나갔다.

"끄으으윽?!"

"미안하게 됐네요……! 속도는 빨랐지만 움직임이 너무 단조로웠어!"

라피니아는 착지한 뒤, 다시 힘을 모아서 화살을 발사했다.

반대쪽 다리가 떨어져 나가며 암살자가 바닥에 거꾸러졌다.

그 직후.

끼기기이이익!

쇠끼리 마찰하는 듯한 시끄러운 소리가 들려왔다.

소리가 들려온 방향으로 고개를 돌리자, 레오네가 다른 부하의 몸통을 잘라내고 있었다.

이윽고 위아래로 두 동강이 난 암살자의 몸이 묵직한 소리를 내며 바닥에 나동그라졌다.

"레오네, 잘했어!"

"응! 역시 이쪽도 똑같은 몸을 하고 있더라!"

레오네가 바닥에 널브러진 암살자를 쳐다보며 말했다.

몸통을 절단당했음에도 피 한 방울 흐르지 않았다.

"으으…… 너무 강해!"

"제길……! 이대로는……!"

라피니아가 쓰러트린 암살자도 마찬가지였다. 비록 하반신은 움직이지 않는 눈치였지만, 상반신 쪽은 여전히 건재했다. 피를 흘리기는커녕 멀쩡하게 대화를 나누고 있었다.

"……과연 대국 카랄리아의 기사로군. 어린 나이에도 대단해."

디고가 냉정한 목소리로 말했다.

"다음은 네 차례야!"

"맞아……!"

"놓치지 않겠어요!"

이것으로 삼 대 일이 되었다.

디고가 부하들보다 다소 강하다 하더라도 충분히 쓰러트릴 수 있을 것이다.

"삼 대 일이라……."

하지만 불리한 상황임에도 불구하고 디고에게서는 초조함을 찾아볼 수 없었다.

"장군님……! 이대로는 안 됩니다!"

"저희의 힘을 사용해 주세요……!"

"그래. 미안하다……!"

디고는 줄곧 끼고 있던 두꺼운 장갑을 벗어 던지더니, 쓰러져 있는 부하들을 향해 손바닥을 내밀었다. 디고의 손바닥에는 푸스름한 빛을 발하는 복잡한 사각형 문양이 새겨져 있었다.

예전에 세이린이 다스리는 노바 마을에서 보았던 부유 마법진과 비슷한 느낌의 문양이었다.

"집속 마법진(集束魔法陣). 너희들의 힘을 사용하도록 하겠다."

슈우우우욱!

쓰러진 부하들의 몸에서 푸르스름한 빛이 흘러나오더니 디고의 손바닥에 새겨진 집속 마법진으로 빨려 들어갔다.

흡사 인간의 영혼을 뽑아내는 듯한 광경이었다. 실제로 인간의 영혼을 목격한 적은 없지만.

그렇게 빛이 빨려 나간 암살자들은…… 더 이상 미동도 하지 않았다.

"……! 뭐, 뭘 한 거야……?!"

"부하들의 힘을 이어받았다."

"죽여서 빼앗았다는 거잖아……?!"

레오네의 말대로였다. 달리 표현하면 결국 부하들의 목숨을 거둬 간 셈이다.

"끔찍한 짓을 하는군요……!"

"이 상황에서 달리 방법이 없었을 뿐!"

디고의 몸은 흡수된 푸르스름한 빛으로 환하게 빛나고 있었다.

"부하들의 영혼과 의지…… 헛되이 하지 않겠다! 가속!"

디고는 본인과 접근전을 펼치고 있던 리제롯테를 향해 돌진했다.

등 뒤의 파이프에서 화염이 뿜겨져 나왔다. 기존보다 더욱 뜨거워진 푸른색의 화염이었다.

채애앵!

디고의 팔에서 튀어나온 칼날과 리제롯테의 할버드가 격돌했다.

"큭……! 방금보다 빠르고 강해요!"

확실히 리제롯테가 밀리고 있었다.

"걱정 마!"

레오네가 멀리서 대검을 휘둘렀다. 늘어난 대검은 리제롯테와 힘을 겨루는 디고의 칼날을 후려쳤고, 리제롯테의 힘까지 더해져 두 사람분의 위력이 발휘되었다.

"으으윽?!"

힘에서 밀린 디고는 뒤쪽으로 튕겨나 벽에 충돌했다.

"레오네! 고마워요!"

"그래……! 괜찮아. 힘을 합치면 이길 수 있어……!"

서로를 마주 보며 고개를 끄덕이는 두 사람.

"언니들, 엄청 멋있다……!"

눈앞에서 펼쳐진 화려한 전투에 아리나는 눈을 반짝이고 있었다.

"역시 기사님이야!"

"플라이 기어가 촌스럽다고 말해서 죄송해요!"

다른 아이들도 들떠서 외치기 시작했다.

"요, 요 녀석들아! 조용히들 해……! 아직 끝난 게 아니라고!"

점장이 아이들을 나무랐다.

정말로 단순히 휘말려 들었을 뿐인 모양이었다.

어째서 이 아이들만 남겨졌는지는 여전히 불명이었지만, 결국 저 디고라는 인물을 해치우면 전부 해결될 문제였다.

"금방 끝날 거야……! 조금만 더 얌전히 기다리렴!"

라피니아도 전투에 가세하여 다른 두 사람과 함께 디고를 포위했다.

"자, 그만 포기해!"

"달아날 수 없을걸……!"

"셋이서 힘을 합치면 당신 정도는……!"

하지만 디고는 아직도 여유로운 태도를 무너트리지 않았다.

"아직 부족한가. 그렇다면……!"

손바닥의 집속 마법진을 아이들에게로 향하는 디고.

"으악……! 뭐, 뭐야 이게!"

점장의 팔뚝이 환한 빛을 발하기 시작했다.

빛나는 그의 팔뚝에는 자그마한 문양이 그려져 있었다. 자세히 보니 디고의 집속 마법진과 비슷한 형태의 문양이었다.

"그건 집속 마법진으로 힘을 보내는 '송출 각인'. 내 힘의 제물이라는 증표다."

"보, 복이 찾아오는 행운의 부적 같은 거라고 했잖아……?! 그렇다면 우리를 이곳으로 초대한 것도……?!"

"미안하게 됐군. 너희는 여차할 때를 대비한 보험이다."

"끄아아아아아악?!"

점장은 괴성을 내지르며 고통에 몸부림쳤다.

아무래도 집속 마법진에 의해 힘을 흡수당하면 상당한 고통이 따라오는 모양이었다.

디고의 부하들은 고통을 느끼지 않는 몸이었기에 별다른 반응을 보이지 않았을 뿐이다.

슈우우우욱!

방금과 마찬가지로 점장에게서 푸르스름한 빛이 흘러나와 디고에게 빨려 들어갔다.

"아아아아아아악……!"

점장이 흰자위를 드러내며 자리에 쓰러졌다.

"""아…… 아저씨이이이!"""

아이들이 비명을 질렀다.

"무슨 짓을……?! 그만둬! 관계없는 사람까지……!"

하지만 이것으로 아이들이 이 자리에 남겨진 이유가 판명되었다.

'송출 각인' 탓이었다. 잉그리스는 이것을 두고 '마나의 흐름이 평범하지 않은 사람'이라고 판단한 것이다.

잉그리스의 안목 자체는 정확했지만, 그 정확한 안목이 오히려 화근이 되고 말았다. 아이들도 함께 피난을 보냈더라면 디고도 이런 수법을 쓰지는 못했으리라.

"라피니아! 리제롯테! 서둘러 쓰러트리자!"

"예, 용서할 수 없어요!"

"가속!"

하지만 디고는 속도를 높여 세 사람의 포위망에서 벗어났다.

그러고는 다시금 아이들에게 손바닥을 뻗었다.

"꺄아아아아아악?!"

"아, 아리나?!"

"후, 후후후후후후……! 대단하군. 상당한 양의 마나를 지녔어. 이거라면 너희들을 쓰러트리고 임무를 완수하는 것도 가능하겠어……!"

얼마나 고상한 이상과 목적이 있는지는 모르지만, 이런 짓을 벌인 시점에서 인간 실격이다.

아무런 죄도 없는 아이들을 끌어들이다니. 절대로 용서할 수 없었다.

"용서하지 않겠어! 이거나 받아라!"

라피니아는 빛의 화살에 한계까지 힘을 축적한 뒤, 디고의 얼굴을 향해서 발사했다.

몸통 부분은 고통도 느끼지 않을뿐더러 파괴되어도 움직이는 것이 가능하다.

하지만 머리를 날려버리면 일격에 끝장낼 수 있다. 더 이상 방법을 가릴 상황이 아니었다.

한껏 거대해진 빛의 화살이 세찬 물줄기처럼 디고를 향해 엄습해 갔다.

"대단한 위력이군! 하지만 집속 마법진을 지닌 나는 힘을 흡수하면 흡수할수록 강해진다!"

디고의 팔과 팔에서 튀어나온 칼날이 강렬한 빛으로 뒤덮였다.

이윽고 디고는 라피니아가 발사한 빛의 화살을 정면에서 받아쳤다.

파지지지직!

"?! 힘에서 밀리고 있어……?! 그렇다면 이건 어때!"

거대했던 빛의 화살이 무수히 많은 빛의 화살로 변해 확산하였다.

빛의 화살들이 일제히 디고의 전신에 쏟아져 내렸다.

"크윽?! 잔꾀를 부리다니……!"

근처에서 압도적인 수로 몰아치면 전부 받아칠 수도, 피할 수도 없었다.

디고는 우락부락한 팔을 몸 앞에 교차시켜 방어 자세를 취해야만 했다.

티티티티티팅!

"크으으으으윽!"

무수한 화살비가 디고의 몸에 날아들며 상처를 입혔다.

얼굴 쪽에는 아직 육신이 남아있었는지 뺨과 귀에 화살이 스치자 피가 배어 나왔다.

하지만 화살의 위력이 분산되는 바람에 결정타가 되지는 못했다.

머리를 노려 일격에 끝장내겠다는 노림수는 이룰 수 없어 보였다.

만약 평범한 육체를 지닌 상대였다면 충분히 치명적인 공격이었을 것이다. 무수한 상처로 움직임이 둔해져 전의를 상실했을 터였다.

하지만 디고는 고통을 느끼지 않는 기계 몸의 소유자. 어지간한 상처로는 꿈쩍도 하지 않았다.

따라서 커다란 효과를 기대하기는 어려웠지만, 그래도 힘에서 밀려 소멸해 버리는 것보다는 나았다. 게다가…….

"애들아, 부탁해!"

"알았어……!"

"알겠어요!"

라피니아가 흩뿌린 빛의 화살은 디고의 시야를 차단해 동료들이 공격할 기점을 마련해 주었다.

이미 레오네와 리제롯테는 디고의 코앞까지 육박해 있었다.

까아아아앙!

두 사람의 공격이 디고의 몸에 적중하며 커다란 소리가 울려 퍼졌다.

하지만…….

"큭……! 벨 수가 없어!"

"아까는 두 동강이 났는데……!"

"얕보지 마라……! 집속 마법진이 새겨진 나의 몸은 힘을 모으면 모을수록 단단해지지……! 이제 너희들의 공격 따위는 통하지 않는다!"

디고는 양팔을 휘둘러 레오네와 리제롯테를 튕겨냈다.

두 사람은 무서운 기세로 날아가 벽에 강하게 부딪쳤다.

아까와는 차원이 다른 힘이었다. 아리나의 마나를 흡수해 더욱더 강해지고 말았다.

"크으윽······!"

"아악······!"

"더는 방해하게 두지 않겠다! 거기서 얌전히 지켜봐라······!"

이윽고 디고의 팔에서 무언가가 발사되었다.

끝부분에 뾰족한 추가 달린 쇠사슬이었다.

쇠사슬은 마치 자아라도 지닌 것처럼 레오네와 리제롯테의 몸을 휘감았고, 마지막으로 뾰족한 끝부분을 벽에 깊숙이 박아 넣어 두 사람을 구속했다.

"우, 움직일 수가 없어······!"

"이, 이까짓 거!"

두 사람은 필사적으로 몸부림쳤지만, 한동안은 빠져나올 수 없어 보였다.

"레오네! 리제롯테!"

"라, 라피니아! 미안하지만 시간을 좀 벌어줘······!"

"버티다 보면 잉그리스가 돌아올 거예요······!"

확실히 잉그리스만 돌아오면 상황은 정리될 것이다.

하지만 세 사람이 대화를 나누는 사이, 디고는 다시금 집속 마법진이 새겨진 손바닥을 아리나에게 향하고 있었다.

"아아아아아악!"

아리나가 다시 비명을 내질렀다.

"아리나!"

"어, 언니! 너무 아파. 사, 살려줘……!"

"응! 조금만 기다려!"

라피니아는 곧바로 달려가려 했지만 무언가가 발목을 붙잡아 앞으로 거꾸러지고 말았다.

"……?! 뭐지?!"

자신의 발목을 쳐다보는 라피니아.

레오네와 리제롯테를 구속한 것과 동일한 쇠사슬이 근처의 바닥을 뚫고 튀어나와 라피니아의 다리에 휘감겨 있었다.

이대로는 이곳에서 움직일 수가 없었다.

"어느 틈에?! 이거 풀어! 아리나를 구해야 한단 말이야……!"

"포기해라. 이 아이에게 숨겨진 힘…… 우리의 뜻을 이룰 초석으로 유용하게 활용해 주마."

"웃기지 마! 아리나는 너희들의 목적을 위해 이곳에 있는 게 아냐!"

"과연 어떨까? 그런 낡아빠진 건물에서 평생을 부려 먹힐 바에야…… 대의를 위해 목숨을 바치는 편이 더 가치 있는 삶이다."

"입 다물어!"

용서할 수 없었다.

이렇게 작고 순수한 아이에게 저런 짓을 하다니.

아픔으로 몸을 떨면서 눈물을 흘리는 아리나를 보고 있자니 전신이 끓어오르는 듯한 분노가 느껴졌다.

아리나는 부유하고 행복한 환경에서 나고 자란 자신과 달리 어릴 적부터 갖은 고생을 겪어왔다. 라피니아로서는 도저히 상상할 수도 없는 삶이었다.

적어도 오늘만큼은 와이즈멀 극단의 무대를 통해 즐거운 추억을 만들어 주고 싶었다.

그런데 그런 소중한 하루를 이런 식으로 짓밟다니! 아무리 숭고한 목적과 대의가 있다 한들 용서할 수 없었다.

지금까지 하이랜더를 비롯한 많은 인간의 악행을 목격해 왔지만, 이것은 그중에서도 가장 질이 나빴다.

"……큭!"

라피니아는 다시금 활시위를 잡아당겼다.

활 중심에 만들어진 빛의 화살이 눈부시게 부풀어 올랐다.

"소용없는 짓이다. 관둬라."

"당신이 뭔데?!"

"무언가를 기다리고 있더군? 그렇다면 나를 방해하지 말고 가만히 지켜보기나 해라. 적어도 당장은 손을 대지 않겠다. 뭣하면 조건에 따라 목숨을 살려줄 수도 있고 말이지. 보시다시피 나는 힘을 회수하느라 바쁜 몸이다."

"말 같지도 않은 소리!"

아리나를 죽게 내버려 두다니, 절대로 그런 짓은 하지 않을 것이다.

라피니아는 대답 대신 빛의 화살을 발사했다.

화살의 크기는 방금과 비슷했다. 하지만 평소와는 달리 하늘색을 띠고 있었다.

"흥. 그렇다면 너부터 없애 주마……!"

"흩어져라!"

티티티티티팅!

무수히 분산된 하늘색의 화살비가 디고의 몸 위로 쏟아졌다.

"학습할 줄을 모르는 아가씨로군……!"

두 팔을 교차해 막아 냈던 아까와 달리, 디고는 왼팔만을 들어 방어 동작을 취했다. 오른손은 여전히 아리나에게서 힘을 흡수하고 있었다.

하지만 화살비를 뒤집어쓴 디고의 몸에는 생채기 한 점 나지 않았다.

심지어 목과 귀에 나있던 상처마저 흔적도 없이 치유되고 말았다.

"크크큭. 흠집조차 나지 않는 것으로도 모자라 회복까지 될 줄이야……! 훌륭한 힘이다!"

디고가 큰 소리로 웃어젖혔다.

하지만 그것은 디고의 착각이었다. 착각이었지만, 정정해 줄 생각은 없었다.

'서, 성공했어······! 이거라면 가능해!'

라피니아는 마음속으로 쾌재를 불렀다.

라피니아의 새로운 마인무구는 두 종류의 기프트를 보유하고 있었다.

하나는 빛의 화살을 만들고 조작하는 힘.

다른 하나는 상처를 치료하는 힘이다.

그리고 이 치유 능력의 경우, 지금까지는 상대와 직접 접촉해야만 사용할 수 있었다.

하지만 라피니아가 방금 사용한 하늘색의 화살은 두 종류의 기프트를 하나로 합친 기술이었다.

즉, 공격용이 아니라 상처를 회복시키는 치유의 화살이다.

행여나 실패할 우려가 있었기에 시험 삼아 디고에게 발사해 보았다.

여태껏 열심히 연습은 했지만, 이번처럼 완벽하게 성공해 본 것은 처음이었다.

"······어디 해보자고! 아리나, 조금만 기다려!"

라피니아는 아리나를 향해 활을 겨누었다.

발목을 구속당해 움직일 수 없는 지금, 이것밖에 방법이 없었다.

"아아아아아······! 언니, 아파······. 죽을 것 같아······!"

"지금 구해줄게! 아프더라도 움직이면 안 돼! 참는 거야!"

라피니아는 두 차례에 걸쳐 빠른 속도로 빛의 화살을 연사했다.

슉, 슈우욱!

두 개의 화살은 각기 다른 색을 띠고 있었다.

앞쪽에 날아가는 화살은 공격용인 흰색. 그리고 뒤를 잇는 화살은 치유의 빛인 푸른색을 띠고 있었다.

선두의 하얀 화살이 아리나의 팔뚝을 꿰뚫고 지나갔다.

"아아아아아악?!"

라피니아가 쏜 화살이 아리나의 살점을 도려냈다. 아픈 게 당연했다.

하지만 뒤따르던 하늘색의 화살이 상처에 닿자…….

"아아악…… 어라? 아, 아프지 않아!"

순식간에 새살이 돋아나며 상처가 아물었다. 그뿐만 아니라 팔뚝에 새겨져 있던 송출 각인이 온데간데없이 사라졌다. 아리나를 뒤덮고 있던 빛도 자연스럽게 소멸했다.

"크윽……?! 아직 모든 힘을 흡수하지 못했단 말이다!"

"아쉽게 됐네요! 그런 짓을 하도록 내버려 두지는 않을 거야! 절대로!"

라피니아는 첫 번째 화살로 각인을 도려낸 뒤, 두 번째 화살로 상처를 치료했다.

송출 각인은 아리나의 몸에 있어 이물질과도 같은 것.

따라서 상처를 치료해 복원시키면 각인만 따로 제거할 수가 있었다.

임기응변에 가까운 방법이었는데 무사히 성공해서 다행이었다.

평상시의 훈련이 만들어 낸 성과였다. 훈련이 없었다면 불가능했을 것이다.

라피니아는 자신도 성장하고 있음을 실감했다.

"그런가. 좋다. 그러면 너부터 없애주마."

디고가 무시무시한 속도로 라피니아를 향해 돌진해 왔다.

"크윽!"

라피니아는 발목을 구속당한 탓에 거리를 벌릴 수가 없었다.

"안 됐지만, 송출 각인이라면 얼마든지 새로 새길 수 있다……! 먼저 너에게 송출 각인을 새겨서 마나를 전부 흡수해 주마!"

"싫어! 거절하겠어!"

디고가 팔뚝의 칼날을 휘둘렀다. 라피니아는 활대로 받아내려 했지만, 힘이 부족해 활이 바닥에 떨어지고 말았다.

"앗!"

라피니아는 활을 줍기 위해서 팔을 뻗었다. 하지만…….

"줍게 놔둘 줄 알고!"

디고의 쇠주먹이 라피니아의 얼굴을 향해 날아왔다.

콰아아아아아앙!

바로 그때였다. 고막을 찢는 듯한 굉음과 함께 주변 일대가 흔들렸다.

동시에 푸르스름한 색을 띤 거대한 빛의 기둥이 솟아올라 극장의 지붕을 완전히 날려버렸다. 잉그리스의 에테르 스트라이크였다.

"무, 무슨 일이 벌어진 거지……?!"

"그건 제가 할 대사입니다."

침착한 분위기. 맑고도 냉정한 목소리.

화사한 은발을 지닌 아름다운 소녀.

잉그리스가 라피니아를 치려던 디고의 주먹을 움켜쥔 채로 미소 짓고 있었다.

"지금 무슨 짓을 하려고 하셨나요?"

"뭐라고……?! 넌 대체 누구냐……!"

"먼저 제 질문에 대답해 주세요. 혹시 라니를 때리려고 하신 건가요?"

잉그리스가 움켜쥔 디고의 주먹이 끼긱, 끼기긱 비명을 지르기 시작했다.

"무, 무슨 힘이……?! 정체를 밝혀라!"

디고는 경악하며 눈을 휘둥그레 떴다.

부하들과 대량의 마나를 지닌 소녀로부터 힘을 흡수했다. 지금 디고의 힘은 대국 카랄리아의 상급 기사들조차 압도할 정도로 상승해 있었다.

그것은 아까의 전투만 봐도 명백했다.

그런데 어째서일까.

이 은발의 소녀는 마인무구를 지니고 있지도 않았다.

마인무구는커녕 마인조차 새겨져 있지 않았다.

소녀의 오른손 손등은 백옥처럼 새하얗기만 했다.

그런데 어째서 디고의 쇠주먹을 일그러트릴 수 있는 것일까?

끼긱, 끼기긱! 콰광!

아니, 일그러트리는 정도가 아니었다. 찌부러트려 버렸다!

디고의 오른손이 무시무시한 소리와 함께 구겨진 것이다.

거기서 끝이 아니었다. 소녀는 디고의 손을 팔에서 뜯어내 버렸다.

"……?!"

"역시 당신도 마찬가지군요. 플라이 기어와 비슷한 기계 몸……."

은발의 소녀가 중얼거렸다.

디고는 고통을 느끼지 않는 몸을 가지고 있었다.

그러므로 주먹이 찌부러져도 아무렇지도 않았다. 하지만 눈앞에서 벌어진 비현실적인 광경에 이루 설명할 수 없는 공포를 느꼈다.

"크리스…… 잘했어! 이걸로 손바닥의 집속 마법진이 사라졌어! 더는 다른 사람의 힘을 흡수할 수 없을 거야!"

"……!"

아무래도 잉그리스는 힘의 실마리가 될지도 모르는 중요한 장치를 파괴해 버린 모양이었다.

다소 아쉽기는 했지만, 지금은 그런 것을 따질 때가 아니었다.

잉그리스는 찌그러진 디고의 주먹을 바닥에 던져버린 뒤, 밟아서 납작하게 만들었다.

"다른 쪽 손도 찌부러트려 드릴게요. 라니를 때리려는 손 같은 건 이 세상에 필요 없으니까요."

"우, 웃기지 마아아아!"

디고는 팔에서 튀어나온 칼날을 잉그리스에게 휘둘렀다.

척!

하지만 잉그리스는 손끝으로 칼날을 붙잡아 간단히 저지했다.

"······윽?!"

"저는 매우 진지한데요?"

잉그리스는 주먹을 슥 내질러 디고의 복부를 때렸다.

딱히 대단한 힘이 담겨있는 것처럼 보이지는 않았다. 하지만 실상은 달랐다.

콰과아아아아아앙!

"끄어어어어어어어어억?!"

디고의 몸이 휘어지다시피 하며 저 멀리 날아가 버렸다.

무대 위쪽으로 날아간 디고는 벽에 부딪쳐 앞으로 고꾸라졌다.

"라니, 별일 없었어?"

디고를 날려버린 잉그리스는 라피니아 옆에 웅크려 앉았다.

그리고는 라피니아의 발목에 휘감긴 쇠사슬을 대충 뜯어냈다.

"············."

하지만 라피니아는 퉁명스러운 얼굴로 고개를 홱 돌렸다.

"······?! 미, 미안해. 늦어져서 화난 거야?"

"······아니야. 크리스가 오지 않았다면 위험했을 거야. 고마워."

"으, 으응······?"

그렇다면 어째서 화가 난 것일까. 그것도 눈물까지 머금고서.

"분해서 그래······! 저렇게 나쁜 녀석이 아리나를 괴롭히는데, 내 힘으로는 지켜줄 수가 없었어! 이대로는 안 돼······!"

잉그리스는 관객들의 마나를 들여다보았을 때를 떠올렸다. 이안이나 디고까지는 아니지만, 아리나를 비롯한 아이들이 지닌 마나의 흐름도 평범하지는 않았다.

아이들의 마나는 신체 한곳에 집중되어 있었다. 그리고 그곳을 통해서 당장이라도 흘러넘칠 것처럼 보였다.

이안과 그의 일당들이 사건을 일으키리라는 보장도 없는 상황에서 잉그리스는 선택해야 했다. 무관한 사람들이기만을 바라면서 아이들도 일단은 격리 대상으로 삼을 수밖에 없었다. 아이들에게 나쁜 의도가 없다는 점은 무척 다행이었지만, 결과적으로는 사건에 휘말리게 하고 말았다.

따라서 잉그리스는 자신이 마무리를 짓기로 했다.

"그랬구나……."

잉그리스는 라피니아의 머리를 살며시 쓰다듬었다.

"분하다는 건 좋은 거야. 라니를 더욱더 성장시켜 줄 테니까. 라니의 앞날이 기대되는걸. 그러니 오늘은 내가 대신 쓰러트려 둘게."

"응……. 흠씬 두들겨 줘!"

"후훗. 나한테 맡겨."

그렇게 대답한 뒤, 잉그리스는 무대 위로 시선을 향했다.

그러자 벽에 처박힌 디고 외에도 여러 인물이 보였다. 방금까지 이공간에 있었던 라티와 프람, 그리고 몇십 명에 달하는 이안까지.

"이, 이안이 저렇게나 많이……?! 어, 어떻게 된 거야……?!"

이안의 상태를 확인했는지 라피니아가 화들짝 놀라 외쳤다.

"이안도 저 사람처럼 기계 몸을 가진 인간이었어. 저렇게나 많은 이유는…… 복제된 거라더라. 몸도, 마음도. 본인이 그걸 원했다나 봐."

"그, 그럴 수가……. 그랬다간 진짜 자신이 누구인지도 모르게 되잖아. 얼마나 자기 자신이 소중하지 않았으면……. 불쌍하게도."

라피니아는 슬픈 표정을 지었다.

역시나 라티와 프람과 비슷한 반응을 보였다. 받아들이기 힘든 광경인 모양이었다.

"""""동정심이라면 사양하겠습니다!"""""

수십 명의 이안이 입을 모아 외쳤다.

"아, 악몽이라도 꾸는 것만 같아."

"그러게요……. 무서운 광경이에요."

레오네와 리제롯테는 관객석 쪽 벽에 묶여있기는 했지만 그래도 무사해 보였다.

두 사람도 수많은 이안의 모습에 전율을 금치 못하는 눈치였다.

그러던 와중.

"흐아암. 잘 잤다."

이공간에 전이되고도 속 편하게 쿨쿨 자고 있던 유아가 몸을 일으켰다.

무지갯빛의 귀와 꼬리는 이미 사라진 상태였다.

"유아 선배!"

"응……?"

유아는 게슴츠레한 눈을 비비며 주변을 두리번거렸다. 그러고는…….

"오오. 미소년이 잔뜩 있어. 여긴 천국인가? 아니면 꿈?"

환한 표정을 지어 보이는 것이었다.

감정 표현이 희박해서 생각을 읽기 힘든 유아치고는 제법 노골적인 표정의 변화였다.

상당히 기쁜 모양이었다.

과연 유아다. 다들 무서워하거나 거부감을 느끼는 와중에 혼자만 태연했다.

"아니에요, 유아 선배! 현실이에요!"

"지금 큰일이 벌어졌다고요!"

잉그리스와 라피니아가 번갈아 말했다.

"그럼 한 명만 데려가도 될까? 잔뜩 있으니까 괜찮지?"

유아는 그렇게 말하더니, 근처에 있던 한 이안의 목덜미를 붙잡아 옆구리에 끼었다.

설마 가지고 돌아갈 생각인 건가.

기계화된 이안의 몸무게는 일반인의 몇 배에 달하건만, 흡사 고양이라도 다루는 듯한 태도였다.

"저, 저기요. 유아 씨……? 제가 지금 좀 바빠서요. 중요한 사명이…….."

"괜찮아. 잔뜩 있으니까 한 명쯤은 빠져도 들키지 않을 거야."

"아, 안 돼요. 모두의 힘과 마음을 하나로 합쳐야 하는데……."

옆구리에 껴안긴 이안이 당황해서 우왕좌왕했다. 바로 그때.

"우오오오오오오오옷!"

벽에 처박혀 있던 디고가 부활하여 뛰쳐나왔다.

"""""디고 씨! 다행이다. 괜찮으셨나요?! 임무는 어떻게 되었죠?!"""""

이번에도 수많은 이안이 디고에게 물었다.

"이안……! 네 녀석, 배신했겠다……?! 우리가 행동을 개시한 순간에 목표가 사라져 버리더군! 덕분에 나도 이 꼴이다! 사전 정보가 없었다면 불가능한 대처였어!"

"""""오, 오해입니다! 잉그리스 씨가 저희의 작전을 꿰뚫어 보았을 뿐이에요……! 잉그리스 씨는 무서운 힘을 지녔습니다. 힘을 합쳐야 해요……!"""""

"좋다. 원한다면 그렇게 해주마! 네 녀석의 힘을 흡수해서 말이지!"

디고가 손바닥을 앞으로 뻗으며 외쳤다. 그 손바닥에는 하이랜드에서 유래된 것으로 보이는 문양이 새겨져 있었다.

"집속 마법진! 저 인간, 아직도 숨겨 놓고 있었어……!"

"오오……!"

잉그리스가 감탄성을 흘렸다. 다행이었다.

디고가 힘을 흡수하는 능력을 지녔다는 사실도 모르고 손을 찌부러트리는 바람에 후회하고 있던 참이었다.

아직 흡수할 수 있다면 꼭 한계까지 강해져서 자신과 싸워주길 바랐다.

"자, 넘겨라. 이안! 너희들의 모든 마나를!"

"""""으아아아아아아아아아아아악?!"""""

이안들의 몸에서 피어오른 빛이 디고에게로 흘러 들어갔다.

"그만둬, 디고 장군! 이안은 네 동료잖아! 괴로워하고 있는 게 안 보여?!"

보다 못한 라티가 디고를 제지했다.

"라티 왕자님! 무사하셨습니까……?! 하지만 그 부탁은 들어줄 수 없군요……! 나라가 큰일에 처했을 때 왕자님은 어디에 계셨습니까! 당신의 목숨 따위, 어찌 되든 알 바 아닙니다!"

"뭐어어어?! 왕자……?! 라티가……?!"

라피니아가 깜짝 놀라서 외쳤다.

"응. 그렇다나 봐."

"앗! 그보다 얼른 막아줘, 크리스……! 저대로는 이안이…….."

"에엑……?"

그건 곤란했다.

잉그리스는 디고가 힘을 전부 흡수해 강해졌으면 했다.

역시 잉그리스에게 있어 싸움이란 상대방의 강함을 정면에서 받아내 이기는 것.

그래야 자신의 성장을 꾀할 수가 있었다.

라피니아가 위험한 경우만큼은 예외지만 지금은 옆에 있으니 안전했다.

다만, 손녀딸처럼 귀여운 라피니아의 부탁이라면 또 경우가 달랐다. 이렇게 되면 가능한 한 들어주고 싶은 것이 보호자의 마음이었다. 아니, 할아버지의 마음이라고 해야 할까.

"""""말리지 마세요, 라티……!"""""

하지만 이안 본인들이 그것을 바라지 않는 눈치였다.

"무, 무슨 소리야, 이안!"

이안들은 라티에게 대답하는 대신 디고에게 말했다.

"디고 씨, 제게서 힘을 빼앗아 가셔도 괜찮습니다……."

"그러니 꼭 사명을 완수해 주세요……!"

"사명을 이룰 수만 있다면 이 한 몸 기꺼이……!"

"우리의 조국 알카드를 위해서……!"

힘을 흡수당한 이안들이 털썩, 털썩 자리에 쓰러져 갔다.

"이안, 너……?! 의심해서 미안하다……! 너희들의 힘과 의지, 확실히 받아 가마!"

이안으로부터 마나를 전부 빨아들인 디고의 몸이 전기를 두른 것처럼 파직, 파직 강렬하게 빛나기 시작했다.

아까와는 차원이 다른 힘이 느껴졌다.

집속 마법진. 상당히 흥미로운 기술이었다.

"고맙……습니다."

마지막으로 남아있던 이안이 미소를 지으며 무대에 쓰러졌다.

그 모습을 끝까지 지켜본 디고는 고개를 돌려 잉그리스를 사납

게 노려보았다.

"알카드를 생각하는 우리들의 힘과 의지……! 네 녀석에게 전부 쏟아내 주마!"

"힘과 의지는 무관한 겁니다. 제게 쏟아내는 건 힘이면 충분합니다."

"닥쳐라아앗! 우오오오오오오오오!"

디고는 절규에 가까운 포효를 내지르며 잉그리스를 향해 돌진해 왔다.

지금까지와는 전혀 다른 돌진이었다. 마치 한 줄기의 번개 같았다.

"하아아압!"

콰지익!

잉그리스가 돌진해 온 디고의 목덜미를 팔꿈치로 내리찍었다.

쿠궁!

철로 만들어진 무거운 신체가 무시무시한 기세로 바닥에 처박혔다. 디고의 몸 주위로 커다란 구덩이가 만들어졌다.

"끄으으으윽! 어, 어째서지……?! 그토록 많은 힘을 흡수했건만! 이, 이 괴물 같으니……!"

"괴물이라뇨? 저는 지극히 평범한 여자아이입니다."

잉그리스는 조용히 대답하며 한 손으로 디고의 목을 붙잡아 들어 올렸다.

"그런데, 지금이 전력인가요……? 남겨두신 힘 같은 거 없나요?"

솔직히 성에 차지 않았다.

얼마 전에 겨루었던 이벨에 비하면 한참 부족했다.

하다못해 이벨 정도만 되어도 만족스러운 싸움이 되었을 것이다.

"끄윽……! 히, 힘을 더 흡수한다면, 네 녀석쯤……!"

털썩.

잉그리스가 디고를 놓자 그의 몸이 바닥에 떨어졌다.

"얼마든지요. 힘을 보충하고 오세요."

"이 자식……! 후회하게 해 주마!"

디고의 시선이 구석에 피난하고 있던 아이들에게로 향했다.

"안 돼애애애애앳! 절대로 안 돼! 얼른 붙잡아, 크리스! 안 그럼 절교할 거야!"

라피니아가 엄청나게 심각한 얼굴로 제지해 왔다.

절교라니 장난이 아니었다. 지금까지 그런 말은 한마디도 한 적이 없었다.

"어어?! 아, 알았어……!"

라피니아에게 절교를 당하다니, 절대 싫었다. 상상하고 싶지도 않았다. 살아갈 수 없을 것이다.

잉그리스는 허둥지둥 디고의 목을 붙잡아 들어 올렸다.

"그 녀석은 아이들한테서 힘을 흡수한단 말이야! 아리나가 이안과 똑같은 꼴을 당하고 말 거야! 그러니 절대로 안 돼!"

"뭐……?! 그렇구나. 그건 곤란하지."

아무리 그래도 그런 짓까지 하게 놔둘 수는 없었다.

자신이 숭고한 이상과 목적을 가졌다고 철석같이 믿는 사람일수록 과격한 방향으로 치닫는 법이다. 수단과 방법을 가리지 않고 무관한 사람들까지 말려들게 만들어 버리는 것이다. 이 디고라는 인물이 바로 그 전형적인 예였다.

　아이들을 말려들게 할 바에야 이대로 쓰러트리는 게 나았다.

　"아니, 너는 그럴 필요도 없다!"

　디고가 목을 붙잡힌 채로 외쳤다.

　"네? 무슨 뜻인가요?"

　"내 목을 붙잡고 있는 네 녀석의 손을 봐라!"

　"음……? 이건……?"

　"송출 각인……! 크리스한테서 힘을 흡수할 생각이야! 조심해!"

　"이미 늦었다……! 네 녀석에게서 빼앗은 힘으로 죽여 주마!"

　"오오, 좋은 생각이네요!"

　"""뭐어?!"""

　여러 방향에서 얼빠진 목소리가 터져 나왔다.

　"그렇지만 생각해 봐. 내가 힘을 흡수당하면 아이들도 다치지 않고 끝나잖아. 괜찮지, 라니? 응? 응?"

　"마, 마음대로 해……."

　"좋아, 그럼 정해졌다! 자, 얼른 힘을 흡수해 주세요!"

　"나, 날 어디까지 바보 취급할 작정이냐……!"

　"……저는 당신이 전력을 발휘하는 모습을 보고 싶을 뿐이에요. 한계까지 힘을 짜내서 저와 싸워주세요. 그게 라니에게 상처를 입힌 당신이 할 수 있는 최소한의 속죄가 아닐까 싶네요."

"좋다! 후회하지 마라!"

잉그리스가 몸에 두르고 있던 마나가 디고에게로 흘러 들어갔다.

디고의 몸을 뒤덮은 빛이 더더욱 강렬하게 번쩍이기 시작했다.

"흐…… 흐하하하하핫! 힘이 넘쳐난다……! 방금과는 비교도 되지 않는 엄청난 힘이야! 네 힘에 비하면 꼬맹이나 이안의 힘 따위 보잘것없는 것이었다……! 훌륭해, 아주 훌륭해!"

잉그리스로부터 흘러 들어오는 방대한 마나량에 흥분한 것일까. 디고는 반 광란 상태에 접어들었다.

냉정해 보였던 처음의 인상은 이미 온데간데없었다.

"잘됐네요. 자자, 사양 말고 계속해서 흡수해 주세요."

잉그리스는 빙그레 웃으며 디고의 말에 긍정해 주었다.

바로 그때, 디고에게로 흘러 들어가던 빛이 뚝 끊어졌다.

"홋……! 후후후후후……! 아무래도 마나가 동난 모양이군! 너도 이제 내 적수가 되지 않는다! 자, 이만 각오를……."

"아뇨. 아직 멀었는데요?"

디고가 흡수한 마나는 잉그리스가 몸에 두르고 있던 에테르의 일부를 변환시킨 것이다.

고갈된 마나는 에테르를 다시 변환시켜 보충하면 끝이었다.

에테르라면 아직 한참 남아돌았다.

"으윽……! 다시 힘이 흘러 들어오고 있어……. 어떻게 된 거지?! 분명 힘이 다했을 텐데?"

"에이, 사소한 부분은 신경 쓰지 마시고요. 힘이 세진다는 건 좋은 거잖아요?"

"후…… 후하하하하하하! 더는 아무도 나를 막을 수 없다……! 드디어 힘이 바닥났구나! 이제 쓰러트려……!"

"아뇨, 무슨 말씀을. 아직 멀었는걸요. 자자, 더 가져가세요."

"핫핫핫하하! 쓰러트릴 수 있다! 죽일 수 있다! 이 세상에 존재하는 모든 것을……! 나는 궁극의 힘을 손에 넣었다!"

"정말 잘됐네요. 인생에서 최고로 빛나고 계세요."

"크, 크리스! 적당히 해……! 눈 뜨고 못 보겠어!"

말 그대로의 의미였다. 디고가 내뿜는 빛이 너무나도 밝은 나머지 눈을 뜨기조차 힘들었다.

"마나라면 많이 남았어요. 아직 가능하시죠? 더욱더 빛날 수 있으시죠? 대단하세요."

"갸하하하하하하핫! 하하하하하하하핫!"

디고가 광소하며 높이 뛰어올랐다. 이미 이성이 남아있지 않은 듯했다.

슬슬 한계인가? 흡수를 멈추기도 했거니와, 상태도 좀 이상했다.

일단은 공중에서 낙하 공격을 감행해 올 작정인 모양이었다.

"그러면 슬슬 실력을 구경해 볼까요."

잉그리스도 눈으로 디고의 모습을 쫓으며 공중으로 도약했다. 그러고는 전투에 앞서 자세를 갖추었다.

파아아앗!

불현듯 디고의 몸이 한층 더 강력한 빛을 내뿜었다.

그리고…… 그의 몸이 마치 풍선처럼 부풀어 올랐다.

"?!"

아무래도 저건 조금 위험해 보였다.

잉그리스는 서둘러 뒤를 돌아보았다.

그러고는 움직이지 못하는 레오네와 리제롯테를 향해서 두 손으로 에테르 피어스를 발사했다.

피슈슈슉!

푸르스름한 에테르 광선이 쇠사슬을 파괴하여 두 사람을 해방했다.

"레오네! 리제롯테! 마인무구로 아이들을 피난시켜 줘!"

"아, 알았어!"

"알겠어요……! 다른 분들도 이쪽으로 오세요!"

두 사람에게 뒷일을 맡긴 잉그리스는 공중에 뜬 디고에게 성원을 보냈다.

"힘에 잡아먹히지 말고 의식을 단단히 붙잡으세요! 괜찮아요! 숭고한 뜻을 품은 당신이라면 강한 의지로 그 힘을 뛰어넘을 수 있을 거예요……! 힘내세요!"

하지만 잉그리스의 성원이 무색하게도…….

쿠과과과아아아아아아앙!

고막을 찢는 듯한 폭발음이 울려 퍼졌다.

마치 공기를 과도하게 주입한 풍선처럼 디고의 몸이 폭발해 버렸다!

"이, 이럴 수가……! 아직 싸우지도 못했는데……!"

잉그리스가 멍하니 중얼거렸다.

폭발의 여파는 전투로 파손되어 있던 건물을 통째로 날려버렸다.

그리고 그곳에는 왕립 대극장……이었던 건물의 폐허만이 남겨져 있었다.

내부에서 발생한 폭발로 느닷없이 붕괴해 버린 왕립 대극장.

길을 지나가던 사람들은 얼빠진 표정으로 그 광경을 쳐다보았다.

안에 있던 잉그리스도 얼빠진 얼굴로 제자리에 서 있었다.

앞을 봐도, 뒤를 봐도, 좌우를 봐도 변명의 여지가 없었다. 완전히 폐허였다.

"크, 큰일 났네……. 아하하."

설마 힘을 너무 흡수한 나머지 폭발할 줄은 몰랐다.

결국 제대로 싸워보지도 못했으며, 피해 규모는 막대했다.

무엇하나 얻은 것이 없었다. 최악의 결과였다.

쫘악!

옆에서 누군가가 잉그리스의 귀를 꼬집었다.

"아하하는 뭐가 아하하야! 물불 안 가리고 싸울 생각만 하다가 이렇게 된 거잖아?! 적당히 붙잡았으면 될 걸 가지고!"

"하, 하지만 강해지기 위해서는 한계에 도전해야 하는걸……. 게다가 그 사람도 기뻐했잖아. 폭발할 줄 누가 알았겠어……."

"변명하지 마! 이걸 대체 어쩔 거야!"

라피니아가 버럭버럭 화를 냈다. 웅장했던 왕립 대극장은 흔적도 남아있지 않았다.

금전적인 피해로 환산하면 과연 어느 정도일까.

건물도 크고 장식들도 화려했던 만큼 기사 아카데미 건물의 몇 배에는 달할 것이다.

"마, 만약 우리한테 변상하라고 하면 어떡하지……?! 그리고 벌로 식당의 무료 시식권까지 몰수당하면……?! 다시 쫄쫄 굶게 된 거야, 우리! 이번에는 와이즈멀 백작님의 도움도 받지 못하잖아……!"

"으……. 크, 큰일은 큰일이네. 그냥 솔직하게 국왕 폐하를 노린 암살자가 저지른 짓이라고 말하면 되지 않을까……? 궁지에 몰린 나머지 자폭해 버렸다고 설명하면 분명 괜찮을 거야."

만약 피해가 적게 나왔다면 아무 일도 없었다며 진실을 은폐하는 것도 가능했을 것이다.

관객들은 밀리에라 교장의 능력으로 이공간에 대피해 있었기에 아무것도 보지 못했다. 그러므로 만약을 위해 대피했을 뿐이라고 설명하거나, 무대 연출이라고 얼버무리면 넘어갈 수도 있었다.

왕자와의 재회를 마지막 장면인 셈 치고 막을 내리면 되는 것이다.

반대로, 만약 알카드의 암살자가 칼리아스 국왕을 노렸다는 사실이 알려진다면 틀림없이 국제적인 문제로 발전할 터였다.

따라서 경우에 따라서는 사건을 은폐하는 선택지도 있었을 테지만, 아무래도 그러기는 힘들어 보였다.

"정확히 말하면 크리스가 재미로 암살자한테 힘을 흡수시켰다가 괜히 폭발시킨 거잖아."

"그렇지 않아! 재미라니! 나는 진심으로 강한 적과 싸우고 싶었을 뿐이야."

"그 부분만 부정해서 어쩌자는 건데……! 정말이지 크리스는 언제 어디서든 한결같아서 문제라니까……! 아, 머리 아파."

라피니아가 땅이 꺼지라고 한숨을 내쉬었다.

"사람은 신념을 가지고 살아야 한다고 생각해."

"극장을 폭파하지만 않는다면 말이지……! 그래도 뭐, 크리스의 말대로 적당히 둘러대는 수밖에 없겠네……."

"응. 내가 잘 설명해 볼게."

그때, 조금 떨어진 자리의 공간이 일그러지며 대피해 있던 레오네 일행이 돌아왔다.

"우와……! 그, 극장이 흔적도 없이 사라졌네."

"완전히 폭삭 무너졌네요……."

"크리스가 잘 둘러대서 암살자가 저지른 짓으로 하기로 했어. 그러니 레오네와 리제롯테도 말을 맞춰줘."

"아, 알았어……. 잉그리스가 도우러 와주지 않았다면 우리도 위험했을 테니까."

"그건 그렇고, 과정이야 어찌 됐든 걱정했던 일이 결국 현실로 일어났네요……."

리제롯테는 처음부터 극장이 파괴되지는 않을까 걱정하고 있었다.

"그러게……. 앗. 아리나, 몸은 괜찮니? 상처는 없고?"

보아하니 아리나와 다른 아이들도 큰 상처를 입지는 않은 모양이었다.

"으, 응…… 지켜줘서 고마워, 언니……."

"미안. 무서웠지? 이제 괜찮아."

라피니아는 아직 딱딱한 얼굴을 한 아리나를 꽉 끌어안아 줄
었다.

"하, 하지만 아저씨가…… 흐으윽……."

아이들을 데리고 온 상점 주인은 주검으로 변해 있었다.

아이들이 그의 몸을 흔들며 울고불고 외쳤지만 더는 눈을 뜨지
않았다.

"지켜주지 못해서 미안해……. 하지만 걱정하지 마. 너희가 유
미르에서 살 수 있도록 부모님께 부탁해 볼게. 괜찮겠지, 크리스?"

"응. 괜찮을 거야."

지켜야 할 존재가 있다는 건 좋은 일이다.

돌아갈 장소와 지켜야 할 것이 있는 한 라피니아는 기사로서,
어른으로서 더욱 늠름하게 성장해 나갈 것이다.

물론, 이 아이들을 돕는다고 해서 세상이 변하는 것은 아니다.
앞으로도 세상에는 이러한 아이들이 계속해서 생겨날 것이다. 하
지만 그렇다고 이 아이들을 마다할 이유도 없었다.

"마침 후작님과 이모님도 이곳에 와 계시니 함께 데리고 돌아
갈 수 있을 거야."

"응. 나중에 부탁해 보자. 다들 들었지? 아무것도 걱정할 필요
없어."

라피니아는 아이들을 한 명, 한 명 상냥하게 안아 주었고, 다른 일행들도 라피니아를 따라 아이들을 보듬어 주었다.

그러던 와중, 잉그리스가 라티에게 충고를 건넸다.

"라티는 이 틈에 몸을 숨기는 게 좋지 않을까?"

"마, 맞아요……! 잉그리스의 말대로예요!"

대답은 라티가 아니라 옆에 있던 프람에게서 돌아왔다.

라티는 북쪽 나라인 알카드의 왕자다.

알카드에서 온 자객이 칼리아스 국왕을 습격한 이상, 신분이 드러나면 라티도 무사하지는 못할 것이다.

체포당하는 것은 물론이고, 포로로 끝나면 그나마 다행이다. 자칫하면 처형당할 수도 있었다.

처형까지는 아니더라도 교섭을 위한 인질로 사용되는 등, 많은 가능성이 존재했다.

"라티는 정말로 알카드의 왕자야?"

라피니아의 질문에 라티가 고개를 끄덕였다.

"그래. 일단은 이게 그 증표야."

라티가 품속에서 알카드의 문장이 새겨진 펜던트를 꺼내 보여 주었다.

"정말이네……. 별로 왕자님 같은 분위기는 아니었는데."

"그렇죠. 왕자님이라 하기에는 품위가…… 실례. 솔직한 성격 이라고나 할까……."

레오네와 리제롯테가 한마디씩 감상을 말했다.

"미안하게 됐네요. 왕자님답지 않아서. 나는 무인자인 데다가 왕족 중에서도 덜떨어진 녀석 취급을 받았거든……. 그래서 좀 거칠게 자란 편이야."

라티도 딱히 화를 내지는 않았다.

"무인자에 덜떨어진 왕족이지만, 내게 맞는 능력을 찾고자 신분을 숨기고 기사 아카데미로 유학을 온 거야. 하지만 이렇게 될 줄 알았다면 알카드를 나오는 게 아니었는데……. 고향에 남았다면 이런 비극을 멈출 수 있었을지도 모르잖아."

"어, 어쩔 수 없는 일이잖아요, 라티. 자신을 책망하지 마세요. 자, 뒷일은 잉그리스한테 맡기고 어서 피신을……."

"아니. 잉그리스가 설명하더라도 증거가 없다면 믿어주지 않을 걸? 내가 신분을 밝히고 증언하면 신빙성이……."

"안 됩니다, 라티……! 그 역할은 제가……!"

불현듯 어디선가 감미로운 소년의 목소리가 들려왔다.

"……! 이안?! 무, 무사했던 거냐……?! 전부 다 당한 줄로만……. 그나저나 어디야?! 숨어있는 거야?"

이안의 목소리는 들렸지만 정작 모습이 보이지 않았다.

"이, 이쪽이에요……! 오른쪽 기둥 앞이요!"

일동이 그쪽을 바라보자, 유아가 이안을 옆구리에 껴안고 뚜벅뚜벅 걸어가고 있었다.

"유아 선배……?! 어딜 가시는 건가요?"

"응? 한 명은 가지고 돌아가도 된다길래. 다 끝난 거 아냐?"

"네, 일단은……. 그런데 그쪽 이안 씨는 용케 무사하셨네요."

"그, 그러게요. 저도 어찌 된 영문인지……."

"간단해. 위험해 보이는 문양을 때려줬어."

송출 각인을 말하는 것이리라. 즉, 유아는 디고가 힘을 흡수하려는 순간 위험을 감지하고 각인이 새겨진 부분을 파괴한 듯했다.

저렇게 보여도 유아는 마나의 흐름을 감지하고 조작하는 점에 있어서는 경이로운 실력을 지니고 있었다.

'가지고 가겠다'라는 목적을 달성하기 위해 자신의 실력만으로 이안을 구해낸 것이다.

"그럼 난 이만."

"자, 잠깐만요, 유아 씨……! 제게는 할 일이……!"

"아뇨. 데려가 주세요, 유아 선배. 미안하지만 이안, 네가 저지른 일을 감안하면 국왕 폐하 앞으로 데려갈 수는 없어."

라티의 지적은 타당했다. 이안은 칼리아스 국왕의 암살을 계획한 인물이다.

괜히 표적 앞으로 데려갔다가는 무슨 변덕을 일으킬지 몰랐다.

"라티……. 호, 혹시 제 죄를 혼자서 뒤집어쓸 생각인가요?!"

"……뭐, 덜떨어진 왕자가 할 수 있는 일은 그 정도가 고작이겠지."

"아, 안 돼요, 라티……! 무슨 말씀을 하시는 건가요! 라티가 나쁜 짓을 저지른 것도 아니잖아요! 그렇죠, 잉그리스?!"

프람이 도움을 구하듯 잉그리스를 쳐다보았다.

"맞아. 그리고 지금 와서 라티가 나선다고 해도 의미가 없어."

"어? 무슨 뜻이야, 잉그리스?"

"이걸로 끝이 아니라는 뜻이야. 분명 이제부터가 진짜일 거야."

"뭐, 뭐가 더 있다는 건데……?"

"그건…….."

하지만 잉그리스가 대답하기 직전.

"꺄아아아아아아아악?!"

여성의 날카로운 비명이 들려왔다.

밀리에라 교장의 목소리였다. 대피해 있던 이공간에서 되돌아온 모양이었다.

"이…… 이거 장난이 아니군요……!"

"으, 으음……! 역시 대피한 것이 정답이었나?! 그나저나 처참한 광경이군……."

근위기사단장 레더스와 칼리아스 국왕도 모습을 드러냈다.

그리고 세레나와 이리나, 빌포드 후작의 모습도 보였다.

"부, 부탁할게. 크리스……!"

"알았어."

잉그리스는 지금부터 본격적으로 변명에 나설 생각이었다.

단지 자신의 실수를 얼버무리기 위해서만이 아니라, 앞으로 다가올 밝은 미래를 쟁취해 내기 위해서.

◆ ◇ ◆

"뭣이……?! 그렇다면 이 참상은 알카드의 암살자가 나를 노리고 저지른 소행이란 말인가……!"

잉그리스의 설명을 들은 칼리아스 국왕이 경악하며 외쳤다.

"이, 이 괘씸한! 용서할 수 없습니다……! 베네픽이라면 또 몰라도 알카드는 오랜 우호국이 아닙니까……! 그런데 우리를 배신하다니!"

레더스는 얼굴을 새빨갛게 물들이며 화를 냈다.

"헌데 이만한 파괴력을 보유했다면 왜 처음부터 나를 노리지 않았지……? 우리가 대피할 때까지 가만히 지켜보기만 했다는 건가?"

흠칫!

역시나 칼리아스 국왕도 그 부분이 신경 쓰이는 모양이었다.

정답은 이 폭발이 암살자들로서도 미처 예상하지 못한 일이었기 때문이다. 하지만 그 사실을 털어놓을 수는 없었다. 숨겨야 했다. 무조건 은폐해야 할 대목이었다.

그러기 위해서는 화제를 돌리는 것이 제일 효과적이다.

"그보다 국왕 폐하, 지금은 앞일을 대비하는 것이 먼저라고 생각합니다."

"그, 그것도 그렇군요……! 서둘러 폐하의 호위 체제를 재정비해야겠습니다!"

하지만 레더스의 대답에 잉그리스는 고개를 가로저었다.

"아뇨, 그게 아닙니다."

"그렇다면 어떤 대비를 말씀하신 겁니까?"

"알카드 국경 부근의 수비력 증강을 검토해 주세요. 조만간 침공이 시작될 겁니다."

"뭣이! 암살자를 보내는 것만으로도 모자라 침공까지……!"

"아니요. 오히려 이쪽에 쳐들어올 결단이 섰기에 암살자를 보냈다고 봐야겠지요. 국왕 폐하의 암살에 성공한다면 혼란을 틈타 전쟁에서 우위를 점할 수 있을 테니까요."

"과, 과연……!"

"애초에 그만한 각오도 없었다면 우호국에, 심지어 국력에서 압도적으로 웃도는 상대에게 암살자를 보내지는 않았을 겁니다. 섣불리 손을 대봤자 멸망하는 것은 본인들일 테니까요."

"자네의 말이 사실이라면 큰일이로군. 그렇지 않아도 성기사단이 베네픽 국경에 출진해 있는 상황이거늘……!"

칼리아스 국왕은 심각한 표정을 지어 보였다.

이미 그의 관심은 눈앞의 사건이 아닌 국가와 국가 간의 문제로 향해 있었다.

"전부 사실입니다. 실제로 알카드 내부에서는……!"

불현듯 이안이 입을 열었다.

잉그리스는 이안과 함께 서 있던 유아에게 눈짓했다.

"에잇."

유아는 한쪽 팔로 이안의 머리를 휘감아 입을 틀어막았다.

가볍게 끌어안은 것처럼 보여도 유아의 힘은 무시무시하다.

이안은 별수 없이 입을 다물어야 했다.

"저희가 목격한 암살자들은 마인무구와는 다른 하이랜드의 기술로 강화되어 있었습니다. 그리고 그 힘은 이전에도 보았던 아크로드 이벨 님에게 하사받은 것이라 하더군요."

"뭣이……?! 그자가 아직 살아있다는 말씀이십니까?!"

"아니, 그것은 아닐 테지. 그자가 혈철쇄 여단에 의해서 죽음을 맞이한 것은 엄연한 사실이다. 잉그리스 군이 거짓말을 할 리가 없지 않은가."

칼리아스 국왕이 레더스의 생각을 정정했다.

"……끄응. 왠지 찔리는걸."

라피니아가 잉그리스에게만 들릴 작은 목소리로 중얼거렸다.

지금 잉그리스가 극장이 붕괴한 이유에 대해서 열심히 둘러대는 중이니 양심의 가책을 느끼는 것도 무리가 아니었다.

"……괜찮아. 거짓말은 아니니까."

암살자인 디고가 자폭해서 극장이 붕괴한 것은 사실이다.

잉그리스는 자폭의 구체적인 과정과 원인을 생략했을 뿐이다.

거짓말은 하지 않았다. 설명하지 않았을 뿐.

"다시 말해, 이곳에 오기 전에는 알카드에 손을 뻗치고 있었다는 뜻인가. 그렇다면 그 안하무인인 태도도 납득이 가는군."

"예, 국왕 폐하. 이미 알카드를 자신의 편으로 만들어 이쪽을 공격할 계획을 갖춰 놓았던 것으로 생각합니다. 듣자 하니 알카드에 프리즈마가 나타나 커다란 피해가 난 모양이더군요. 그래서 방비를 갖추기 위해 이벨 님에게 조력을 구했던 모양입니다."

"그 대가로 우리나라를 공격하라고 지시한 것인가……. 알카드는 결코 풍족한 나라가 아니지. 하이랄 메나스나 충분한 마인무구와 교환할 만한 물자를 마련하기는 어려웠을 거야."

"추측하신 대로일 겁니다."

"하지만 그렇다면 어째서 이벨은 이곳을 방문했을 때 폐하의 목숨을 노리지 않았던 것일까……?"

"관점의 차이죠, 레더스 씨. 그건 어디까지나 지상인의 관점이에요."

"……자세히 설명해 주시겠습니까?"

"국왕 폐하를 앞에 모셔두고 설명할 내용은 아닌지라……."

"괜찮다. 말해 보아라, 잉그리스여."

"……알겠습니다. 하이랜더에게 있어 지상의 왕은 딱히 대단한 존재가 아니기 때문입니다. 중요하다 여기지 않으니 굳이 목숨을 빼앗으려고도 하지 않는 것이죠. 장난삼아서 짓밟기는 해도요."

"크윽……! 이런 괘씸한!"

"그리고 이벨 님은 얼마 전의 회담으로 국왕 폐하의 신조를 꿰뚫어 보았다고 생각합니다. 절대로 하이랜드에 거스르지 않을 분이라는 사실을 말이죠. 그러니 만약 알카드의 침공이 실패한다고 하더라도 이후에 하이랜드 측에서 관계 개선을 요구하면 응할 거라고 판단했을 겁니다. 그렇다면 더더욱 목숨을 빼앗을 이유가 없습니다. 이 나라를 누가 지배하건, 하이랜드로서는 헌상을 받기만 하면 상관없는 문제니까요."

하이랜드에는 교주 연합과 삼대공파라는 양대 파벌이 존재한다. 현재 이 나라에 체류하고 있는 세오도어 특사와 그의 선임이었던 뮨테 특사는 삼대공파였다.

최근 카랄리아는 삼대공파의 허가를 받아 플라이 기어와 플라이 기어 포트라는 새로운 병기들을 얻게 되었다. 카랄리아와 삼대공파의 인연이 깊어졌다는 뜻이기도 했다.

교주 연합은 그 사실을 탐탁지 않게 여겼고, 이로 인해 교주 연합과 삼대공파의 대립은 깊어져 갔다.

교주 연합을 등에 업은 베네픽이 카랄리아를 침공할 기미를 보이는 것도 이 때문이었다.

그리고 현재, 그 구도에 북쪽의 알카드까지 가세하려 하는 상황이었다.

하이랜드의 양대 파벌 간 대립이 지상 국가들의 분쟁으로 발전한 셈이었다. 대리전쟁이라고 표현해도 무방했다.

이러한 상황에서도 이벨이 굳이 칼리아스 국왕을 죽이지 않은 이유는 간단했다. 깔보았기 때문이다.

설령 이 나라를 멸망시키려 했다가 실패하더라도, 나중에 손을 내밀면 이 국가는 다시 그 손을 붙잡을 것이라고.

길길이 날뛰며 반격을 감행할 기개도 없는 나라라고.

"……흐음. 정확한 분석이로군."

화내지 않고 순순히 인정하는 부분에서 칼리아스 국왕의 도량이 엿보였다.

아는 것이다. 하이랜드에서 자신을 깔보고 있다는 사실을.

그리고 그래도 괜찮다고 생각하고 있었다. 이벨이 짐작했던 대로, 나중에라도 손을 내밀면 붙잡는 것이 최선이라고 여기고 있었다.

국왕의 신념이 그렇다면 잉그리스도 참견할 생각은 없었다.

강적이 나타났을 때 불러 주기만 한다면 그것으로 충분했다.

"그렇다면 왜 지금 와서 암살자가……? 이해가 안 가는군요."

"관점이 다르기 때문입니다. 알카드의 수뇌부에서 보기에 국왕 폐하는 그야말로 총대장. 따라서 암살에 성공하면 국내에 혼란을 야기해 침공하기 쉬워지리라 판단한 겁니다. 자신들의 피해를 최소화하면서 하이랜드의 명령을 완수할 수 있을 테니까요. 즉, 이건 알카드가 진심으로 각오를 하고 전쟁에 나섰다는 증거입니다. 그러니 조만간 커다란 움직임이 있을 겁니다. 그리고 베네픽 측에서도 알카드와 연동해 행동을 개시할지도 모릅니다."

"이런……! 큰일이군요. 대놓고 협공하겠다는 것이잖습니까. 그랬다간……."

레더스가 신음을 흘리던 바로 그때였다.

한 대의 플라이 기어가 빠른 속도로 날아와 공중에 정차했다.

플라이 기어에는 근위기사로 보이는 인물이 타고 있었다.

"국왕 폐하! 국왕 폐하아아아! 어디 계십니까?! 급한 보고가 있습니다!"

"나는 이곳에 있다. 무슨 일인가?"

"오오…… 폐하!"

기사는 허둥지둥 플라이 기어에서 뛰어내려 칼리아스 국왕 앞에 무릎을 꿇었다.

"큰일입니다! 북쪽 국경에 알카드군이 집결해 있습니다!"

"""……!"""

잉그리스의 추측이 제대로 적중했다.

다들 놀라서 숨을 집어삼켰다.

"……왔군요."

"잉그리스의 예상대로군."

"여, 역시 잉그리스 님……. 대단한 혜안이십니다."

칼리아스 국왕은 고개를 끄덕였고, 레더스는 놀라움을 금치 못했다.

마침 잘됐다. 눈앞에서 추측이 적중한 덕분에 잉그리스가 하는 말의 설득력이 올라갔다.

이것으로 지금부터 하려는 제안이 받아들여질 가능성도 커졌다.

"그, 그럴 수가……. 알카드가 카랄리아에 전쟁을 선포하다니, 어째서……."

"크윽……! 바보 같은 짓을!"

특히나 프람과 라티는 이 보고에 큰 충격을 받은 눈치였다.

"이렇게 된 이상……!"

라티가 무언가를 결의한 듯 칼리아스 국왕의 앞으로 성큼 나섰다.

"국왕 폐하! 저를 인질로 삼으세요! 그리고 알카드군을 철수시……!"

"에잇."

잉그리스는 라티의 등 뒤로 돌아가 목덜미를 수도로 내리쳤다.

"으극……?!"

털썩 쓰러지는 라티.

그 이상 말하는 것은 곤란했다. 미안하지만 억지로라도 입을 다물게 할 필요가 있었다.

"라티!"

간호는 프람에게 맡겨두기로 했다.

"대, 대체 뭔가. 이 소년은?"

"라티는 알카드 출신입니다. 자신을 인질로 삼아서라도 전쟁을 멈추고 싶은 모양입니다."

"그랬군. 하지만 인질을 이용하다니…… 그건 안 될 짓이다. 도리어 적을 자극할 우려도 있거니와, 자칫하면 도덕적인 이유로 아군의 신뢰를 잃을 수도 있어."

라티가 일반 시민이나 고만고만한 귀족 자제라면 칼리아스 국왕처럼 생각하는 것이 보통이리라. 인질로 삼아봤자 큰 이득이 없기 때문이다.

물론 라티가 왕자라는 사실이 밝혀지면 이야기가 달라진다. 얼마든지 교섭 수단으로 활용할 수 있을 것이다.

하지만 잉그리스는 그렇게 되도록 놔둘 생각이 없었다. 잉그리스는 라티에게 다른 역할을 기대하고 있었다.

"네. 저도 그 말씀에 동의합니다. 다만, 뭐가 됐든 서둘러 대책을 세워야 한다고 봅니다."

"음. 곧바로 왕성으로 돌아가 군사 회의를 열도록 하지. 레더스, 어서 가지."

"잠시만 기다려 주십시오, 폐하!"

그때 누군가가 소리쳤다. 지금까지 대화를 지켜보던 빌포드 후작이었다.

"빌포드 경, 왜 그러는가?"

"이번 일은 국가의 운명이 걸린 중대사로 보입니다. 저희 유미르 기사단도 협력해 드리겠습니다! 무슨 명령이든 내려주십시오……!"

"오오! 경의 충성에 감사하네……! 그러면 군사 회의에 참석해 주게나."

"분부 받들겠습니다!"

이 나라의 왕국군이라 하면 양대 기사단인 성기사단과 근위기사단을 일컫는다.

그리고 각 영지의 영주들은 유미르처럼 독자적인 기사단을 운영하고 있다.

현재 성기사단은 동쪽의 베네픽에 대응하느라 움직일 수 없는 상황이므로, 북쪽의 알카드는 근위기사단이 주축이 되어 대응할 수밖에 없었다.

문제는 기존에 근위기사단이 담당하고 있던 왕도와 주변 직할지의 방비가 약해진다는 점이었다.

따라서 각 영주에게 왕도로 파병을 요청하든, 북쪽 전선에 직접 파병을 요청해 근위기사단의 부담을 덜어주든 조치가 필요했다.

하지만 영주들은 기본적으로 자신의 영지를 지켜야 했다.

그렇기에 본인의 영지와 무관한 사안에는 병력을 할애하길 꺼리는 편이었다.

영주로서는 다른 누군가가 대신 나서서 해결해 주는 것이 제일이었다.

게다가 이 나라에서도 칼리아스 국왕 측의 국왕파와, 웨인 왕자 측의 왕자파라는 두 개의 파벌이 대립하고 있었다.

아마도 왕자파에 속하는 귀족들은 당장 자신의 발에 불똥이 떨어지기 전까지는 움직이지 않으려 할 터였다.

칼리아스 국왕의 체면이 구겨지면 그것만으로도 웨인 왕자의 주가가 올라가기 때문이다.

한편, 굳이 파벌을 따지자면 빌포드 후작도 왕자파에 가까운 인물이었다.

아들인 라파엘은 웨인 왕자가 지휘하는 성기사단의 기사였으며, 심지어는 모두가 인정하는 웨인 왕자의 오른팔이었다.

변경의 영지를 다스리는 후작 본인은 중앙의 사정에 무관심한 편이었지만, 다른 이들에게는 무조건 왕자파에 속하는 인물로 비칠 수밖에 없었다.

이렇듯 왕자파로 여겨지는 빌포드 후작이 앞장서서 이 상황에 협력하겠다고 나선 것이다. 칼리아스 국왕이 고마워할 만도 했다.

이것으로 국왕파, 왕자파를 불문하고 협력하는 흐름이 조성될 터였다.

좋은 경향이었다. 이런 식으로 이야기가 진행된다면 잉그리스가 준비한 제안도 더욱 자연스럽게 받아들여질 것이다.

"국왕 폐하. 제게도 한 가지 제안이 있습니다만."

잉그리스가 칼리아스 국왕에게 운을 뗐다.

"……듣도록 하지. 자네의 말에는 그만한 가치가 있으니."

"고맙습니다. 저와 라피니아를 알카드에 파견해 주셨으면 합니다."

"알카드로 가서 무엇을 하려고? 정전 협정을 제안할 생각인가? 하지만 지금 알카드의 상황을 고려하면 어렵지 않겠나?"

칼리아스 국왕의 말대로 알카드에도 쉽게 물러날 수 없는 이유가 있었다.

국민을 지켜줄 하이랄 메나스와, 강력한 마인무구를 얻기 위해서라도 알카드에게 전쟁은 어쩔 수 없는 선택이었다.

"아닙니다. 몰래 잠입해서 알카드가 스스로 병력을 철수시키도록 만들 생각입니다."

"호오……? 가능하다면 나야말로 바라던 바다. 하지만 어떻게?

방금도 말했다시피 알카드 측에도 물러날 수 없는 이유가 있을 터."

"그 이유를 제거하면 됩니다. 예를 들어서 알카드에 나타났다는 프리즈마를 쓰러트린다면 급하게 하이랄 메나스를 하사받아야 할 필요도 없어질 테지요. 혹은 정변을 일으키는 방법도 있습니다. 전쟁에서 손을 떼고, 하이랜드와의 관계를 과거로 되돌리도록 방침을 변경하게 만드는 것이죠. 그것도 여의치 않다면 후방에서 알카드군을 공격해 교란하겠습니다."

"일리가 있군. 그러나……."

칼리아스 국왕은 여전히 마음에 걸리는 점이 있는 모양이었다.

그것이 무엇인지 잉그리스는 대충 짐작이 갔다.

"알카드에는 현재 방침에 반대하는 자들이 적잖이 존재합니다. 그러니 어디까지나 그들의 힘을 빌리는 형태로 활동을 개시해 볼 생각입니다. 그리하면 알카드 백성의 적개심을 불러일으키지 않고 성과를 올릴 수 있을 테지요."

"그래. 중요한 부분이지. 알카드 백성의 적개심을 사는 것만은 피해야 한다. 반대로 그럴 수만 있다면……. 헌데, 반대파와 손을 잡을 구체적인 계획은 있는가?"

"예. 다행히 개인적으로 연줄이 있는지라."

"그런가. 그렇다면 가능할지도 모르겠군."

설마 그 연줄이 옆에 쓰러져 있으리라고는 칼리아스 국왕도 미처 상상하지 못했을 것이다. 바로 그렇기에 라티가 괜한 소리를 하게 놔둘 수는 없었다.

만약 라티의 신분이 밝혀진다면 잉그리스의 제안이 받아들여질 가능성은 한없이 낮았다. 잉그리스의 계획이 성사되려면 라티가 본국으로 돌아가야 했다. 하지만 상식적으로 봤을 때 왕자인 라티를 본국으로 돌려보내 줄 리가 없었다. 오히려 돌려보낸다면 그게 더 이상했다.

잉그리스의 연줄은 라티밖에 없으므로 라티가 잡혀 들어가기라도 하면 작전은 무위로 돌아가 버리고 만다.

연줄도 없는데 있다고 말하면 거짓말이 될 것이다.

어디까지나 진실을 토대로 대화를 이끌어 나가야 했다.

그렇지 않으면 자칫 라피니아에게 피해가 갈지도 모르니까.

또한, 라티와 마찬가지로 이안도 잉그리스에게 필요한 존재였다.

현재 알카드의 국내 실정을 가장 잘 알고 있는 인물이 바로 이안이었다. 안내역을 맡길 수 있을 터였다.

라티가 직접 협력을 요청한다면 배신할 일도 없을 것이다.

무엇보다, 잉그리스는 이안을 복제했다는 이벨의 기술에 흥미가 있었다.

연구 시설이 남아있다면 한번 가보고 싶었다.

일이 잘 풀린다면 자기 자신을 복제해서 수련 상대로 삼을 수도 있을 것이다.

알카드를 습격한 범인이자, 프리즈마로 짐작되는 강대한 마석수.

이안이나 디고처럼 개조를 통해 강한 힘을 얻은 전사들.

국경에 집결 중이라는 알카드의 군대.

여기에 이벨이 남겼을지도 모르는 연구 시설까지.

북쪽 땅에는 꿈이 가득 펼쳐져 있었다.

솔직히 이번 암살 사건에서 잉그리스는 싸우다 만 기분이었다.

그러니 꿈을 좇아 북쪽으로 가보고 싶었다. 두근거리는 싸움이 자신을 기다리고 있을 것이라 믿고서.

문득, 뒤쪽에서 라피니아와 다른 일행들의 속닥거리는 소리가 들려왔다.

"크리스는 디고 장군이 폭발하는 바람에 성에 안 찼나 봐. 그래서 프리즈마와 싸우기 위해 북쪽으로 가려는 게 분명해……!"

"……만약 프리즈마가 없더라도 정변을 일으켜서 저쪽 기사와 싸우려는 속셈이겠지."

"알카드군을 후방에서 공격하겠다고도 말했어요."

"결국 무슨 일이 있어도 싸울 생각인 거야……!"

"그, 그래도 여러분이 와주신다니 든든하네요. 저와 라티만 돌아가 봤자 할 수 있는 게 없을 거예요."

"……하긴. 만약 군사 회의에서 유미르의 기사단까지 북쪽에 가기로 결정된다면, 아버지나 이모부를 도와드리는 것도 가능할 테고……. 정말이지 크리스는 그럴듯하게 꾸며내는 데는 천부적이라니까."

"글쎄. 꾸며낸 게 아니라 실제로 그럴듯한데……?"

"맞아요. 잘 풀린다면 양측 모두 피해를 최소화할 수 있을 거예요."

"동기가 불순해서 문제지만⋯⋯! 본인은 단순히 싸우고 싶을 뿐일걸⋯⋯."

어흠! 잉그리스는 커다란 헛기침으로 동료들을 조용히 하게 만들었다.

그러고는 진지한 눈빛으로 칼리아스 국왕을 바라보며 한쪽 무릎을 꿇었다.

"부탁드립니다, 국왕 폐하⋯⋯! 저 또한 유미르 출신입니다. 빌포드 후작께서도 나라를 위해 발 벗고 나서신 지금, 저도 할 수 있는 일을 하고 싶습니다⋯⋯!"

"하지만 만일 계획이 성공한다고 하더라도 대외적으로는 어디까지나 알카드의 반대파가 벌인 일로 치부될 걸세. 그대의 공적으로 삼기는 어려울 거야. 정말 그래도 괜찮은가?"

"예. 저는 그걸로 만족합니다."

강한 적과 싸울 수 있는 데다가 공적으로 인정받지 않아도 된다. 최고였다.

그래서 잉그리스는 솔직하게 대답했다. 이를 어떻게 받아들일지는 상대방 마음이었다.

"그런가. 여전히 고결한 정신을 지닌 소녀로군. 존경스럽구나."

"겉모습뿐만 아니라 내면까지도 아름다우십니다!"

칼리아스 국왕과 레더스는 깊이 감동한 눈치였다.

알아서 좋게 해석해 준 모양이었다.

그렇지 않아도 아직 한 가지 더 부탁하고 싶은 것이 남아있었다. 부탁을 들어줄 가능성이 커진 셈이다.

"그렇다면 허락하도록 하지. 이쪽은 방어를 굳히고 너희가 행동을 일으킬 때까지 상황을 살피도록 하겠다. 부탁한다, 잉그리스여……!"

"네. 아울러 기사 아카데미를 통해 특별 임무를 내리는 형태로 처리해 주시면 좋겠습니다. 수업이 결석으로 처리되면 진급에 차질이 생기거든요."

"음. 그렇겠군. 그 말대로 하지."

"마지막으로 작전 실행을 위한 군자금을 마련해 주셨으면 합니다. 군량 확보는 중대한 문제라서요."

가장 중요한 대목이었다.

아카데미를 떠나면 식당의 무료 시식권과도 이별하게 된다.

알카드에 가고는 싶지만, 굶주림에 허덕이는 것은 사양이었다.

그러므로 식비를 위한 군자금을 확보하는 것은 굉장히 중요한 문제였다.

솔직히 말해서 알카드로 가고 싶으면 라티의 힘을 빌려 훌쩍 떠나버리는 것도 가능했다.

하지만 식비를 마련하기 위해서는 칼리아스 국왕을 설득하고 허가를 받을 필요가 있었다.

"맞아요. 매우 중대한 문제입니다, 국왕 폐하!"

라피니아도 옆에서 거들었다. 잉그리스의 의도가 전해진 듯했다.

알카드에는 얼마나 맛있는 음식이 있을지 기대하는 것이 훤히 보였다. 눈이 반짝이고 있었다.

"물론 마련해 줘야지. 나중에 기사 아카데미로 심부름꾼을 보내서 한꺼번에 처리하마. 밀리에라 교장이여, 이들을 잘 지원해 주게."

"아, 알겠습니다……! 사태가 사태니 기사 아카데미에서도 최대한 협력해 드릴게요!"

"부탁한다. 오래 기다리게 했군. 가세나, 레더스. 빌포드 경."

""예!""

레더스와 빌포드 후작이 칼리아스 국왕의 뒤를 따랐다. 다만, 빌포드 후작은 잠시 걸음을 멈추고 잉그리스와 라피니아를 돌아보았다.

"라피니아, 잉그리스."

"네, 아버지."

"네, 후작님."

"너희가 국왕 폐하께 직접 진언을 드리는 모습을 보고 놀랐다만…… 여하튼 지금은 국가의 명운이 달린 상황이다. 아무리 딸이 귀엽고, 임무가 위험하더라도 가지 못하게 말릴 수는 없는 노릇이지……. 하지만 모쪼록 무리는 하지 말아라. 반드시 무사히 돌아오도록 해라……!"

""알겠습니다.""

잉그리스와 라피니아는 입을 모아 대답했다.

"아버지, 어머니. 부탁드릴 게 있는데요……. 저 아이들은 이번 사건으로 부모 노릇을 하시던 분이 돌아가셔서 갈 곳이 없게 됐어요. 그러니 유미르로 데리고 가서 거처를 마련해 주셨으면 좋겠어요."

"그렇게 해 주신다면 저희도 안심하고 임무에 임할 수 있을 겁니다."

"어머나, 딱하게도……."

"이렇게나 어린 나이에……."

세레나와 이리나의 표정이 어두워졌다.

"딱하게 됐구나……. 알겠다, 라피니아. 잉그리스. 맡겨 두거라. 후후후, 실은 라파엘에게도 똑같은 부탁을 여러 번 받았단다. 너희도 훌륭한 기사가 되어가고 있는 모양이구나. 그러면 이리나, 세레나. 나는 군사 회의에 참석해야 하니, 뒷일을 부탁하지."

"아, 알겠어요. 여보……. 하지만 정말 두 아이를 임무에 보내도……."

"괘, 괜찮은 걸까요……?"

이리나와 세레나는 무척 불안한 얼굴을 하고 있었다.

잉그리스와 라피니아가 알카드에 간다는 이야기를 듣고 가슴이 조마조마한 모양이었다.

딸들이 위험한 임무에 향한다니 걱정이 되는 것도 당연했다.

이쯤 되자 잉그리스도 죄책감이 들었다.

대화의 흐름상 이 자리에서 작전을 제안하기는 했지만, 어머니가 안 계신 곳에서 설명하는 편이 나았을지도 몰랐다.

"걱정하지 않으셔도 돼요, 어머니. 꼭 무사히 돌아올 테니까요."

"아, 알았어. 크리스……."

두 사람의 대화를 들었는지 칼리아스 국왕이 걸음을 멈추고 뒤를 돌아보았다.

"그렇군. 그대가 잉그리스의 모친인가. 아직 젊구나."

"……! 화, 황송한 말씀을……!"

국왕이 말을 걸자 화들짝 놀란 세레나가 갈라진 목소리로 대답했다.

무리도 아니었다. 세레나의 신분을 생각하면 국왕과 대화를 나눌 기회는 평생에 한 번 있을까 말까 할 정도였다.

"어머니. 긴장하실 필요 없어요. 국왕 폐하는 상냥하신 분이세요."

"으, 응……. 미안해. 엄마가 딸을 창피하게 만들었구나."

"그렇지 않아요."

잉그리스가 세레나의 등에 손을 얹었다.

"딸을 훌륭하게 키워냈더군. 나라를 위해 딸의 힘을 빌려주게."

"가, 감사합니다……! 딸이 무사히 돌아오길 믿고 있겠습니다."

"음. 이만 실례하지."

그 말을 끝으로 칼리아스 국왕은 왕성으로 돌아갔다.

국왕이 떠나가는 모습을 지켜본 뒤, 잉그리스는 미소를 지으며 세레나에게 물었다.

"어머니. 알카드에서 돌아올 때 기념품이라도 사다 드릴게요. 뭐가 좋으신가요?"

"크리스도 참. 여행하러 가는 게 아니잖아?"

라피니아가 옆에서 딴죽을 걸었다.

"어차피 다녀오는 건 똑같잖아. 무사히 돌아오겠다는 약속 같은 거야."

기념품이야말로 무사히 돌아오겠다는 가장 확실한 의사 표현이었다.

"뭐, 그건 그렇지만……. 어머니도 뭔가 원하시는 거 있나요?"

라피니아도 이리나에게 넌지시 물었다.

"후훗. 그렇네……. 무사히 돌아올 거라면 기념품은 중요하지."

"기념품이라. 그럼 우리는……."

""아무거나 좋으니까 먹을 걸로 부탁해.""

""네!""

두 어머니는 입을 모아 말했고, 딸들도 한목소리로 대답했다.

"아하하……. 사이 좋은 모녀네요. 그 어머니에 그 딸이라고나 할까……."

밀리에라 교장이 메마른 미소를 지었다.

한편, 조금 떨어진 위치에서는 레오네가 중얼거렸다.

"그래도 저렇게 걱정해 주는 어머니가 계시니 부럽네."

"그러게요. 게다가 무척 아름다우세요. 갑자기 저희 어머니가 떠오르네요……."

"응……. 나도. 어쨌든 꼭 무사히 돌아오자. 저분들을 슬프게 만들지 않기 위해서라도."

"후후. 벌써 가기로 정하셨나 보군요, 레오네는."

"맞아. 리제롯테는 안 가려고?"

"갈 거예요. 나라를 위해서라도, 친구를 위해서라도. 그렇죠, 프람?"

"고맙습니다……! 분명 라티도 기뻐할 거예요! 아직 기절해 있지만요……."

"조, 조금 불쌍한걸."

"그, 그러게요. 슬슬 깨우는 게 좋겠어요."

세 사람은 라티를 흔들어 깨우기로 했다.

"그러고 보니, 유아 선배는……?"

"앗……! 어, 어디 가셨지?"

이미 이안은 유아에 의해 어딘가로 끌려가 버린 뒤였다.

 카랄리아 동부. 베네픽과의 국경 부근, 세오도어 특사의 전용선.
 성기사단이 베네픽군과 얼어붙은 프리즈마를 눈앞에 두고 긴장을 풀지 못하는 나날이 이어지는 가운데, 오늘은 그나마 밝은 분위기가 찾아오려 하고 있었다.
 "다녀왔습니다! 나 왔어~!"
 선체 하부의 격납고. 플라이 기어에서 뛰어내린 리플은 밝은 표정으로 주변 성기사들에게 인사를 했다.
 """"오오…… 리플 님!""""
 """"어서 오십시오!""""
 이윽고 누군가가 환성을 내지르는 기사들을 헤치며 헐레벌떡 달려왔다.
 "리플!"
 "에리스! 다녀왔어♪"
 "건강해 보이는구나……. 다행이다."
 "에리스야말로 괜찮았어? 내가 없어서 외로웠지?"
 "외롭기는 누가. 애도 아니고. 일 처리도 네 몫까지 전부 잘 수습했어. 아무런 문제 없었어."
 "……에리스 말이 사실이야?"
 리플이 주변의 기사들을 향해 물었다.
 "아, 네……. 에리스 님의 말씀대로입니다."

"딱히 문제랄 건……."

"……그래도 굳이 말하자면?"

"필요 이상으로 열심히 하기는 하셨습니다. 신경이 좀 날카로우시더군요."

"리플 님께서 돌아오실 때까지 분발해야 한다고……. 솔직히 좀 무서웠어요."

"……! 쓰, 쓸데없는 소리 마……!"

"하항~ 그렇구나. 나, 멀쩡히 돌아왔어. 그러니 더는 외로워하지 않아도 돼. 토닥토닥."

리플은 그렇게 말하며 에리스를 끌어안았다.

"그, 그만둬! 창피하게!"

"뭐 어때. 감동의 재회잖아? 기쁘지 않아? 나는 엄청 기쁜데."

"아, 알았으니까……. 그보다 병은 어떻게 고친 거야?"

"으음~. 그게 말이지……."

"정확히 말하면 고친 것이 아닙니다."

리플과 함께 플라이 기어에서 뛰어내린 세오도어 특사가 리플을 대신해 설명했다.

"세오도어 님, 그게 무슨 뜻인가요?"

"리플 님의 몸에는 아무런 조치도 취하지 않았습니다. 문제의 현상으로 소환되어야 할 수인종 마석수가 전멸했기 때문에 아무 일도 벌어지지 않게 된 것입니다. 리플 님이 아니라 환경이 바뀌었다, 정도로 설명할 수 있겠군요."

"……! 소환되어야 할 마석수를 전부 토벌했다는 거야……?! 무슨 그런 억지스러운 방법이……! 그 애의 소행이구나! 분명해!"

"잉그리스?"

"그래, 맞아! 이런 방법을 생각해 낼 사람은 걔밖에 없어……!"

바로 그때, 라파엘이 뒤늦게 리플을 마중 나왔다.

"리플 님! 오셨군요……! 무사해서 정말 다행입니다!"

"라파엘! 응, 다녀왔어! 네 여동생들 덕분에 무사히 돌아올 수 있었어."

"그런가요……! 괜히 저까지 자랑스러워지는군요. 라니와 크리스는 잘 지내고 있나요?"

"잘 지내! 오히려 너무 건강해서 탈이지. 특히 잉그리스의 경우에는 활력이 넘치는 얼굴로 마석수를 쓰러트려 대던걸. 평소에는 얌전한데 싸움만 벌어지면 위험하게 변한다니까, 그 애."

"하하하. 옛날부터 그랬지요, 크리스는……."

"어릴 적부터 그랬다면 아직 애라는 뜻이네. 언제쯤 어른이 되려나. 돌아갈 때마다 대련해 달라고 조르는 것도 귀찮고."

"어른이라……. 애인이라도 생기면 바뀌지 않을까?"

"그럴지도 모르지."

리플과 에리스가 서로의 얼굴을 마주 보며 말했다.

"……잘 들었지?"

"부탁할게."

그러고는 라파엘의 양쪽 어깨를 툭툭 두드렸다.

"뭐, 뭘 말인가요?! 저는 딱히……!"

"나는 어울린다고 보는데?"

"미남 미녀 커플이네."

"이, 이상한 소리 마세요……! 크리스는 아직 열다섯 살이라고요. 라니와 동갑이에요. 연애 같은 건 한참 멀었어요."

"하지만 잉그리스는 제법 어른스러운 편이잖아. 예쁘기도 하고. 라파엘도 그렇게 생각하지?"

"그, 그야 뭐……. 아니라고는…….."

"어휴, 라파엘도 참. 뭘 이 정도로 빨개지고 그래. 이래서야 누가 열다섯 살인지 모르겠네. 잉그리스한테 어른의 매력을 가르쳐 줘도 모자랄 판에."

"속 편히 굴다가는 다른 사람한테 빼앗길걸?"

"중요한 건 나이가 아니라 당사자들의 마음입니다. 자신의 마음을 소중히 해 주세요. 그렇지 않아도 당신은 이 나라와 사람들을 위해 몸 바쳐 노력하고 있습니다. 때로는 누군가에게 의지하는 것도 필요한 법입니다."

"세오도어 특사님까지……! 저는…….."

바로 그때, 바깥에서 주위를 경계하던 기사들이 다급한 모습으로 돌아왔다.

"라파엘 님! 큰일입니다!"

"앗, 무슨 일이죠?! 당장 가겠습니다!"

라파엘은 다행이라는 듯이 기사들을 향해 달려갔다.

"도망쳤군."

"도망쳤네."

하지만 리플과 에리스의 표정도 곧 심각하게 바뀌고 말았다.

"뭐?! 얼어붙은 프리즈마 주위에 대량의 마석수가?!"

"예, 끊임없이 늘어나고 있습니다! 어떡하죠……?! 지시를 내려주십시오!"

"알겠습니다! 토벌대를 편성하죠. 저도 곧바로 가겠어요……! 웨인 왕자님께도 전령을 보내주세요!"

리플의 귀환으로 누그러졌던 선내의 분위기가 급격히 부산스러워졌다.

"……서둘러 돌아오길 잘했네. 다시 또 바빠지겠어."

"지금까지 쉰 만큼 부려 먹을 거니까 각오해."

"응, 맡겨 둬! 내가 있을 곳을 지키기 위해서라도 분발해야지."

"응? 무슨 뜻이야?"

"아무것도 아냐! 자, 가자!"

에리스와 리플은 서둘러 플라이 기어에 탑승했다.

후기

먼저, 이 책을 읽어주셔서 진심으로 감사드립니다.

영웅왕, 극한의 무를 전생하다 4권째를 맞이했습니다. 재미있게 읽으셨기를 바랍니다.

아직 세상이 아주 뒤숭숭합니다만, 여러분은 어떻게 지내고 계시는가요?

저도 본업과 관련해서 꽤 고생하고 있답니다.

제 본업은 고객사에 상주하며 업무를 보는 SE(서비스 엔지니어)입니다. 하지만 지금까지 십수 년간 신세를 지고 있던 고객사께서 불황으로 관련 부문을 폐쇄하시는 바람에 다른 곳으로 이전하게 되었습니다.

새로운 곳으로 가면 당연히 새로운 업무를 잔뜩 배워야만 하기에 피로가 쌓일 수밖에 없습니다. 갈 곳이 없는 것보다는 훨씬 낫지만요.

만약 작품의 집필이 늦춰진다면 이러한 사정 때문이므로 미리 사과드립니다.

세상 살기가 쉽지만은 않은 것 같네요.

그래도 힘들 때마다 제 아이의 얼굴을 보면서 치유를 받고 있습니다.

최근에는 매일 함께 '슈퍼 O매시브라더스'라는 게임을 즐기는 중입니다. 가끔 2인 팀으로 온라인 대전에 도전해 보고 있습니다만 도무지 이기질 못하겠더군요. 다들 너무 강한 거 아닙니까?

동ㅇ콩한테 붙잡혀서 밖으로 끌려가면 아무것도 못 하고 끝나 버립니다.

승률이 10%도 안 되는 것 같습니다.

얼마나 연습해야 그분들의 영역에 도달할 수 있는 걸까요…….
대단한 분들입니다.

제가 고수가 되는 것이 먼저일지, 딸이 질려서 "아빠. 오늘도 게임하자!"라고 말하지 않게 되는 것이 먼저일지 모르겠군요.

덧붙여 매일매일 딸의 목욕과 게임을 챙겨주지 않으면 혼나기 때문에, 이것도 집필 속도에 영향을…….

어쨌든, 출판사로부터 다음 권의 허가도 받았으니 분발해 보겠습니다.

그러면 마지막으로 담당 편집자이신 N 님, 일러스트를 담당해 주신 Nagu 님, 그 외에 각 관계자분. 많은 도움을 주셔서 감사드립니다. 이번에도 아주 멋진 크리스를 그려 주셨더군요!

또한, 쿠로무라 모토 선생님의 만화판 단행본 1권이 발매 중입니다.

발매되자마자 증쇄가 결정되어 저도 무척 기쁩니다.

한 발짝 물러나서 객관적으로 보더라도 증쇄가 납득될 만한 퀄리티였습니다.

대단한 분께서 만화화를 해 주셔서 감사, 또 감사.

아직 읽어본 적이 없으신 분은 만화판도 꼭 구매해 주시기 바랍니다!

그러면 이쯤에서 물러나도록 하겠습니다.

영웅왕,

극한의무를 위해 전생하다

그리고 세계 최강의 견습 기사가 되다 5

Eiyu-oh,
Bu wo Kiwameru tame
Tensei su.
Soshite, Sekai Saikyou no
Minarai Kisi "오".

5

알카드에서 온 자객의 국왕 암살 계획을 미연에 방지하는 데
성공한 잉그리스 일행.

알카드와의 전면 전쟁이 코앞으로 다가온 가운데, 잉그리스
일행은 만악의 근원인 프리즈마를 토벌하기 위해 국경을 넘어
알카드로 잠입 작전을 개시한다!

잉그리스는 프리즈마와 전투를 치를 생각이 한가득!

더불어 알카드에 제공되었다는 하이랜더의 기술에도 흥미진진!

"얼마나 강한 적과 싸우고, 얼마나 맛있는 음식을 먹을 수 있을까?

북쪽 땅에는 꿈이 가득 펼쳐져 있구나."

Eiyu-oh, Bu wo Kiwameru tame Tensei su. Soshite, Sekai Saikyou no Minarai Kisi "우". 4
©Hayaken
Originally published in Japan in 2020 by HOBBY JAPAN CO., Ltd.
Korean translation rights ©2020 by Somy Media, Inc.

영웅왕, 극한의 무를 위해 전생하다 ~그리고 세계 최강의 견습 기사가 되다~ 4

2021년 06월 15일 1판 1쇄 발행

저　　　자	하야켄
일 러 스 트	Nagu
옮 긴 이	마일도
발 행 인	유재옥
본 부 장	조병권
편 집 1 팀	박서연 이준환
편 집 2 팀	김민지 정영길 조찬희
편 집 3 팀	김혜주 곽혜민 오준영
라이츠담당	한주원
디 지 털	박상섭 이성호 최서윤
발 행 처	㈜소미미디어
인쇄제작처	코리아피엔피
등　　　록	제2015-000008호
주　　　소	서울시 마포구 토정로222, 403호 (신수동, 한국출판콘텐츠센터)
판　　　매	㈜소미미디어
마 케 팅	이주희 최정연 한민지
전　　　화	(02)567-3388, Fax (02)322-7665

ISBN 979-11-6611-868-5 04830
ISBN 979-11-6507-980-2 (세트)